單行戀

외사랑

TR 著
陳莉蓉 譯

volume 02

Odd love

00:00:00

Contents

目錄

Under 18 requires accompanying parent or adult guardian. Contains some adult material. Parents are urged to learn more about the film before taking their young children with them.

외사랑

第8章

這一瞬間，我感覺心臟停止了跳動，又像是跌入沒有盡頭的谷底。腦子裡亂得一塌糊塗，思緒一片混亂，不，是感覺心裡空蕩蕩的。該說什麼話，又該做出怎樣的反應，這些想法在腦海中斷斷續續的。

「你在說什麼？」

幸好我是個擅於隱藏情感的人，還沒來得及理清思緒，否認他的話就脫口而出，我的臉上也許還帶著感到莫名其妙的表情吧。我無法理解他說的話，反問他的臉上毫無感情。平常我總是面無表情，雖然內心很慌張，但我可以確信自己的表情不會有變化。

「……姜燦浩。」

當這個意想不到的名字從尹熙謙的嘴裡說出來的瞬間，我差點就控制不住表情了。是那個混蛋說的嗎？媽的，那王八蛋竟敢給我抖出來？

「過去五年間都沒人見過他……聽說他人在菲律賓，是嗎？」

姜燦浩，他是在我的指使下，把毒品藏在演員尹熙星家裡的經紀人，我給了他適當的報酬，就把他送去菲律賓了，順便還警告他一句「如果敢回來，你就死定了」。原本就是個黑道小弟的那個男人是個很好利用的賤貨，他自己也對被利用了這件事毫無罪惡感。

我不是因為知道他是這樣的人，才相信他不會背叛我，而是覺得他應該會為了自己的安危，盡可能避免讓自己陷入險境。雖然早就想過他總有一天會背叛我了，但我實在無法理解他為什麼馬上就告訴了尹熙謙，又或是他的熟人。他是個聰明人，所以在背叛我之前，應該會把這件事反當作是威脅、勒索我的機會才對。可他居然完全沒有跟金泰運接觸，就把事實直接告訴尹熙謙了嗎？怎麼突然這麼有良心？他應該知道這麼做不會有半點好處，反而會付出慘痛代價的啊。

姜燦浩以尹熙謙被抓進監獄、自己永遠不回到韓國為條件，帶著錢離開了。他也知道自己如果回到韓國，一定會死得很難看。儘管如此，我和金泰運仍然沒有放鬆警惕，時刻注意著他的動向。如果他回國了，那我肯定會收到報告；如果金泰運知道了，他也不可能毫無作為地讓尹熙謙得知那件事。難道是姜燦浩為了告訴尹熙謙，特地從菲律賓打了電話給他嗎？他媽的，到底是對我有什麼意見啊——

「緩刑也是。」

這個單詞從尹熙謙的嘴裡說出的瞬間……

我突然喘不過氣來，腦海中亂七八糟的疑問和推論一下就消失了。不是姜燦浩，這種直覺敏銳地鑽進了我的腦海。

「多虧您失去了興趣，您的部下覺得我很可憐，幫了我一把，而這並不是出自您的意思。」

我的後頸僵住了，不，是全身才對。僵硬的不僅是舌尖，連嘴和下巴，還有聲帶都無法動彈。我張不開嘴，說不出話，也無法發出聲音。

我不知道我被擊中要害的反應，還有直接表現出來的驚愕，對尹熙謙來說意味著什麼。

但我知道自己沒有控制住表情，就連裝作若無其事都沒能做到。

只有靜默。

「……唉。」

尹熙謙短短地吐出一口氣，低下了頭。「鏘！」，啤酒罐掉落在地上亂滾。他掩著面的手在顫抖，揉著臉搖頭，最終像是毫無辦法般，將頭髮往後撥去。

他確認了我試圖隱瞞的事情，受到了傷害。總是用「我不累、沒關係」來淡然掩蓋自己苦痛的他，再也掩飾不住了。

所以我才會隱瞞。雖然剛開始策劃這件事的時候，我的感情、想法，還有意圖都不是這樣的，但現在和當時的情況不同了。如果尹熙謙不知道，那就沒必要知道，不，應該說這是他不能知道的事。

因為這不是我想要的。

我不希望尹熙謙知道所有的事實，使我們的這段關係破裂。不僅如此……

我也不希望他受到傷害。

因此，尹熙謙不應該得知這件事。

但是，媽的。

「是誰？」

「……」

「是誰把這些事告訴你的？」

到底是哪個混蛋，哪個被我打死都不會痛快的王八蛋。竟敢，媽的，到底是誰居然敢……！

如果尹熙謙不知道，就不會受到如此大的打擊。我根本沒有想傷害他的意思，我並不希望這樣的事發生，所以這他媽的都是那個隨便亂講話的混蛋的錯。雖然不知道那個人有什麼意圖，但如果是想弄我，那他成功了，即便他沒有這種意圖，也已經夠我受的了。是誰竟敢在我鄭載翰身邊作亂？對於面對受傷的尹熙謙而不知所措的我來說，最簡單的感情就是憤怒。毫無頭緒、混亂交錯的感情開始向一個方向流動，從確認方向的那一刻起，感情就猛烈地波動起來。

「說，是哪個傢伙說的。」

「哈。」

哈？就像覺得發出感到荒唐的嘆息還不夠，尹熙謙勾起了嘴角。

「現在這重要嗎？您想說的就只有這些嗎？」

看來我表現出的憤怒助長了他的怒氣。也許是連隱忍情緒都放棄了，他向我投以充滿怒火的視線。這是第一次，尹熙謙對我流露出那種眼神，用那樣的語氣說話。

媽的……!!你他媽的說那是我的錯？

這種並非我本意的情況讓我感到驚慌，而那驚慌也使我變得憤怒。

「不然你想聽到什麼？」

我的聲音也變得尖銳。

「你都打聽得這麼清楚了，如果不是來追究這些問題的話，那我還有什麼好說的？」

我也知道，我現在沒資格對他冷嘲熱諷。即使以這種方式做出回應，我與尹熙謙的關係也不會有所好轉，所以我不應該說話，還不如閉上嘴比較好。

但是他媽的，閉上嘴又能改變什麼？現在還有什麼能修復關係的言語嗎？就算否認，說「不是」、「你在說什麼啊」，那些披露出的過去也是事實，而且不僅是我，就連尹熙謙也知道我和他之間發生過什麼事了。

媽的，我可是鄭載翰，有什麼好可惜的。我在人生中從未說過一次後悔的話，也不曾向誰低過頭。媽的，受傷了又怎樣？我憑什麼要安慰他？我這輩子都沒這樣做過。

「你這副表情是怎樣？你不知道我是這種人嗎？你既然全都知道了，又想要我怎麼做？幹嘛？要我賠償你嗎？」

這一瞬間，尹熙謙動了。「咳」，直到喘不過氣來的時候，我才意識到自己的衣領被揪住，然後與他那像火山爆發般燃燒著憤怒的眼睛對視了。用右手抓住我衣領的尹熙謙握緊著左拳，他的眼神中閃爍著殺氣，看來得挨他一拳了，我瞬間做好了覺悟。

「……」

沒有疼痛。

尹熙謙依然抓著我的衣領，像是要揍我一拳般舉起了拳頭。但就像他劇烈動搖的瞳孔一樣，顫抖的拳頭停在了空中，沒有碰到我。

誰能抓住鄭載翰的衣領？不久前來到尹熙謙家放高利貸的混蛋們也因為抓了我的衣

領，最後他們公司的董事長親自過來向我跪地求饒，而抓我衣領的傢伙也被徹底懲罰了，這對我來說是理所當然的事。

放開。我應該這樣說的，話在舌尖上打轉。

然而，我發不出聲音，取而代之地咬住了嘴唇。

這都是因為在我眼前，抓住我衣領面對著我的尹熙謙的表情。

他那因背叛感而扭曲的臉原封不動地顯露出傷痛，那般感情彷彿直達肌膚。憤怒，不，比起憤怒，更多的是絕望。雖然諷刺他說「你不知道我是這樣的人嗎？」，但他確實是不知道我的底線。曾經把我看作是比他還要好的人的尹熙謙，他的眼神中流露出失望……又或是輕蔑。

我開不了口，呆呆地看著他的眼睛。背叛感、絕望、憤怒、驚愕、失望、輕蔑，那一切都刺痛了我，讓我血流不止，可我還是無法將視線從他臉上移開，喘不過氣來。

寂靜不知道縈繞了多久。

尹熙謙抓住我領口的手慢慢失去力量，不知道是用了多大的力氣，他的手指就像生鏽的鉸鏈一樣動彈不得，而且還在發抖。

「……辯解……」

一度顯得激動的尹熙謙聲音變得沙啞而低沉，甚至讓人感到陌生，我頓時起了雞皮疙瘩。

「辯解……不，解釋一下也好。」

這是在哀求嗎？他用低沉的聲音呢喃道。

「說啊，為什麼……要那樣做？」

我一時啞口無言。

我的憤怒是為了自我防禦，為了保護自己不被尹熙謙的傷痛和憤怒傷害，同時也是因為接觸到了他的情感，使我的感情被放大無數倍，便以憤怒發洩。如果我沒有驚慌失措，也就不會說出那樣尖銳的話了。

所以如果尹熙謙就這樣……放棄一切的話。

我的憤怒也在瞬間就消失了。不，從尹熙謙抓住我的衣領開始，我就不生氣了。也許這只是一種防禦機制，甚至是為了讓他打我一拳而故意刺激他的。

「到底為什麼？」

……是啊，我到底為什麼要這麼做呢？最一開始是在螢幕上看到他的時候，演員尹熙星，那是他在畫面中露出雪白微笑的瞬間。

「因為太礙眼了。」

這就是我的回答，也是事實。

第一次看到他的時候，我的胸口甚至在刺痛，又痛苦又難受。我無法看著他，也不想聽到人們稱讚他的聲音。覺得他很礙眼，因為覺得他礙眼又讓我反感，於是決定要除掉他。我的一生都是這樣走過來的。

「因為尹熙星太礙眼了，所以想除掉他。因為我做得到，所以就動手了，還需要什麼理由嗎？」

進到家裡的螞蟻即便不會對人類造成傷害，也會因為討人厭、礙眼為由，被人類踩死，僅此而已，這就是我的理由。欲望可以成為行動的理由，這對所有人來說都是一樣的吧？只不過，如果說有些人殺死螞蟻就是其力量的極限，那麼對我來說，就連除掉一、兩個人都是易如反掌。

「……您……」

雖然是他希望我辯解，所以我才解釋的。

「您是把讓他人絕望，令人感到挫折……當作樂趣的人。」

但尹熙謙沒能理解我。

「所以才會有人警告我不要跟您太親近……」

那也許是李景遠給他的忠告吧，這只是推測而已，但我其實很確定，對李景遠的殺意開始燃起。雖然在被我踐踏之後，他就消失得無影無蹤了，但就算他死了，我也想戮屍。然而，我對李景遠的想法和情緒只是暫時的。

「所以，您覺得玩弄我很有趣是嗎？」

因為尹熙謙的言語，我所有的感情都彷彿被閹割而變得乾枯，讓我無話可說。

「毫不知情地掙扎的我，對您來說……！」

不。

不是那樣的。

雖然想開口說話，但我的舌頭、嘴唇還有聲帶都無法動彈。

一開始確實是因為好玩才這麼做的。尹熙星毒品事件被大肆報導的時候，我不也覺得很有趣嗎？五年前的我的確是這樣的。就像他所說的，就跟周圍人說的一樣，我不就是以誘導別人變得不幸為樂的人嗎？

不僅是五年前，現在也是。而且，我以後還是會繼續這樣活下去。

「……尹……」

尹熙謙先生，我想這樣叫他。五年前我確實有那樣的意圖，因為當時的目的就是把尹熙謙從我的眼前除掉，但現在不是了。至少在這個瞬間，至少只有尹熙謙，絕對……

也許我是想說這樣的話吧。

然而，我之所以連尹熙謙的名字都不敢說出口，是因為我對我自己做過的事，還有我的欲望和意圖是最清楚的。

現在為他帶來傷害，既不開心也不好玩，但在李景遠的酒吧再次見面的當時，我不是才下定決心要再度踐踏他嗎？我甚至想毀掉他僅剩的一部電影，所以才會操縱楊絢智，讓她當上女主角，因為我很清楚楊社長會毀了他的作品，而我正是如此期待的。

即便與尹熙謙的關係很令我感到遺憾，可無論我再怎麼自我合理化，也不能否認那就是事實。雖然我有意識地不去想這些，但其實知道得一清二楚。

從某個瞬間開始，我就知道這是錯誤的，也意識到自己並不想從尹熙謙手中奪走他的職業生涯，但我仍然沒有改正，我無法改正。不，不想去改正的人是尹熙謙才對，因為是他拒絕讓我幫助……雖然認為應該幫助他，但我還是不喜歡韓柱成替尹熙謙出面。因為尹熙謙曾說過就算電影失敗了也沒關係，他能堅持下去，所以我想相信他的話。不，其實就連「電影」我也想從他那裡奪走，把對他而言僅剩的、唯一珍貴的東西全部——

「不否認，也不道歉嗎……？」

他帶著空虛的話語猶如一聲嘆息，只有滿滿的空洞，他累了。面對這種情感的對立，平行線般對彼此的不理解，尹熙謙累了。而直覺告訴我，終結即將到來。

然而，是有可以挽回的方法的，提出這種方法的甚至也是尹熙謙。如果連否認都做不到，那就道歉、說「對不起」吧。過去只因為能做到踐踏這件事、只因為覺得礙眼就那樣做了，很抱歉。對不起，瞞著你沒說，我並不是想玩弄你。我應該在你知道之前，先請求你的原諒的。他是在告訴我只要道歉，這一切就都能解決。

尹熙謙希望我能向他道歉。在他爆發過後、變得平靜的眼神中，有著這樣的迫切感。

但是，我不會道歉。

直到尹熙謙意識到我並不會道歉為止，我都開不了口。

「……唉……」

就算他最終厭倦了這一切，短短嘆了口氣，我也不會道歉。不，是我無法道歉，要我對只因「可以做到」這個理由就踐踏了他這件事道歉，這是在否定我的人生。我只是因為我是鄭載翰，所以才這樣活過來的。我是位於食物鍊最上層的最高等掠食者，是將在雄性動物中成為帝王的存在，我不能因為我就是這樣的存在，因為鄭載翰是鄭載翰而道歉。

「原來如此，TY的鄭載翰理事……」

自嘲的語氣，臉上只留下失望和輕蔑。

好痛，心臟好像要爆炸了一樣，胸口只有疼痛。如果心臟還有在跳動的話，就不可能會如此喘不過氣來。代替失去的心跳，腦海裡不斷響起雷鳴般的鼓動聲響。在那轟隆隆的噪音中，尹熙謙的聲音尖銳而深沉地傳來。

「怎麼可能向區區一個男妓道歉呢？」

＊＊＊

用感應卡打開門進來的家裡一片漆黑，這是一間完全沒有生活感的房子，比我小時候住的漢南洞老家，還有現在住的自家還要荒涼。這是因為除了偶爾來打掃的人之外，這個空間還從未有人居住過。

全新的壁紙、地板，至今仍散發出木頭和皮革味的家具，即使燈火通明，荒涼感也不會消失。雖然我這輩子都住在會帶給人空虛感的地方，但是就我所擁有的空間而言，這間並不大的房子給我的空虛感卻讓我難以承受。

空的，我為了與尹熙謙一起度過時光而準備的這個空間依然空著，而未來也會是空的。

偶爾，雖然我非常偶爾才會進到這個空間，但它並不是給人這種感覺的地方。最初金泰運簽訂了合約，展示給我看的空間空無一物，只有新鋪了壁紙和地板，那時也沒有那種感覺。之後來的時候，家具搬進來了，然後是沙發、桌子。因為想著如果可以看電影就好了，所以特別精心準備了大電視和音響。還有臥室和浴室，我都希望能布置得完美無缺。

這個空間空蕩蕩的，但我覺得是可以被填滿的，而事實上我也正在有條不紊地將它填滿。在還沒展示給尹熙謙看的更衣室裡，已經有吳敏周用心準備的衣服了。之所以還沒能填滿，是因為覺得尹熙謙可能會感到負擔，他喜歡的類型也有可能會變化，所以才想著要慢慢填滿。裡面還放了兩、三只我的手錶，如果他願意的話，我想讓他戴上；如果他喜歡，因為家裡還有更多只，我還打算再多拿幾只過來。雖然也有買新的給他比較好的想法，但又覺得他會不喜歡我買東西給他，所以我想如果是我的，那尹熙謙應該也會覺得沒關係。

上次和尹熙謙一起來的時候，我有讓他看過書房了嗎？書房的一邊牆上擺滿了書櫃，另一邊則放了桌子，又大又寬的書桌即使放了筆記型電腦也足夠寬敞，應該還可以再放上劇本和素描簿。坐在桌子前看過去的牆是一片玻璃窗，所以視野非常寬闊。雖然早晨的景色也不錯，但像現在這樣的黑夜風景也別有一番韻味。如果晚上工作到很晚，轉移疲勞的視線時，還可以稍微轉換心情……

「媽的……」

本以為已變得一片虛無、空白的心裡湧上了情緒，不自覺吐出了髒話。這一切都是徒勞、白費力氣，為了這個空間花費的金錢或心血，不，應該說這個空間本身都變得毫無用處了。

尹熙謙望著我的視線一直在腦海裡揮之不去。男妓，即使用這種話貶低自己，尹熙謙也沒有馬上離開，只是呆呆地站在原地，在一片沉默中看著我，那行為讓人覺得他像是在等待。如果想挽留他的話，現在就是最後一次機會了，他似乎是在……等我抓住他。

沉默，沉默，沉默。

互相凝視著，保持沉默。直到尹熙謙轉過身為止，我都沒有抓住他，尹熙謙就離開了，留給我的只剩下在地上滾著的啤酒罐而已。

男妓，要這麼說也沒錯，尹熙謙就是這樣的存在。只是一種餘興節目、娛樂項目罷了。他為多年來都無法滿足於任何性愛，飽受欲求不滿之苦的我帶來令人暈眩的性愛，這就是他對我的意義，不能再更多了。任何存在對我來說都不可能具有更大的意義，以前沒有，今後也不可能會有，因為我鄭載翰就是這樣的人。

想做就做，不想做就不做，因為我有充分的資格和力量，所以只忠於欲望。關於尹熙謙……是啊，因為情況很複雜，我才會這麼煩惱。雖然想和他做愛，但又不想承認自己被上的事實，所以花了很長一段時間才放下自尊心。最終還是想要做愛，就跟他做了；想被他上，就讓他上了。透過這種行為獲得的快樂，讓我得到近乎滿溢而出的滿足。

尹熙謙給予我肉體上的快樂，帶來的滿足感甚至遠超酒、毒品和其他性愛。所以我對他沒轍是理所當然的事情。衣服、房子、車子也都是我想買給他才買的。對過去歲月的補償？如果我們的關係一直都很好的話，這部分我當然也會幫忙。如果要說是嫖資，那也沒辦法，那就是嫖資。

男妓、嫖資，我和他說出的話，不就是我們這段關係的本質嗎？而且就如他所說的，我是一個不能向男妓低頭的人，是個不該處於那個位置的人。

他以為要我道歉，我就會道歉了嗎？怎麼？我做錯了什麼？我一直都是這樣活過來的，今後也打算這樣活下去。如果不道歉的話，尹熙謙除了就這樣轉身離開之外，還能對我做什麼嗎？對我來說，踐踏尹熙謙就像用大拇指捏死一隻螞蟻一樣輕而易舉。而與之相反，就算尹熙謙知道了過去我毀掉他的事，他也沒辦法對我造成什麼危害。我有什麼好怕的，為什麼要向他道歉？

他只是一個跟我很合得來的男妓罷了，就連在一起的時間也給了我讓人感到心癢和快樂的滿足感。

就跟放在手中把玩的小貓沒有兩樣，就像是偶爾呲牙裂嘴，也可以看作是在撒嬌的可愛小貓。曾經那麼疼愛的小貓離了家，主人會心情不好也是理所當然的。對人類來說，會感到空洞和虛無是無比正常的事情。

尹熙謙就只是這種程度的存在而已。比起其他傢伙，我更中意他，所以才想對他好一點，就只是那種程度的男妓、貓咪、玩具……

「……媽的!!」

我抓住筆記型電腦，朝窗戶扔了出去。媽的，媽的！能說出口的就只有髒話了，感覺快要瘋了。沒什麼大不了的，不過就只是個不太重要的玩具從眼前消失了而已，但是我的心情為什麼會他媽的這麼淒慘……！

「到底是哪個混蛋！！！」

家裡只有我一個人，我卻像個瘋子一樣大吼出聲。到底是哪個傢伙？到底是哪個混蛋，是哪個王八蛋竟敢、他媽的竟敢！越想越覺得憤怒。如果不是那個隨便亂說話的傢伙，如果尹熙謙一直不知情的話，就不會有任何問題了。但是，到底是哪個混蛋……!!

我打給了金泰運，大吼道：「你馬上給我過來！！！」還沒來得及掛斷電話就往牆上一扔，「喀嚓」，手機變得支離破碎，碎片散落在地上。

我把觸手可及的東西全都丟出去，把桌子掀翻，把椅子拿起來摔出去。因為忍無可忍，便再次砸起椅子和桌子的碎片。我抑制不住心裡的怒火，感覺心情很奇怪，痛苦又堵得慌，刺痛得好像就要爆炸了。鬱悶又痛苦的感覺甚至讓我懷疑自己真的有在呼吸嗎。

「理事！」

後面有一隻手抓住了我。本來就已經悶得要死、喘不過氣來了，現在又被抓著腰和手臂，肺部好像一下子就縮緊了。因為不停摔東西、破口大罵，感覺渾身發熱，汗水浸溼了全身，不愉快到了極點，抓著我的那隻手的體溫又更加放大了我的不快。煩躁和憤怒湧上心頭，不，是已經爆發出來的情緒延續了下去。

啪!!胡亂揮動的手背傳來打中東西的感覺。隨之而來的是一陣火辣辣的疼痛，但就連這也只是讓我感到更加憤怒。挨了我一拳的人是金泰運，即便如此，那個大塊頭也只是往後退了兩、三步，而我重新擺好了姿勢。

「鄭載——呃！」

我握緊拳頭向他的臉上揮去。完全瘋了，眼前看不到任何東西。

但是金泰運並沒有被擊中，拳頭上沒有感受到一絲碰到東西的感覺，他很好地躲開了。

「你還躲？」

乖乖被我打都嫌不夠了，真是個活該變成沙包的傢伙。

「媽的，居然敢躲??」

這無能的傢伙，連我交代的事都做不好，還讓風聲走漏出去！身邊沒有還沒倒下、也沒有完好無損的東西，唯一還能拿到的是書櫃上的書，於是我隨手拿起來扔了出去。扔了又扔，手上沒東西了就揮出拳頭。手很燙，感覺頭腦都快炸了，我無法控制猛烈襲來的感情，感覺就快瘋了。不僅是憤怒，甚至感到痛苦，心想著頭腦要是真的炸掉就好了。

「金室長！」

因為被我的拳頭和丟向他的東西擊中，金泰運滿臉是血，但他還是沒有倒下，一直站著接受我的暴行，而這樣又更加讓我不爽。他是那種就算被我打死也甘願的傢伙，無論我怎麼打，他都會接受。但是，即便我大發雷霆，我的心情也絲毫沒有好轉，只是越來越覺得自己要瘋了。儘管如此，還是無法停手，因為如果不這樣做，我真的覺得我會死掉。

直到喊著「理事」、「金室長」，急得直跺腳的傢伙們終於把我從金泰運身邊拉走為止，我都像瘋子一樣暴跳如雷。不對，我本來就是個瘋子，活到現在還沒有不瘋過，我總是在瘋狂中痛苦掙扎。所以，就只能說尹熙謙是個被瘋狗咬到的倒霉傢伙了。

「姜燦浩那混蛋，回韓國了？」

雖然金泰運的臉已經滿是鮮血、腫得不成樣子了，但意識還是很清楚，他搖了搖頭，轉頭往手下遞過來的手帕上吐了口血，紅色的血塊中夾雜著白色的碎片。金泰運一邊用手帕擦拭嘴角，一邊阻止想進來拉住我的隨行人員，送走了他們。

喀嚓，在門關上、沉默降臨時，我已經盡可能抑制住我激動的情緒了。

「到底是……突然發生了什麼事？」

「聽說有人告訴尹熙謙，五年前的那次毒品事件是我策劃的？」

「……」

「不光是我指使姜燦浩這件事，就連後來不是我，而是你幫他處理成緩刑的事都說了，全部。」

「……姜燦浩應該是不會知道那件事的。」

「是啊，他媽的，除了你和我，還有誰會知道這件事？不是你親口說出去，就是風聲從你這裡走漏出去了，不是嗎？」

金泰運雖然被揍得亂七八糟，但還是表現出自尊心受到傷害的樣子。那是即使被我打得血肉模糊，也沒有絲毫傷痕的自尊心。

我雖像瘋子一樣發了狂，但我其實知道，犯人是姜燦浩的機率非常低。因為這些都是姜燦浩沒辦法調查到的情報。我雖然憤怒，但沒有失去理智，慢慢靜下心來開始追問金泰運。

「不可能嗎？你確定？」

我寧可認為是我嗑了藥或喝醉了才自己說漏嘴的，但並不是我。在見到尹熙謙之前，我已經完全忘記了那件事，而再次見到尹熙謙之後，我從未在因喝醉、吸毒而失去自我控制力的情況下與他人見面。即使是失誤，我也不可能說出關於尹熙謙的事情。

除了我和金泰運，沒有人知道事情的始末。儘管如此，風聲還是走漏了出去。

「不是我，就是你。」

「……」

「去查清楚是怎麼回事。」

「……我知道了。」

金泰運默默回答道。為了平復尚未平靜下來的氣息，我努力深呼吸，可激動的情緒始終沒有平息，呼出的氣息都在顫抖著。頭腦發熱，我的理智好像快麻痺了。如果不是金泰運就是我，如果不是我就是金泰運，實際上就連我也不覺得是金泰運洩漏了風聲。

雖然無法百分之百確定，但這當然不是我的失誤，也不是金泰運的失誤。

「……您的手必須接受治療才行。」

正當我想著「既然回應了，就該出去做事啊，幹嘛還站在這裡不滾呢」，他說出的話更是讓我無語。頂著那副鬼樣子，居然還在擔心我的手。他的視線雖然向著地面，但並不是為了避開我的眼神才向下看的。他表情為難，一副擔心我有沒有被散落在地板上的玻璃碎片傷到，又或是等一下會不會被傷到的樣子，真是讓人啞口無言。

因為知道他是這樣的人，所以在一般情況下，我都不會對他動手。寧可去毆打周圍的人，也不想打他。

「……這是我第二次對你動手？」

然而我最近已經打了他兩次。當然，在此之前也有過幾次對他扔東西的情況，但並不頻繁。即使朝他摔東西，也不會故意打中他。可是隨著尹熙謙出現在我的日常生活中，我對金泰運動手的次數就變多了。

「是的。」

……有種……既視感。我只有在關於尹熙謙的事情上對金泰運動過手，而且都是在家裡，我家、老家，還有本來要給尹熙謙用的這個公寓……

「……金泰運。」

頭一陣刺痛。因為頭痛，我只能閉起眼睛，可即便閉上了眼，還是覺得頭暈目眩。

我不由自主地咬緊牙關，突如其來的醒悟讓憤怒和瘋狂再次動搖了內心。

只有一次因為不確定對方是否有聽到，便輕易放過了她。不是因為信任，所以沒有深究，而是因為她是不會對我構成任何威脅的弱小存在，所以才只是稍微警告了一下，而那就是我在老家打了金泰運的那一天。

不是我，也不是金泰運，或者該說都不是我們。

媽的，我強忍著即將脫口而出的髒話，向金泰運問道。

「安賢珍在哪裡？」

＊＊＊

我花了三天的時間才找到安賢珍。在聽到房子空著、她也銷聲匿跡的報告後，我便確信就是安賢珍對尹熙謙說了多餘的話。最後，金泰運找到了躲在某個農村角落的女人。

被抓進倉庫的安賢珍披頭散髮，毫無妝點的臉顯得失魂落魄。

雖然她的神情顯示她早就料到自己會變成這樣，可看起來還是虛無得荒唐。

「……現在才來露臉呢。」

我在跪著的女人面前翹腳，抽著香菸。女人打破沉默，先開了口。

我沒有回答，只是吐出一口煙。雖然氣得腦袋都要炸開了，但來到過了幾天、憤怒稍微平息的現在，在這女人面前反而無法理清思緒。在這種情況下，女人說出的話更讓我訝異。

「你這人明明知道我正在住院，卻只丟下一句『離婚吧』，就再也沒來探望過我了。」

她埋怨的話只會讓我覺得可笑，我們之間有的僅僅是契約關係，如今那份契約也已經終止了不是嗎。

「所以妳才幹了那種事？」

「我怎麼了？」

「別白費力氣了，我警告過妳，要是妳敢亂說話就死定了。」

我本來是想問是不是她做的。我想要找到犯人，想著如果找到安賢珍，就要先問她這個問題。但是在過去幾天，在尋找安賢珍的過程中，回顧了她前一週的行蹤，發現她去過尹熙謙的電影拍攝地，而那天就是尹熙謙突然回到首爾，對我追究過去事情的三天前。三天前，這與尹熙謙突然斷了連繫的時間也相符。

尹熙謙並沒有在聽到事實的當天就馬上來找我，他從安賢珍那邊聽說了所有的事情，卻整整三天都沒有動作，也許他是為了確認事實，所以向相關人士詢問了當時的情況吧。但我能確定，在這段時間裡，他肯定自己煩惱了很多，如果要說有什麼我無法想像的事情，那就是尹熙謙的想法，以及他對於那些想法的心情。

「怎麼了？把人當成白痴，玩弄於股掌之間，這不就是你的興趣嗎？」

安賢珍本來無神的眼睛開始直視著我，她的聲音就像針的前端一樣尖銳。

「你在氣什麼？氣我說了你不讓我說出去的事，搞砸了你的計畫？你的計畫是什麼？如果是想玩弄尹熙謙的話，那也不算是我搞砸的啊。你不是很享受別人被你捅了一刀後，氣得渾身發抖的樣子嗎？」

張大眼睛瞪著我看的安賢珍臉上流露出瘋狂，不，甚至還摻有一絲陰森森的邪氣。剛才像丟了魂似的空洞無神的表情已經消失，女人的臉轉為凶惡，惡狠狠地說道。

聽到她說的話，我握著香菸的指尖變得僵硬，頭腦開始發涼。

「還是說，你是想要隱瞞到底嗎？」

「……安賢珍。」

「對，我是安賢珍！是你的妻子!!你怎麼能這樣對我!!」

不知是出於怎樣的感情，眼淚從女人通紅的眼裡簌簌落下。「嗚嗚嗚」，女人無法忍住哭聲，喊叫似的哭了出來。

「為什麼？你為什麼要這樣對我??」

悲痛欲絕的嗚咽。

我忽然覺得很不可思議，因為我並沒有對女人做過什麼。

「既然都要離婚，為什麼不早點離！為什麼要等到我流產??很有趣嗎？連對待我都要這樣？那不只是我的孩子，而是我們的孩子啊，那是你的孩子啊!!」

女人吶喊著，連珠砲似的吐出了悲鳴般的話語，哆哆嗦嗦地哭了起來。嗚咽、吶喊……壓抑在心裡的感情爆發了出來。

但是，一點都沒有觸動到我。

「妳……難不成是覺得自己對我來說是個很有意義的人，甚至有意義到讓我費盡心思去整妳？看到妳絕望的樣子，能帶給我什麼樂趣嗎？」

「……！」

我說出的話，反而更接近於虛無。

「這算是什麼自我意識過剩嗎？妳只不過是頂著我妻子的頭銜，做必要之事的代孕人而已，除此之外，妳還有什麼意義嗎？我給妳錢，讓妳擔任鄭載翰妻子的角色，我僅僅是因為如此才把妳當作我的妻子來對待，這件事讓妳誤會了嗎？妳有這麼笨嗎？」

「我……!!」

每當我吐出一句話，臉色蒼白、連哭都哭不出來的女人就會猛然大吼。她眼裡噙著淚水，氣喘吁吁地呼著氣，然後再次撲簌簌地流下淚水，女人從嘴裡擠出低沉的聲音。

「……我……愛過你。」

那句話。

讓我感到非常無語。

「愛？」

「沒錯。」

「哈……妳是以為我不知道妳有在跟其他男人鬼混嗎？還跟我說愛？」

當初契約的條件是除了私生子之外，可以擁有自由的性生活。

雖然她不像我這麼愛玩，但我偶爾也會收到安賢珍有在跟其他男人交往的報告，我之所以會說「要是懷孕了，就會馬上被送去做親子鑑定」也是因為如此。雖然安賢珍跟別的男人做愛與我無關，但是如果要繼承，就必須是我的血脈。

反正我們之間是沒有愛情、也沒有感情的關係，也就是說，我們並不是唯一獻身給彼此，有著這種意義的夫妻。

「我愛過你……所以非常孤單。」

安賢珍這話的意思是她會外遇是我的錯，就好像我和她是以愛情為基礎而結婚的正常夫妻一樣。

但是，打從一開始，我和她雖然成為了夫妻，但也並不是夫妻。

「誰叫妳愛我的？」

「……！」

事到如今還說什麼愛情啊，該感到被背叛了的不是安賢珍，而是我吧？我讓一個不合適的人成為我的妻子，可因為她有做好自己該做的事，所以還是給予了她妻子的待遇。在她被親戚們說難聽話時給予庇護；為了讓她過上安穩的生活，不惜提供經濟支援；還允許她擁有身為我的妻子該有的權力和權威。

作為回報，我希望的不是愛情，而是做好妻子的角色。雖然接到了報告，但不管她有沒有在和別的男人交往，我都毫不在意，如果能夠生下我的孩子，那我就滿足了。但現在居然說什麼？愛我？自己擅自愛上我，因為我沒有給予相同的感情就開始埋怨我，還用這種方法在背後捅我一刀？

所以說，老一輩的人說的話真的一點都沒有錯。

「不過是對妳好了點，就覺得自己是人了嗎？妳難道不知道我們是完全不同世界的人嗎？」

原本已經平息的憤怒在背叛感的驅使下再次抬頭。真是不可理喻。

「愛？妳那算什麼愛啊？明明就只是因為想要錢、想要得到待遇就得當我的妻子，所以才黏在我身邊的。妳肯定是一想到要回到那個有著為了讓自己出人頭地而把孩子賣掉的爸爸、和滿嘴都是錢的媽媽的家裡，就覺得眼前一片漆黑吧。我知道是我把妳從那種臭水溝裡救了出來，所以妳想纏著我，但是麻煩妳不要跟我說什麼愛，真的很噁心。」

「……」

安賢珍張開了嘴，好像想說什麼似的，嘴唇動了一下，卻沒有發出聲音，只是咬緊了唇。雖然臉上的瘋狂早已消失，可表情依舊扭曲。看到滿臉淚水的她，我絲毫沒有惻隱之心，反而覺得可恨。

應該說是我失策了嗎？還是說是對人的處理還不夠成熟而造成的失誤？我從來沒有給過安賢珍一絲絲情感，也從未有過會引起她誤會的感情和行為。就是徹底的交易關係，我確信自己從未越過那條線。

是安賢珍對我擅自依賴和懷有感情，那絕對不是我想要的，也是不該有的感情。儘管如此，安賢珍卻反過來責怪我、埋怨我，就像是我讓她誤會了，而我不接受她的感情是很嚴重的背叛一樣。

就連離婚那時也是，我認為自己已經盡力待她了。雖然鄭會長當時嘴上說著店面或是房子選一個，但內心應該是想讓安賢珍淨身出戶的，而我看在她過去三年作為我的妻子和我一起生活，並充分發揮了妻子作用的辛勞上，是想讓她以後也能過上富足生活的。雖然我確實是像別人說的那樣，是個喜歡挖陷阱讓人跳、並享受其結果的傢伙，但面對有把我指使的工作做好的人，還是有著給予可觀酬勞的慷慨。可她卻不懂得感恩，還用這種方式背叛我？

果然是有其父必有其女，我之所以滿意安賢珍，是因為她不像她爸爸安英俊，可看來我終究是缺乏看人的眼光。他們父女倆很相像，遺傳是讓人捉摸不透的。

「你……」

安賢珍似乎到最後都還想挑戰我的底線。

「你這輩子都不會懂什麼是愛的。」

雖然沒有嗚咽出聲，但女人還是哭個不停。本來充斥著憤怒和背叛感的臉上，如今流露出最初的虛妄感，可因為與剛開始明顯不同，所以讓我變得更加不快。

「就算被愛，你也只會感到懷疑並將其忽視。即便愛人，也會因為無法信任對方而陷入不安吧……信任和愛，這些是你永遠都不會懂的東西……」

這是一句不會對我造成任何打擊的詛咒，儘管如此，我還是覺得心情很差，原因並不是因為她詛咒我的語調……

「你會孤老終生……你就這樣可悲地活下去吧。」

而是因為她的表情、說法，就像她所說的，她是在可憐我，是在同情我。

妳這種人竟敢對我流露出憐憫之情？一想到這裡，我就覺得非常不快。說我很孤單？所以看起來很可悲？

這都是些微不足道的話，不自量力的感情。多虧如此，我的憤怒才逐漸平息，感覺冷冰冰的，腦袋就像是被冰刀劃開一樣，不，彷彿是刺痛了我的心。

「你肯定不知道這樣的自己很可憐吧。」

我沒有理由再繼續聽這個真心為我感到惋惜、掉著眼淚的女人的瘋言瘋語了。我從座位上站起來，用視線尋找金泰運。以金泰運為首，值得信任的隨行人員就站在一邊。

幾天前，被我的拳頭揍得亂七八糟，至今還傷痕累累的金泰運看著我。孤獨、寂寞、可憐，想起安賢珍的話的同時，不知為何連金泰運看向我的視線都覺得奇妙，心情跌落谷底。

「把她關進精神病院。」

雖然察覺到低著頭哭泣的女人突然抬起了頭，但我連看都沒看她。

「把她關到死為止，不，就算是死了也不要讓她出來。」

「……載、載翰……！」

現在才覺得害怕？是沒有預料到我會這麼做嗎？女人用撕心裂肺的聲音呼喊著我，

但我連看都沒看一眼，便邁開腳步。身後傳來了女人的悲鳴聲。

「鄭載翰！！！」

但是，我並沒有任何回頭的理由。

感覺有什麼黏糊的東西糊在了一起，如泥濘般的東西好像黏在了我走著的腳底上。無法將安賢珍說我一輩子都不會懂愛情時的眼神從腦海中抹去，那個臭婊子竟敢用那種眼神看我，真是糟糕透頂。說我不會懂？我一直以來都不懂，也不曾想要懂過，那是我人生中不需要的東西。

安賢珍的話對我來說不可能有任何意義。當我離開倉庫的時候，我也不打算把那個女人和那些話留在我的記憶裡。愛情？那些話簡直毫無用處。

「……唉……」

頭一陣劇痛，胸口就像快要爆炸了一樣鬱悶。被無止盡的不快所籠罩，只感到頭疼。

但是在那頭痛中……我短暫地想起了尹熙謙，其實那也是我在過去幾天，不時會想起的面孔。

他能給我想要的東西，我也給了他溫情。他那多愁善感的個性、氛圍，還有臉蛋都很合我的心意，所以可說是對他產生了感情，就好像疼愛抱在懷裡的寵物一樣。所以我想就算尹熙謙有什麼居心，想要利用我的話，我也可以稍微配合他，就只是這樣而已，只要別讓我的心情變糟就好。可直到尹熙謙離我而去後，我才明白自己對尹熙謙的愛是如此之深。

所以，我現在感受到的失落是極為人性，且理所當然的情感。

只是我現在所感受到的，超出必要的憤怒、煩躁和感覺胸口堵住般的鬱悶——可能是因為所有事情都朝著與我的意圖無關的方向發展。尹熙謙只能在我想拋棄的時候才能拋棄，如果說尹熙謙得知道是我毀了他人生的話，那就應該在我想要讓他知道的時候因為我而得知。又或者是在什麼都不知道的情況下，像個傻子一樣，在我對他失去興趣之前一直在我的手掌上跳舞，直到他的發條全都轉完才對。

但是他媽的，我現在想這些又有什麼用？一切都已經結束了。

我的計畫被安賢珍搞砸而被定了罪。我是不是該把她的四肢都打斷，讓一堆人強姦她，心情才會變得好一點呢？雖然到了後來才感到後悔，我當初應該讓她更淒慘一點才對，但我不想重新下達命令。

我失去了尹熙謙，而且不管我對安賢珍做什麼……他都不會再次回到我身邊了。

失落、憤怒……和其他的煩悶情緒肯定都只是暫時的，我有對什麼東西賦予過這麼大的意義過嗎？對我來說，尹熙謙也只是一種餘興項目罷了，就只是這樣而已，因此，我相信這一瞬間的感情很快就會被我遺忘。只是承受著這一切的現在比較痛苦罷了，傷痛一定會隨著感情一起逝去的。

這就是我和尹熙謙的結局。

＊＊＊

時間一如既往地走著。我工作著、與人見面，一到晚上就跟往常一樣失眠，我的人生並沒有任何的改變，打從一開始就沒有改變的理由。

「叩叩」，敲門聲使意識浮出水面。因為頭很痛，眼珠好像就要掉出來了，所以想把身體埋在椅子裡休息一下，結果不小心就睡著了。我用手揉著臉，看了手錶一眼，看樣子是睡了三十分鐘左右。

開門進來的是金泰運。他應該沒什麼事需要找我才對，怎麼會來呢？我拿起隨意丟在桌上的菸盒，抽出一根菸。

「怎麼了？」

「採購那邊好像出了點問題。」

「……坐下吧。」

我往桌子的方向抬了抬下巴，金泰運就在沙發上坐了下來，而我也從座位上站起來，坐到了沙發上。金泰運把菸灰缸推到我面前，在我抖菸灰的時候進行了說明。

「鄭泰善董事長因為涉嫌貪污而去接受調查了。」

鄭泰善是鄭世進會長的第三個兒子，據說他從十幾歲開始就惹出了各種問題，因此很早開始就不被鄭世進會長所喜歡。雖然後來有振作起來好好學習經營，但實際上他幾乎沒有經營公司的能力，所以對於自己能當上子公司TY百貨的董事長就已經很感激了。因為我作為繼承人的事很早就決定了，再加上這是鄭世進會長的意思，所以鄭泰善對我非常友好。在我小的時候，他還以傻乎乎的笑容對我說，讀書和運動並不是在人生中唯一重要的事，為我開闢了一條路，讓我去體驗各式各樣的事情。儘管如此，從金泰運那裡得到報告的我，心情還是很不安。

「好像是祕密資金的疑雲爆發了，馬上就被檢方……」

「是又有人想當我的岳父嗎？」

一聽到我提起安英俊，金泰運的表情瞬間變得僵硬。無論安英俊如何透過關係坐收漁翁之利，他都曾經是檢察總長。檢察機關方面不看好以結婚為藉口、籠絡這樣的人度過危機後，還藉著更大的力量將其趕出崗位的TY也是理所當然的。當然，也有針對性調查的可能性，而我的想法更傾向與安賢珍的離婚，是否提供了他們藉口這個方向。

「我想可能是內部檢舉。」

「啊？」

「再這樣下去，鄭喜進副董事長應該會親自出面，但那邊的動向並不尋常。聽說她和藝脈的金浩英常務正在募集百貨公司的股份，畢竟很快就會發行新股了。」

金泰運在那之後也繼續說了下去，不過我都是左耳進右耳出。總而言之，就是叔叔嬸嬸們利用各自的子公司在互相設計對方的意思，趁著免稅店事業的擴大、新股發行在即的現在正是個好機會。從甚至還提到了鄭喜進的丈夫藝脈建設的常務金浩英這點看來，金泰運，不，他身後的鄭世進會長似乎正畫著更大的藍圖，說不定姑姑鄭喜進是夢想著讓子公司分離。其實這種事情只要讓鄭世進會長和他的法務組處理就行了，但金泰運的語氣似乎是想讓我出面。我讀到了他話語中鄭會長要我出面處理的意圖，平時的我可能會按照鄭會長的想法，對這種事產生興趣或好勝心，更願意繼續聽下去，可現在不是。

不過，怎麼會這麼無聊呢？

半習慣性地拿出了手機。本來漆黑一片的液晶螢幕上亮起了光，即便看了手機也沒什麼可做的事，卻還是反覆按下電話、簡訊、通訊軟體的圖示……

「……理事，您是在等誰的訊息嗎？」

無論是誰來看都會覺得我現在的模樣很散漫。在聽到金泰運中斷說明，對我問了問題之後，我變得清醒一些了。在等誰的訊息？怎麼可能啊。因為那傢伙的指謫，讓我莫名有點煩躁，於是皺起眉頭看向了他。

「您似乎一直無法集中精神。」

雖然他只是實話實說，但我的內心卻變得尖銳，不，我的神經早已繃緊，變得鋒利很久了。現在有多無聊，我就有多感到厭煩和煩躁，從剛才開始就一直是這樣的狀態了。在聽報告、審閱文件、開會的過程中，我一直感到無聊和厭煩，工作也做不下去。明明是司空見慣的事，卻如此令人厭煩，每當這時，我就會擺弄起無辜的手機。

可能是因為沒睡好覺吧。連續幾天都睡不好，頭疼得眼睛都快要掉出來了。偶爾會睡個一、兩個小時左右，但就算睡著了也不覺得舒爽。最終由於疲勞的累積，我在金泰運進來之前，坐在辦公室的椅子上睡了三十分鐘左右，但這並不能消除疲勞。

「如果您睡不著——」

「媽的，我什麼時候有睡好過了？」

面對擔心自己的話語，我也只能用尖銳的聲音回應。我感到疲倦、煩躁，又煩悶，即便知道是自己太敏感了，一旦打開閘門，開始爆發，就無法抑制心裡的煩躁和憤怒。感情不斷湧出，內心卻像是被什麼堵住了般煩悶。

「理事！」

金泰運用驚慌的聲音叫了我一聲，但我已經從座位上站了起來，連外套都來不及拿就離開了辦公室。

我再也無法忍受狹窄的空間了。不明的煩躁和憤怒壓抑內心的感覺太過糟糕，心裡鬱悶得快要爆炸了。

眼前閃著亮光，紅藍黃光不斷閃爍，視線變得扭曲。有什麼東西沿著血管疾馳，刺激的感覺從頭頂通往尾骨，全身就像有電流通過一樣刺痛，心臟像要爆炸了般劇烈跳動，就快要被熱氣吞沒了。在喘著粗氣之時，心裡的火燃起，似乎就快要自燃了。

「啊，媽的……」

搖頭丸令人著迷，強烈的興奮拍打著全身。腰部不由自主地彈了回來，只能不斷地將性器插入那又熱又溼的嘴裡。那個說自己技術很好、向我搖尾巴的傢伙，把我的老二吞到喉嚨深處後勒緊，吃得津津有味。我仰起頭，抓住了正在拚命吸吮我性器的傢伙的頭髮，那不是女人的長髮，而是一頭短髮。我用力抓住從指尖溜走的髮絲。

不顧行程的安排，我一離開公司就來到健身房，盲目地在跑步機上奔跑。直到感覺心臟快要爆炸，疾馳的血液要讓血管破裂時，才滿頭大汗地從跑步機上下來，我也是在這時才遇到幾個熟悉的面孔。在原本因為我跑得太凶而沒法上前搭話的人中，有一個人跑過來裝熟，說正好遇見了，約我去喝杯酒。雖然偶爾會碰見他，但我們其實並沒有太多交集。

然而我還是答應了。實際上，最近無論是招待還是派對的邀請，我都從未拒絕過。就像柳成俊和李道經等人說的，我這幾個月來幾乎沒有喝酒，這並不像我。與人見面雖然麻煩，但如果我不把自己逼到極限，就會連兩小時都睡不了，所以才會出去喝酒。與其獨自在家等待不知何時會來臨的睡眠，還不如出去喝酒嗑藥，像個瘋子一樣玩樂。

被邀請的頂層公寓裡擠滿了男人，他們全都是男公關。雖然也可以和男人做愛，但如果要一起玩，比起男人，女人會更適合。不過即便是不合適的一群人，我還是沒有拒絕，就這樣往胃裡灌進了酒和藥。

我對做愛沒有什麼特別的想法，不，我想做愛。這是在理性被醉意沖垮之前，腦海裡出現的想法，可能是因為太長時間沒有做愛，所以有些欲求不滿吧。我沒有拒絕別人遞過來的白色藥丸。

「媽的！」

但僅此而已。我惡狠狠地吐出髒話，粗暴地拉開正在吞吐我老二的傢伙的頭，正在努力吸吮性器的男人被粗魯的力道甩了出去，向後摔倒，但我絲毫沒有理會。

我把還硬挺挺的性器塞進褲子裡，整理好衣服後，抓起放在桌上的杯子，也不管酒有沒有灑出來，直接往嘴裡灌了進去。食道被燒得火辣辣的，視野變得更加扭曲了。

「哈啊……靠。」

感覺快喘不過氣來了，興奮得頭腦發麻，但是他媽的，興奮感沒有辦法被解決。我覺得自己就要瘋了，這樣絕對還不夠。

在褲子裡勃起的性器還在發悶，不，應該是胸腔內怦怦直跳的心臟讓人煩悶。興奮感依舊，眼前依然綻放著花朵，接著反覆凋謝。頭暈目眩，就連視野也出現了偏差。席捲全身的熱氣折磨著我，還不如燒得更旺一些，在我身上點個火還比較舒服一些。

「啊、啊，好舒服，啊！啊！」

男人黏稠、夾雜著鼻音的聲音響起，當然，這並不是我的聲音。這只不過是一場把男公關們叫來，舉辦的亂交派對罷了。

發出聲音的男人呻吟到快要沙啞，而他就是這間房子的主人，也是邀請我來的人。因為我知道他比起女人更喜歡男人，便叫了一堆男公關來玩，結果反倒是他自己用膝蓋和手掌撐著地面，像狗一樣趴著被人從後面捅，而且還不停地動著腰。

「他含得不好嗎？您不滿意嗎？」

其他人看到剛才的男人沒能幫我吹到射出來，便貼了上來。向我搭話的男人身穿白色禮服襯衫，雖然很瘦，但也沒有到非常柔弱。即使沒有女人的柔軟，也不像男偶像一樣纖細，而是很有男人味。從酒味之間散發出來的香水也是非常陽剛的味道。

他個子很高，長得也很帥。相比其他皮膚白皙的男公關，現在貼在我身邊的男人皮膚帶著被陽光稍微晒黑的深色。雖然很明顯是整形過的臉，但鼻梁真的很高。我呆呆望著的那張臉上，吸引我視線的是男人的眼睛，沒有雙眼皮、細長的眼睛，向上勾起的眼角讓他看起來似乎脾氣不好，雖然眉毛有點短……但眼睛看起來還算可以，那像被削過一樣的瘦削下巴也……

「要不要我幫您吹？」

甚至就連說出狂妄話語的嘴唇也很像他。

是啊，真他媽像……我的眼睛不停在找尋和他相似的地方。

意識到這點的瞬間，我實在是無法忍受，拿起桌上的酒瓶，把嘴對著瓶口猛灌。即使烈酒燒灼了食道也沒有關係，不，這種感覺是完全沒有現實感的，既強烈又遲鈍，一點精神都沒有，全身都好像著了火似的。

「理事？」

在驚慌地叫著我的聲音響起時，我已經把酒嚥下無數次了。把瓶子隨便亂丟在一邊，又把映入眼簾的藥丸塞進嘴裡吞下去。簡直要瘋了，我不知道自己到底想要什麼，媽的，也不知道該怎麼辦才好，只覺得自己快要瘋了、快要死了。

我伸手抓住男人的襯衫，朝兩邊扯開，鈕釦被扯掉，露出寬闊的胸膛，他瘦得骨頭都凸出來了，而且肩膀也很窄，還有皮膚也他媽──

「理、理事！」

就在這時，突然有人拉住了我。用力抓住手臂的力道把我的身體一下子拉了起來。我搞不清楚狀況，因為突然被拉起來，視野都在晃動，頭暈目眩的。

「什麼啊。」

我的發音含糊不清，這時才知道自己的舌頭不靈活了。把我拉起來的男人們身影映入了閃爍的視野。他們就像是在抓什麼犯人一樣，兩邊都各有一人抓住了我的手臂，難怪力道會這麼強。男人們全都身穿黑色西裝，面無表情。

「會長在找您。」

「……什麼？」

我無法理解男人們說的話。會長？哪位會長？他媽的，是誰在找我，居然敢碰我的身體。

「放開。」

我開始揮動手臂，想擺脫他們的束縛，可那群混蛋卻紋絲不動。

「放開我!!」

男人們開始拉著我往前走。我兩腿直發抖，連走都走不穩，總是會絆到腳。我甚至是被拖著走的，但是依然在向前移動。

「……開車送他回去。」

原以為會暫時停下來，就聽到了熟悉的聲音，我循著聲音的源頭轉過頭去，看到了那個像熊一樣壯碩的混蛋。

「金泰運，你這個王八蛋……」

那個人就是金泰運，可就連吐出名字和髒話的發音也都變得模糊不清。最終我無法做任何抵抗，只能不停謾罵著。雖然提高了嗓門，但連我都不知道自己在說什麼。

不知道是藥還是酒的關係，我甚至對時間都沒概念了，感覺上一秒才上車，下一秒就又被拖下了車。這時的我已經無法支撐住自己的身體，連走路都沒辦法，可身體卻在自己移動著。

「鄭載翰!!」

隨著「啪!!」的一聲，我的頭轉了過去，不，好像又轉回來了。因為腦袋的晃動，感覺更沒辦法打起精神了。眼前不停閃爍，總覺得臉頰有點燙，耳邊傳來「嗡——」的耳鳴聲，心臟跳動的聲音顯得非常嘈雜。在無數的噪音中，老人激動的聲音像是立體聲在腦海中迴盪，時而變小，時而變大。

「你在發什麼神經？檢方虎視眈眈地想抓住我們的把柄，你還給我吸毒！」

那些聲音從很遠的地方傳來，不是嗎？又好像是在對著耳朵大吼大叫。眨眼，眨眼，閉上眼睛，睜開，再閉上，又睜開。忽明忽暗，忽暗忽明，火花在眼前飛濺，形形色色，使我眼花。

聲音漸漸遠去，老人的吼聲，「嗡嗡」的耳鳴聲，我的心跳聲，與此同時，閃爍的光芒也開始消失。

「……鄭載翰！」

那個聲音消失了。眼前一片漆黑，光線消失了，那是我盼望已久的黑暗。

那對我來說是一種安息。

當我再次睜開眼睛的時候，我正躺在醫院裡。據說我昏迷了好幾天才醒來，而在這期間不僅是熟人、親戚，就連鄭會長都沒有來探過病。

只有一張飛往美國的機票。

第9章

從機場出來的瞬間，灑在頭頂上的炙熱陽光使我不由自主地皺起眉頭，悶熱又潮溼的空氣堵住了呼吸道，就連薄薄布料下被冷氣冷卻的空氣也瞬間變得炙熱而沉重，黏在了皮膚上。

韓國的夏天又熱又潮溼，雖然是時隔六個月才再次踏上韓國的土地，迎接我的天氣卻截然不同。秋天明明已經快到了，可天氣還是像盛夏一樣炎熱。聽說韓國在經過短暫的梅雨季後，天氣就一直都很熱，而這種炎熱的天氣將會持續到令人厭煩的程度，甚至在感受到秋天來臨之前，冬天就降臨了。

「直接去醫院嗎？還是先回家裡一趟……」

「去醫院。」

在聽到我簡短的回答之後，金泰運向司機下達了去醫院的指示，在這期間我掏出香菸點燃。「呼嗚」，儘管車窗是打開的狀態，狹窄的車內還是開始煙霧瀰漫。金泰運默默放下自己那邊的窗戶，熱風開始鑽進原本因為冷氣而變得涼爽的車內，那是充滿溼氣又沉重的風。

荒涼的道路和城市掠過窗外，雖然是時隔六個月才見到的景象，但就像是昨天出發，今天又回來了一樣熟悉。不知為何，呼吸似乎變得舒服了些。

六個月，我對於自己在這期間做了什麼、是如何生活的並沒有太多記憶，只記得自己盡情地玩了。與人們見面、開派對，甚至還因玩得太過火而住進醫院兩、三次。金泰運有時會生氣，有時又會安撫我，我還接到了幾次鄭世進會長的電話。可即便如此，我還是無法很好地控制自己。雖然有想過適可而止，但以前那種程度的玩樂卻怎麼也滿足不了我。如果不完全泡在搖頭丸裡，性愛也會變得索然無味，所以不管是酒還是藥，我都過度攝取了。

除了最後一個月的旅行之外，我都是這樣度過的。因為沒有什麼想做的事，所以就這樣度過了。

「到了，該走了。」

直到金泰運說話時，我才回過神來。在我發呆沉思的時候，車子已經駛入首爾，在市中心行駛了一段時間，現在似乎是抵達了目的地。汽車停在一家綜合醫院前方。

司機為我開門之後，我下了車開始整理著裝，人們的視線都被吸引過來了。乘坐司機開的車，有人為我開車門，這些對我來說都是理所當然的事，但人們似乎是看到我是個年輕人，所以覺得很神奇吧。這些視線對我來說，已經是非常熟悉的了。

乘坐電梯前往ＶＩＰ病房，在前方等候的隨行人員熟練地將我帶進了房間，配有會客室的病房非常安靜。

「會長。」

我時隔六個月回到韓國的原因，就是因為鄭世進會長突然病倒。某一天，當酒和藥都變得索然無味，我漫無目的地跑去旅行，就這樣過了一個月左右之時接到了連繫。我一接到通知就回國了，不過看來情況似乎已經全都結束了。鄭世進會長以和平時沒什麼太大區別的表情坐在床上，面對著前來探病的親戚。對於我突然的登場，親戚們都有點驚訝，鄭會長看了我一會兒，皺起了眉頭。

「載翰，你怎麼從美國跑回來了？」

與其說是嚴格，不如說是對我之前的行為不滿意，事實上感覺有些生硬。我原本以為他的臉和平時沒什麼不同，直到我近距離看到之後，才發現他的臉色已經蒼白到讓人能察覺到他的病態了。

「載翰留下來，其他人都出去吧，我累了。」

他確實是個會差別對待我和其他孩子的人，鄭會長對待我就像對待他死去的大兒子一樣，但我們之間的關係並不算非常和睦或親密。他不太懂該如何表達，而我也一樣，雖然兩人之間有著深厚的親情，可關係卻依舊僵硬，但這並不意味著我不知道自己對他來說很特別，而且比起其他子女和孫子得到了更多的資源。

「您還好嗎？」

「不需要這麼大驚小怪。」

聽到這句話，我默默點了點頭。我早就聽說過是心絞痛了，由於症狀相當嚴重，僅靠保守治療的話可能會有生命危險，因此決定接受支架植入手術。雖然不知道他年輕時是怎麼生活的，但據我所知，他老人家平時一直都有在管理自己的健康狀況，真是萬幸。

在我觀察鄭會長的時候，同時也觀察著我的會長咋舌說道。

「你看起來比我還不像話。」

「……對不起。」

「你從小就不是個會惹事的孩子。」

毒品派對、亂交派對難道都不屬於惹事的範疇嗎？只要對象是鄭載翰，鄭世進會長的愛就能發揮出無限的寬容。

「不要讓我失望了。」

「是。」

而且，我一直都是不會辜負他期待的孫子。

鄭會長閉上了眼，似乎是真的累了。儘管如此，他還是對我的回答感到很滿意。他慢慢用手揉著臉，緩緩睜開眼睛，再次望著我說：

「泰允說有個結婚對象滿適合你的。」

我難道是因為看到鄭會長變得衰弱的樣子而掉以輕心了嗎？突如其來的結婚話題讓我的舌頭都打結了。

「結婚後再去美國學習經營也不錯，你去見見對方吧。」

對於偽裝成勸說的命令，我根本不需要回答。

從病房出來時，金泰運正在走廊上等我，跟我說親戚們想和很久沒見的我聊聊，所以一直在等我。一提到親戚，我突然想起一件事。

「鄭泰善董事長呢？」

這是在過去六個月裡，我一次都沒有過問的事情，就連報告都不想聽，所以也不讓他提到。鄭會長本想把事情交給我負責，但最終還是沒能交給我。因為我既沒有想承擔的想法，也不覺得自己有理由關心，之後就完全忘記了。

「已經處理好了，會長將前副董事長鄭喜進撇得一乾二淨，現在鄭喜進前副董事長正在和金浩英常務進行離婚調解。」

鄭喜進姑姑剛才有在病房裡嗎？還是沒有？雖然進去的時候有和幾個人用眼神打過招呼了，但是我沒有看到鄭喜進的印象。如果是自己的地位被奪走，還到了和一起策劃事情的丈夫離婚的地步，那照理來說她應該會忙著討好鄭會長才對，然而從她沒有來到大家聚集的場合這件事來看，應該是不好意思跟鄭泰善碰面。

「需要準備詳細的報告嗎？」

「之後再簡單說明一下就行了。」

無論是在美國還是現在，那種沒有任何欲望和無力的感覺都沒有太大的差異，但至少現在應該把心思花在跟家庭相關的事情上。看到了鄭會長衰弱的樣子，感覺心情變得有些沉重。

MBA[1]啊，我自己也覺得應該在年紀變得更大之前讀完，所以並沒有什麼排斥感，但我沒有想過結婚的事，畢竟也才剛離婚沒多久。

「喔，載翰。」

在醫院大廳等著我的人是鄭泰允。

1　MBA：企業管理碩士（Master of Business Administration）之簡稱，又稱工商管理碩士、經營管理碩士。

「您過得還好嗎？」

「當然啦，你在美國過得還習慣嗎？也差不多該定下來了吧？」

他說的話非常可笑。我和安賢珍的婚姻維持了三年，難道不算是人們常說的「定下來」嗎？而鄭泰允似乎不知道我們國家是一夫一妻制，一直不停地納妾，他也因為無數的私生子而大傷腦筋，同時也讓鄭會長感到頭疼。他和個性不容小覷的嬸嬸鬧翻了之後，在疲憊不已的情況下，彼此都開始出軌的事也不是什麼祕密了。

「你是真的要回到韓國了嗎？」

「……我還在考慮要不要繼續讀下去。」

「你工作那麼努力，肯定累了吧。娛樂公司的董事長要我問你，你之前經手的那部電影該怎麼辦，聽說這週要舉行內部試映會，可是邀請函一直送不到你手上。」

內部試映會，聽到這句話的瞬間，我的心情變得有點奇怪。如果說是我經手過的電影，那就是指我進行了少量投資，並承諾發行的電影，也就是尹熙謙的電影。

「我再送去給泰運吧，你不是一定會去參加自己投資的電影內部試映會嗎？」

對於那句話，我默默地點了點頭。雖然記憶猶新，但六個月的時間相當長，也是足夠整理一段感情的時間，不，當初我和尹熙謙的關係也沒什麼需要整理的，因為我們從一開始就什麼都不是。

正如鄭泰允所說的，我一定會去參加自己經手過的電影內部試映會。然而我這次卻在想，我一定要去嗎？

反正電影也會完蛋，光看他們用尹熙謙和楊絢智操作輿論就知道了。雖然從製作階段開始就出現了「大獲成功」的評價，但那也是在修改劇本之前的事，之後不管怎麼樣，都只是為了增加上映第一週的觀眾人數而採取的伎倆。他在拍後半段的時候，應該也已經感覺到了，這部電影完蛋了。

這就是我的意圖，除了砸了幾億韓元之外，事實上我的手上沒有染上任何髒污，就達成了目的。而在這過程中，我早已看過既絕望又挫折的尹熙謙了，因此，我並不想親眼確認電影失敗後的情況。

「那個，我想介紹給你的是一個很老實文靜的小姐，不像最近的孩子，我猜她大概還沒談過戀愛喔？」

鄭泰允簡單地介紹了一下那個女人。聽說她是二十四歲的大四生，雖然心想到那個年紀還沒談過戀愛反倒讓人覺得有些奇怪，但從他特別強調「老實」這點來看，與其說是沒有談過戀愛，倒不如說是還沒有過性行為的處女。自己的下半身這麼骯髒，卻以有無性經驗來判斷人的品行，真是可笑至極，你應該已經淫亂到沒資格強調什麼純潔了吧？再說了，我也不是那麼執著於純潔的人，反而更擔心對方會對此賦予什麼意義而感到厭煩。

「等父親動完手術再見面應該會比較好吧？」

「我都可以。」

「你肯定也會很滿意的，她真的是個很不錯的姑娘。」

「好，我會去見她的。」

「好、好，啊，對了，你最近最好不要跟喜進見面，她這次不是和她老公串通好，闖了個大禍嗎？先不說泰善，喜進真的就是太貪心了。」

「我最近只想讀書，我也會克制自己的。」

「啊啊，好吧、好吧。」

可能是因為得到了滿意的答案，鄭泰允興高采烈地說著身邊發生的各種事情說了半天。當我故意慢吞吞地眨著眼睛，搓著臉的時候，他才說「啊，是我抓著剛下飛機的人太久了」之類的話，放我離開。

在那之後，姑姑鄭喜進也有打電話給我，但只是互相問候一下便掛斷了電話。

「……唉……」

「很累吧？」

在我不由自主地嘆了口氣之後，金泰運瞥了我一眼問道。就算是坐商務艙回來的，也不可能不感到疲倦，對於放棄在飛機上睡覺的我來說更是如此。

疲勞感壓在肩膀上，頭昏腦脹。

可我還是無法入睡。

＊＊＊

在叔叔鄭泰允的介紹下認識了新源集團的小姐，從長相開始就給人很和善的印象。圓圓的大眼睛非常清澈，臉蛋小巧白皙，五官端正，非常漂亮。一百六十五公分左右的身高和苗條的身材，給人一種柔弱的印象。奶油色的連身裙很適合她，雖然長得像小女孩，卻還是女人味十足，我似乎明白鄭泰允不斷說她老實、文靜的理由了。

「您好，我是李奎雅。」

「我是鄭載翰。」

簡短的介紹後便陷入了沉默，時間長得足以讓桌上的兩杯咖啡變涼。二十四歲，比我小八歲，並不是該和我這種個性差勁、私生活骯髒的離婚男性見面的年紀。雖然我的家人覺得這樣的女人很純真、善良，想讓她當我的另一半是很正常的事，但是想把自己家珍貴的小女兒嫁給我這樣的人的心態，真是讓人無法理解。

「嗯……果然這種場合還是有點尷尬呢。」

直到女孩露出尷尬的笑容，和藹地說話時，我才意識到我表現得一點風度都沒有。她比我小八歲，雖然這是我不太喜歡的場合，但也不是勉強出來見面的，再說如果鄭會長強力推展的話，甚至會走到結婚這一步，所以我晚一步才意識到我的態度不是很好。

「其實我之前就見過您幾次了，偶爾在美術館之類的地方開派對的時候。」

我跟著爸爸去過幾次。她不僅說話很甜美，還懂得輕聲細語，笑的時候臉頰上凹下去的酒窩也很是可愛，是個非常有魅力的女孩。鄭泰允大加讚賞，那種純真清澈的形象果真不錯。

「從那時候開始，我其實就很想見您一面了。」

「……見我？」

如果是可以跟來派對的年紀，那應該是她已經超過二十歲的時候了，也大概有聽說過我是怎樣的人的傳聞了吧，為什麼還會想見我？即使不是那樣，明知道我最近幾年都還是有婦之夫，卻還想見我嗎？難不成這女人跟楊絢智是同類嗎？當時，我產生了這樣的想法。

「我對媒體方面的工作很感興趣，等這學期結束就畢業了，之後我還想去美國繼續進修。」

這是一種很新鮮的接近方式。雖然也不是沒有女人以工作為藉口策劃些什麼……但從女孩的眼神中感受到的感情卻截然不同，如果非要分類的話，那就是憧憬或羨慕。從小就對書籍、電視、電影、音樂劇等都很感興趣的女孩說：「如果未來要工作的話，我想在這個行業工作。

「因為覺得鄭理事您會給我很多建議，所以才一直想見您一面。」

女孩自顧自地說了很多，因為好奇的東西也很多，所以勉強還能繼續聊下去。雖然是相親，但因為不用費心了解彼此，心情便稍微輕鬆了一些。

可人、漂亮、聰明，還很好溝通。與其說是單純的相親，倒不如說是諮商顧問，但出乎意料的是，她是個非常成熟的孩子，而且還有著能讓身邊人感到放鬆的柔和氛圍。我大概明白鄭泰允極力稱讚她的理由了。

對話進行得很自然，氣氛也不錯。

但也不有趣，雖然女孩又笑又眨眼的，但我其實很無聊，甚至覺得累了。

「聽說您最後投資的是尹熙謙導演的電影。」

「……啊啊。」

可能是因為太累了，在對話暫時放緩之時，女孩提到的話題其實並沒有什麼特別的，卻讓我瞬間一陣頭痛。難道是因為他沒有好好把電影收尾，在中途就放棄了嗎？這也是我回國後第二次聽到關於尹熙謙電影的事。大家是不是都太關心我了？我如何投資和製作誰的電影，一直是這個圈子裡的人很關心的問題，但重點是我現在已經退出了，而這些關心使我的心情變得不好。

「大家都說是楊絢智小姐主演的，再加上得到了您的投資，肯定能保證票房。」

不知道楊絢智到底是說了多少，真讓人無言，她不太可能不知道我早就已經停下所有工作離開了啊。也許她這都是為了炫耀或宣傳，但無論怎麼想，她都是一個無法被看好的丫頭。

不過，看李奎雅把楊絢智的名字掛在嘴邊，話中帶刺的樣子挺合我意的，對李奎雅來說，楊絢智似乎也不是一個讓她滿意的對象。

「其實我有聽鄭泰允董事長說，幾天後會舉行內部試映會。」

到底是對她有多滿意，竟然還把內部事務告訴了別人。不管怎樣，只要一提到女人就沒轍的傢伙，到底是把她當成了侄媳婦的人選，還是自己別有居心，真是讓人搞不清楚。

關於內部試映會，我沒什麼可說的，反正我本來就沒有打算要出席，不僅如此，不管是行銷，還是包含上映在內的發行業務也直接交給公司了，我並不想參與。雖然處於停職的狀態，但實際上跟空殼理事沒什麼兩樣。不管是理事還是常務，集團都會安排一個這樣的職位給我，接著我會去美國，而回來後也不會再回到娛樂公司，而是會為了繼承而開始跑程序。因此，我認為電影已經是我放手的東西了，我想停止對它的關心，不，我一點都不關心。

但是在相親的場合上，從始至終都在談論電視節目如何、內容如何、電影如何，被認為有可能是我未來結婚對象的女人似乎對此非常感興趣。

「嗯……請問您可以帶我去嗎？」

她請求的態度還滿平淡的，一點都不會讓我覺得不快。比我小八歲的女孩應該也感受到了我毫無誠意，但還能如此平靜地進行對話這件事，本身就十分了不起，而且她提出請求的方式也非常高尚。我似乎了解老人家們稱讚和喜歡她的理由了。她不僅長得漂亮，還很聰明伶俐，個性又好，就連言行舉止跟說話方式都很端莊，無論怎麼看都是個好女人，非常好溝通，讓年齡差距都變得毫不重要了。與我是否想要結婚無關，如果鄭會長強迫我結婚的話，她作為另一半是沒有壞處的。

而且也許就是會變成那樣吧。

「好吧。」

雖然可以用「不方便帶非相關人員出席」這句話來拒絕她，但是我並沒有這麼做。這句話並沒有說錯，然而我知道那是一個窘迫的藉口。女孩似乎是對我的回答很滿意，臉上露出燦爛的笑容，那無疑是一個會讓人心情變好的美麗微笑。

試映會，反正我已經能預料到結果了，即使正面出席也不會有什麼問題，只不過是經常進行的確認程序罷了。電影既不具備藝術性，也不具有大眾性，尹熙謙的導演人生也將就此結束，所以我很快就再也聽不到他的名字了。這是我最初就預料到的，也是我所意圖的。出席的話，應該就會遇到尹熙謙吧。

雖然不覺得一定得出席，也沒有想去確認尹熙謙的結局，甚至不想再見他一面，但我突然覺得即使那樣也沒關係了。

反正我和他的關係已經結束了，六個月的時間過去，我們之間就只剩一件事需要確認。

而內部試映會將會是最後一次。

＊＊＊

李奎雅穿著奶油色襯衫和深綠色裙子，把頭髮挽起，為髮型帶來了變化，因此外表看起來比她的實際年齡大了兩、三歲。儘管如此，她還是掩飾不住興奮的心情，對今天的試映會感到非常期待，滿臉通紅的樣子顯得格外稚嫩。

下了車的李奎雅很自然地挽著我的手臂，我沒有刻意甩掉她的手，而是護送著她，在工作人員的引導下進入了放映室。

裡面已經來了好幾個人，工作人員彎下腰打招呼，演員們也裝出一副跟我認識似的來向我問好。

「載翰哥來了啊。」

其中當然也有楊絢智，當她看到李奎雅輕輕挽著我的手臂時，瞳孔劇烈顫抖了起來。

「絢智姐，您好。」

「哎呀，奎雅小姐也來了啊？」

「是我纏著理事要他帶我來的，因為我對這方面的工作滿有興趣的。」

「是嗎？我還是第一次聽說呢。」

楊絢智的聲音非常尖銳，而李奎雅的聲音卻十分平靜，她充滿從容和親切的優雅語調，和看似純真的微笑非常相配，而這樣的她更刺激了楊絢智。楊絢智看著我的眼神裡隱藏不住怨恨和狠毒。

楊絢智說了幾句話就轉身走了。在這之後，楊社長露努力掩飾著不快的尷尬表情走過來打招呼，在握手和問候幾句的過程中，楊社長一直瞟向李奎雅進行牽制。即使鄭會長早已在心中定下無須再考量的結論，可他似乎還是沒有放棄做白日夢。不僅是鄭會長，更別說是結婚了，我連跟她發生一夜情的意願都沒有。

「鄭理事，好久不見了，您不是說過您在美國嗎？」、「應該沒有發生什麼事吧？」、「過得還好嗎？」在與其他投資人交談的時候，我讀懂了氣氛。工作人員散發出死心、自暴自棄、漠不關心等等的氛圍，只有楊社長和幾名投資人表現出了一點點的興奮，在他們之中，也有幾個對劇本不滿意，板著臉坐著的人。

「呵呵，聽說TY和新源就要成為親家了，看來是真的呢？」

看到李奎雅在我與大家打招呼的過程中，一直微笑著站在我身邊，其中一位投資人哈哈大笑起來，但同時眼睛也像老鷹一樣閃閃發著光。在這個世界上，情報無疑是巨大的財富，鄭泰允應該也是希望透過傳聞形成某種氛圍吧。

雖然我從以前開始就一直生活在虎視眈眈地尋找機會、伺機偷竊的雄性動物之間，但難道是因為過去六個月的空白期嗎？不知為何，神經突然發熱，同時也感覺到疲憊。如果能從容地不理會那些難以理解真意的話就好了，但正因為做不到，便只能敏感地接受，這對我來說是件十分累人的事。

「啊……鄭理事。」

上前向我搭話的人是製作人韓柱成。尹熙謙和韓柱成現在都已經站在了懸崖邊，這部電影攸關著他們的生死，雖然導演尹熙謙只要有好作品，能遇到有能力無視我的製作人，就可以繼續拍下一部電影了，但製作人的立場不同。如果韓柱成這次失敗了，就有可能揹上巨額的債務，再也無法東山再起。韓柱成似乎已經預料到這種情況了，從他黯淡無光的臉就能得知電影的去向。

「製作電影辛苦了，韓代表。」

「那個……別這麼說，辛苦的是尹導演，這幾個月來一直熬夜，我從沒有看到他吃飽睡足的樣子。」

「光看尹導演的出道作品就感覺十分不錯了，那樣的人還這麼努力，真是令人期待呢。」

看著裝作不知情的我，韓柱成的眼裡充滿了怨恨。他當初好像找錯了埋怨的對象，不對，這一切都是我想要的，所以應該說他是正確地指出了該怨恨的對象。

「……相信您也知道，尹導演他真的是個很會拍電影的人，如果是能讓他一展長才的環境……」

為了不讓別人聽到，韓柱成小聲嘟囔著，聽起來非常哀切。他是因為韓謙影視和製作公司也是一起合作的關係，所以才這麼擔心的嗎？還是期待尹導演東山再起，這樣製作公司的情況也能得到改善？已經失敗的電影就是失敗了，下一部作品也要拜託我投資，這樣的暗示太明顯了，讓我不禁失笑。

「創造環境也是一種實力。」

他們兩人依舊是非常依戀、互相愛護的關係，這讓個性扭曲的我心裡很不舒服。

「看了電影就知道了。」

眼前瞬間浮現出一張蒼白的臉，但我的話還是冷冰冰的，神經更加繃緊了。鋒利的針尖好像就快把我心裡的某個東西刺破了。冷靜，為了讓那根針變鈍，我必須冷靜下來。韓柱成可能是看懂了我的臉色，戰戰兢兢的，但最後還是離開了，而我坐在了準備好的位子上。

「哼嗯。」

直到李奎雅發出奇怪的鼻音，我才發現她坐在我旁邊，一看，李奎雅正帶著饒富興趣的表情，環顧著放映室內部。

「氣氛有點沉重呢。」

從各方面來看，她都是一個聰明伶俐、機靈的孩子。她沒有說出「電影好像是拍得不太好」之類的白痴話，這一點也很聰明。

但是，李奎雅又繼續說道。

「尹熙謙導演好像還沒來……」

那一瞬間，我的想法是「妳為什麼要找尹熙謙？」。

「……理事？」

李奎雅炯炯有神的黑眼珠瞪得圓圓的，仰望著我。正當我心想她的臉怎麼在這麼下面的位置，才發現是自己突然站了起來，李奎雅似乎被突然踢開椅子站起來的我嚇了一大跳。

「……起來。」

我希望自己的聲音聽起來是親切的，實際上卻非常僵硬、冰冷。我抓住李奎雅的手臂把她拉起，走出了放映室。幸好該進去的人好像都進去了，走廊裡並沒有人。

「今天來的都只有相關人員，看來我把妳帶來是判斷失誤了。」

「……」

李奎雅一瞬間流露出無法接受的表情，然而在我的帶領下，她還是不得不跟在我身後。我讓她像剛才一樣輕輕抓著我的手臂，把她拉了過來，「喀噠喀噠」的高跟鞋聲音在沒有別人的安靜走廊裡迴盪著。

「今天就到這裡吧，我會再另外安排其他機會的。」

「……好。」

她看起來有點不高興，但還是回答得很順從，這樣的反應非常不錯，好到甚至讓人懷疑她是不是有上過新娘課程。然而，這樣的反應也沒有使我敏感的神經放鬆。

走廊太長了，雖然想走得快一點，但也不想被發現自己其實很著急，所以只能配合李奎雅的步伐前進。我一心只想離開這個空間，不僅僅是把李奎雅送走，就連我自己也想搭車離開。

我現在顯然是後悔的，後悔自己不應該來，也不該為了確認我們之間的關係，而把事情想得這麼簡單，真是徒勞。

「啊。」

在我不得不停下腳步的那一刻，後悔達到了巔峰。「啊」，發出這種荒唐聲音的人是李奎雅。

因為走廊那頭，有一個男人走了過來。當男人顫了一下，停下來時，我們的視線對上了，至少我是這樣認為的。

「……」

「……」

不知道是他先邁出步伐，還是我先踏出腳步的，但從某一瞬間開始，我已經在走著了，而他也向著我走來，我和男人的距離縮短了。

鞠躬，他低下頭行禮，連一句「您好」簡短的問候語都沒有。而我也點頭接受了他的問候。

擦身而過，就這樣走到了走廊的盡頭，直到出去為止，我的腳步都沒有停下。

「剛才那位不是尹熙謙導演嗎？」

在等待車子的期間，李奎雅開口問我之前，我都一直沉默不語。她剛才鬧的小彆扭不知道去哪了，觀察著我的臉色小心翼翼地問著。

「對。」

我連看都沒有看她一眼，只是簡短地回答道。

「進去吧。」

剛好車開到了面前，我親手打開後方車門。李奎雅猶豫了一下，瞥了我一眼，然後上了車。確認她坐好之後，我就把車門關上了。李奎雅雖然莫名其妙地被我趕走，卻始終以優雅的態度守住了自身的高尚及自尊心。

我站著目送車子離開，掏出一根菸叼在嘴裡，然後慢慢地深呼吸，把一整根菸抽完。可能是因為該來的人都到了，大樓前靜悄悄的，沒有一點動靜。

最終，當我把菸抽完重新進到放映室的時候，電影已經準備要播了。我一就坐，燈就熄滅了，安裝好的螢幕上開始出現畫面。

影片的開始是在大雪紛飛的海岸邊，海浪拍打不斷形成白色泡沫。

一百二十分鐘後，當光線照進房間時，人們正在鼓掌，聽起來卻非常無精打采，房間內瀰漫著誰也不敢發出聲音的尷尬氣氛，投資人們黑著一張臉看向楊社長、韓柱成……還有尹熙謙。

表情最難看的是楊絢智和楊社長，楊絢智緊咬著嘴唇，努力做好表情管理，楊社長則是因為自己修改過的劇本的結果，紅著臉忍受著看向他的那些視線。而韓柱成就像是馬上就要斷氣的屍體一樣，像罪人一樣低下了頭，反而是工作人員們的反應很淡然。尹熙謙也是，一副早就預料到結果的樣子。

「……嗯。」

我發出的聲音打破了沉默。感受到眾多視線集中在我身上，我摸著口袋掏出了菸。

「我可以抽根菸嗎？」

聽起來像是在詢問，但我已經拿出一根叼在嘴唇之間了，也不聽回答，便把菸點燃了。被黃色燈光照亮的房間裡瀰漫起煙霧，我把菸吸到肺部深處，然後「呼」地吐了出來，那口氣長而緩慢。

我輪流看了尹熙謙、韓柱成、楊社長和楊絢智一眼。雖然沒有鏡子，我沒辦法知道自己現在是怎樣的表情，但我想應該是笑著的吧，當時的情況就只能笑了。

我的短評如下。

「真是一部非常好看的垃圾啊。」

以我的一句話作為結尾，在奇異沉默中，我抽的菸不像是香菸，反倒更像是喪家裡燒的香。雖然早就料到會是這樣的反應，但不知道是不是我說的話有些過分了，工作人員們都低著頭，又或是因為覺得被侮辱了而瑟瑟發抖著。在所有相關人員都面帶嚴肅表情的情況下，我覺得沒有理由繼續坐在這裡，於是將燒到一半的香菸扔在地上，用腳踩滅之後站了起來。

韓柱成像罪人一樣低著頭發著抖，尹熙謙應該就坐在那附近，但我連看都沒看一眼就轉過身去。

我是想看到尹熙謙的臉呢？還是不想看到呢？我一邊這麼想著。

「鄭理事！」

經過走廊走出建築物時，我聽到後面傳來了喊聲。以楊社長為首的幾名投資人緊隨其後，大家都很激動。

「……這、這該怎麼辦才好呢？」

我沒有回答，只是呆呆地看著那張臉，雖然知道他會說些什麼，但要聽他說說看也行。

「雖然會在首映前盡量剪輯……但還是先盡可能宣傳，至少讓第一週的觀眾人數——」

「為什麼要告訴我這些？」

結果果然是不需要聽的話，當我打斷他、反問的時候，楊社長張著嘴、變得僵硬，啊啊，這張臉反倒是挺合我意的，感覺心裡痛快多了，同時也再次感受到從前耍人時的好心情，所以為了再多享受一點點那樣的快樂，我微微一笑說道。

「剪輯？不用看也知道，您從初剪的時候就插手了吧？」

「……那是……」

即使他有十張嘴也無話可說。楊社長說出一些毫無意義的話，但很快就閉上了嘴。連劇本都敢動的人，不可能會放過剪輯，他應該在每個剪輯版本出來的時候，都會被逼著拿去給他吧。

影像美，我所說的漂亮僅僅是針對那個畫面。據說導演四處巡察，鏡頭裡的畫面果然就像一幅山水畫般美麗，是一場光與色的盛宴。雖然我從來沒有在觀賞自然環境時覺得美麗過，但曾在一瞬間被大自然震撼而感到敬畏過。然而由於被剪輯得非常混亂，所以電影後半部變得亂七八糟的。

這部電影本該美麗無比，以尹熙謙的名號問世。不僅是影像，還包含藝術性，都可能是會讓眾人感嘆和讚頌的作品。

「暫且不論你不相信導演的能力，在剪輯過程中指手畫腳這件事，你自己把劇本改成那樣，卻沒有料到會有這樣的結果，這更讓我震驚。」

但是，這一切都已經晚了。

這不是導演的錯，更不是剪輯或音效的錯，甚至不是演員的錯。我說有投資價值的是最初的劇本，是那個本身就非常完美，但又會根據尹熙謙如何導戲，而表現出更深沉感情的那個劇本。但是說著大眾性如何、演員的感情線如何、開放性結局如何，隨意修改並貫徹意志的，是自以為交了錢，作品就是自己的傲慢投資人們，而那個代表就是楊社長。

「那……那您當初為什麼沒告訴我呢？」

看看他現在轉過頭來怪我的樣子，這些人果然不肯承認自己的失敗。這些人太傲慢了，不想承認自己的錯誤。我突然產生一種自嘲感，從一開始就在利用這樣的心理，是我清楚地描繪了尹熙謙失敗的未來，我知道楊社長會把責任推給尹熙謙和韓柱成，如果我現在也沒有做出評論，就會出現預想中的情況。

「如果我說了，你就會把我的話聽進去嗎？」

「……！」

「你不就是為了能夠任意妄為，才拉攏了周圍的人來投資，把自己的投資比例拉高嗎？你想說因為是自己女兒出演的電影，所以才這麼做的嗎？如果你有為女兒著想，就算有錢也不該打電影的主意。」

我的話應該非常侮辱人，但沒有一句是錯的。楊社長改電影劇本時心裡在想什麼，不用看也能知道，那是對我的反感，是根深蒂固的「區區一個小毛頭，不過只是讓幾部電影成功了而已，有什麼好囂張的」這種想法。如果我對劇本的修改提出反對意見的話，他也會想盡辦法來壓制我，又或是把接受我的意見當作一種對我釋出重大好意的行為，然後向我要求別的東西吧。

我知道自己對他人來說是多麼令人嚮往，同時也多麼令人反感。雖然大多數的人都對我卑躬屈膝，但我不可能不知道他們的內心和行動與表面上並不一致，如果不知道的話，那我大概就是個白痴了吧。楊社長應該也是想抓住任何機會，在與我的關係上占據優勢。

「那……那該怎麼辦……」

最終還不是什麼都沒能如願，只能無奈屈服。

「所以說……」

楊社長因憤怒和屈辱感直發抖，但可能是已經掌握了事態，他黑著臉看我。他抓著我的理由很明顯，即使對侮辱性的言辭感到屈辱，氣得臉紅脖子粗的，也只能隱忍著繼續站在這裡的理由，我也不是不能理解。

然而，我能對他說的還是只有一句話。

「這種事為什麼要來問我？」

聽到我淡然的話，楊社長像是被雷劈了一般，一下子僵住了。

「發行……發行是由鄭理事來負責的！契約裡明明就寫得很清楚！」

如果好好宣傳，配合好上映時間，票房得到第一名的話，如果好好利用媒體……我很清楚他抱持著這樣的期待而向我低頭。然而，我不禁噗嗤笑出了聲，我現在的感情也許和一開始時有些不同，但我的行為並沒有太大變化。

「發行的事公司會自己看著辦的，您不是跟TY簽約的嗎？」

「!!」

反正打從一開始，我就沒有想在發行方面給予幫助。

「我現在正在休假，沒有打算再回到娛樂公司了。我也不知道上映第一週能確保多少票房，不過就算在國內賣不出去，泰國之類的地方應該也會買吧，不是也還會上VOD或有線電視之類的嗎？雖然肯定會有點損失，但投資不是本來就是這樣的嗎？」

「鄭……鄭理事……」

難道您只有在隨心所欲地拜託別人的時候，才會用尊稱嗎？我對到現在都還沒清醒的男人盡情挖苦道。

「託您的福，我也虧了一點錢呢，名聲也會因此下降，我是不是該慶幸在這時候離開了娛樂圈呢？」

楊社長和那些站在他身後、聽著我們對話的人臉色瞬間變得蒼白，豐腴的臉好像一下子就消瘦下去了，瞳孔也在劇烈晃動著。啊啊，這雖然只是小事，卻是能夠轉換我骯髒心情的愉快場面啊。

「楊絢智的演藝生涯也多了個汙點呢。」

說完最後挖苦的話，我再次轉過身來。剩下的人像望夫石一樣直挺挺地站在原地。就那樣變成石頭吧，我終於嘲笑了他們。

開門出來，屬於夏季炎熱的空氣包圍著我。坐上司機開過來的車後，我再次點燃了香菸。稍微把窗戶降下來一點，熱風就吹進滿是刺鼻濃煙的車內。

結束了嗎？突然有這樣的想法。

結局，我所描繪的開始與終點。最終，我親眼確認了結局。

嗤笑聲突然從嘴唇間流了出來。

「……啊啊啊。」

一切都如我預期地實現了。如果是平常，我可能不太會在意，現在的我卻笑了出來，接著發出並非嘆氣之類的奇怪聲音，是因為我沒有預料到會有這種無力感和空虛感。

我一直很好奇隨著我的感情發生變化，最後的心情會變成怎麼樣，而現在，我已經經歷過……這一切了，所以結束了。雖然早在六個月前我就知道了，但我一直拖拖拉拉，直到今天一切才真的結束。

我漫長的徬徨終於要畫上句號了，現在是時候該前進了。

＊＊＊

一個人的一百八十度大轉變，需要什麼樣的契機呢？

在黑暗中，我突然產生了這樣的疑問。轉變大到甚至會聽到「好像變了一個人」這樣的話，人在所有行為上都會有所變化，這難道是單純的調整心態就能實現的事情嗎？變化是那麼容易嗎？

眼睛一眨一眨地反覆睜開閉上，慢慢思考，但最終還是沒有得出結論。那麼，如果說變化是由什麼契機引起的，那麼那個契機又會是什麼呢？這果然沒有答案，又或是說，這對我來說是永遠都無法得知答案的問題。

雖然最終擺脫了思緒，但對現實的感覺卻沒有輕易恢復，那是一種與失眠帶來的疲勞和朦朧感截然不同的感覺。

這是一種完美的黑暗。在任何光線都照不進來的空間裡，連一點聲音都沒有，伸手不見五指，雖然知道這裡是一間有牆的房間，我卻連空間感都感覺不到。在黑暗中，時間和空間似乎是無限的，又或是不存在的，我分明對這樣的黑暗很熟悉，但比起溫馨，更該說是讓我鬱悶。

不對，是鬱悶嗎？空蕩蕩的腦子裡什麼也想不起來。因為趴著，碰到臉頰的布觸感也很奇怪，我現在是趴著的嗎？從很難起身的這點來看，重力還是存在的。

感覺再這樣下去，所有感覺都會被切斷，說不定還會瘋掉。

當我有了這種想法的時候，我的精神變得更加清晰了。用手摸了摸周圍，找到了手機，當螢幕亮起光線的瞬間，感覺眼前一陣暈眩，臉瞬間皺了起來，眼睛有些刺痛。從光線中浮現的字看起來有些模糊，起初什麼都看不清楚。

我打開床頭的燈，在光線中眨了眨眼睛，眼睛慢慢開始適應光線，視力也隨之恢復。現在看得清螢幕上的時鐘數字了，三點三十分。自從我下定決心要睡覺、躺下已經過了四十分鐘，雖然我知道自己一定睡不著，但因為好幾天沒睡了，所以還是抱著期待，想著說不定能睡一下，結果還是睡不到一小時，真是讓人厭煩。

『是啊，說實話，我還在想能你能撐多久呢。』

正如李道經笑著說的那樣。我昨天和抱怨著「你回韓國都已經多久了，而且明明都跟其他人一起喝了酒，卻不跟我見面嗎？」的李道經見面了。

啊啊，我明明下定決心要戒掉毒品，少喝酒了，我明明自己也知道是時候該定下來了。然而可笑的是，從我做出決定的那天到現在，我的生活與在美國生活的時候並沒有太大的改變，還是到處和人見面喝酒。我曾努力不這樣做，但是在已經放棄一切的現在，為了度過無法入睡的夜晚，我能做的就只有喝酒。獨自沉浸在思緒中度過不眠之夜，真的是最糟糕的事了。即使我重新下定決心，不眠之夜所帶來的痛苦也不會有所改變。就像過去一樣，現在的我也還是無法獨自承受那些時間，所以才會和人一起喝酒。不喝酒就太沒意思了，所以無論是毒品還是酒，最終都沒有減少多少。

『你以前不是表現得像變了個人一樣嗎？連聚會都不參加。甚至還有人開玩笑說，如果想見到你就得去運動呢。』

直到她指出，我才意識到我曾經這樣做過，確實是那樣沒錯，因為那時任何聚會都沒辦法讓我變得愉快，所以就都沒有去。即便如此，夜晚的時間也不會感到痛苦，而且睡得也很好。無論怎麼看，當時的我都可以說是相當穩定的。因為覺得體力似乎變弱了，所以白天也很認真運動。不管是柳成俊還是李道經，還有其他人也都有說過，我好像變成了另一個人，「不像是鄭載翰了」。

在酒桌上，總是會出現一些愚蠢的胡話，所以我根本不在意在那種場合上說出的話。但這僅僅是幾個小時前的事情嗎？李道經一伙人說過的話不斷在腦海中浮現。他們那時說我好像變了，讓我很在意，那並不是帶有正面意義的說法。感覺心情很差，越是反覆咀嚼，不……自從聽到那話之後，對當時真的不像我的自己產生了自覺的那一刻起，我的心情就不是很好了。

總之我得抽根菸了。我不喜歡臥室裡有異味，便撐起僵直的身體走出了房間，拿起桌上的香菸，走到陽台抽了一口。

「呼嗚」，經過我的身體，白濛濛的濃煙蔓延開來。有人說抽菸是一種習慣，實際上對減輕壓力沒有任何幫助，但會產生像安慰劑一樣的效果，不過也有一種說法是說，透過吸菸進行的深呼吸其實有助於轉換心情。無論是哪種說法，我都不太在意，我甚至不記得第一次抽菸是什麼時候的事了。偶爾無緣無故地感到煩躁的時候，我就會抽一根，這樣是不是已經成為習慣了呢？現在的我是這麼想的。雖然不知道是習慣還是安慰劑，但不管怎樣，只要抽菸，心情似乎就會變得輕鬆一些。

「……媽的……」

然而，我現在的心情卻一點也沒有變得輕鬆，心裡堵得慌，就好像有人掐住了我的脖子一樣。即便徒勞地擦脖子、搓臉也還是很鬱悶，所以能說出口的就只剩髒話了。菸都抽完了，可什麼都沒有好轉，甚至連再抽一根的心情都沒有。

受不了了。

心情鬱悶不已，感到一陣窩火，沒辦法靜靜待著。酒和毒品都沒了，如果連睡覺都不能為我帶來安歇的話，那就只能動起來了。

我隨便穿上褲子和T恤，拿上汽車鑰匙，不管三七二十一地跑出了家裡。四點的天空很暗，街上沒有一輛車經過，路燈亮著的道路上只有我開著車，就連這也讓我怒火中燒。難道這個世界上，只有我一個人因為失眠而心煩地跑來街上嗎？這樣的想法讓我心裡充滿了怒火。

頭一陣刺痛，無處可去的煩躁和憤怒湧上了心頭。

行駛了一段時間後，車子終於停了下來，那是我大概十天前來過的地方。這個工作室不僅設有剪輯室和音響室，還有可以為相關人員播放影片的放映室。

『真是個非常好看的垃圾啊。』

這也是我對自己經手的最後一部電影做出上述評價的地方。

一直在首爾市內奔馳直到太陽升起的我，竟然把車子停在了這裡，連我自己也感到無可奈何。因為實在是太無語了，從剛才就一直在折磨我的頭痛又加重了好幾倍，真想在太陽穴上打個洞。

這是我再也不會來的地方。不僅僅是不再插手TY娛樂，我甚至打算讓自己經營的投資公司遠離電影，未來也不打算再用個人資產投資電影了。與收益多少無關，我只是想離開電影界，不，應該說離開跟媒體有關的一切，一定能變成這樣的。

儘管如此，我現在還是來到了這裡。

在改變幾次目的地後，最終還是來到了這裡。我為什麼會來這裡……真是太荒唐了。可儘管如此，我仍無法把腳從油門上移開。

即使認為沒有必要下車，但我還是下了車。

原以為門會鎖著，但並沒有。這很奇怪，雖然無法用語言來解釋，但我就是有某種預感。不知道要去哪裡，在路上不知所措地打著方向盤，最終來到這裡應該也是因為這種預感吧。

走在燈光熄滅的昏暗走廊上，室內非常安靜，唯獨我的腳步聲大聲響起。在這棟建築物裡，我知道的地方就只有不久前去過的放映室，可是我的腳步還沒來得及走到那裡就停下了，那是另一扇門前，門緊閉著，但不知為何，我好像知道那是哪裡了。

手慢慢地動了起來，不可抗力地抓住了把手。說不定是鎖著的，雖然這樣想，但當我用力將把手往下壓時，沒有一絲阻止，伴隨著「喀嚓」一聲，手變輕了。當鎖扣一鬆開，門就開了，接著便響起了「嘰咿」的刺耳聲音。

「……」

在敞開的門之間，我最先感受到的是酒味。什麼聲音都沒有，在黑暗中唯一發著光的是開著的白色螢幕，畫面中是凌晨的場景，充滿了藍光，而那光芒也渲染了整個房間。酒瓶散落在桌上和椅邊，不知道有幾瓶燒酒，濃厚的酒精味中夾雜著吃剩餅乾的鹹味。

在那個房間裡，尹熙謙坐在椅子上，閉著眼睛。

他深深地埋在椅背上，腰向前傾，屁股勉強掛在椅子的末端。修長的腿無力地垂在地上，腳踩著地面，以光用看的就覺得不舒服的姿勢，脖子歪斜地貼在一邊肩膀上，喘著粗氣睡著了。雖然他的呼吸根本不可能傳到我這邊，但不知為何，總覺得他的氣息中有酒味。

我想確認一下。

我小心翼翼地向尹熙謙靠近，如果螢幕中的畫面沒有停止，也許會發出聲音，但在連呼吸聲都能清晰聽到的寂靜中，我的腳步聲響起。「喀噠、喀噠」，我慢慢靠近了尹熙謙。

「……嗯……」

不知道是不是在說夢話，尹熙謙低吟了一聲。一瞬間，我因為嚇了一跳而停下動作，但繼續觀察了一下，才發現他依舊以不舒服的姿勢閉著眼睛。端正的眉間微微皺起，旁邊濃密的眉毛也彎曲著，看起來似乎是很痛苦。要麼是因為飲酒過度而痛苦，要麼是因為心裡折磨而難受。

是在做惡夢嗎？如果是惡夢的話……會夢到些什麼呢？我一邊愚蠢地想著，一邊愣愣地看著尹熙謙熟睡的臉。

晒得黝黑的皮膚比冬天時看起來白了一些，就像有段時間沒見過光的人一樣。鼻梁還是我記憶中的那個形狀，就連被我打過的顴骨也依然和我記憶中一樣，可他的臉頰變得消瘦，下巴線條看起來比以前更加鋒利。以前經常起皮的嘴唇也因為太乾燥，到處都裂開了，都還沒到冬天，就已經變得一塌糊塗，嘴唇上長長的凹槽裡好像馬上就要流出血了。

「唉……」

似乎是真的在做惡夢，尹熙謙長長地嘆了口氣，不出我所料，他呼吸的氣息中充滿了酒精的味道。他會不會醒了？要是醒了怎麼辦？雖然因為緊張而僵硬了一時，但尹熙謙只是把頭轉向另一邊，並沒有睜開眼睛。

我的心臟在怦通、怦通、怦通地劇烈跳動著。

他瘦了很多，不久前在白天看到的印象似乎沒錯。拍電影有什麼難的，何必費那麼大的力氣，在全國各地進行拍攝的時候，都還沒有瘦成這樣，現在看下來比起拍攝，後期的製作工作似乎有著更大的問題。楊絢智和她爸到底是有多折磨他啊？我能清楚看見無比珍惜並深愛著自己作品的男人被逼到懸崖上的模樣，儘管如此，他依舊因為是自己的電影，無法選擇放棄，還為了挽救作品而拚命掙扎。

他眼睛下方的黑眼圈太重了，手不由自主地伸了出去，雖然因為擔心他會從睡夢中醒來而感到緊張，但還是衝動地把手放在了黑眼圈上。

手指接觸到溫暖的皮膚，僅僅是以指尖稍微觸碰到，這並不足夠讓我抑制住衝動。最終，我輕輕地摀住了他的臉頰，用大拇指掃過眼睛下方。

「……！」

被什麼東西碰到手的瞬間，我嚇得把手從尹熙謙的臉上移開。不知道自己有多吃驚，我不自覺地後退了一步。

尹熙謙並沒有突然醒來，他依然閉著眼睛，以不舒服的姿勢不時吐出像痛苦呻吟般的夢話。

但在尹熙謙閉著的眼睛，長長的睫毛底下。

「……」

眼淚簌簌地從臉頰落下。

「……」

尹熙謙哭了。

那一瞬間，我的腿軟了，然後癱坐在地上，再也站不住了。

「……啊。」

雖然不想出聲，卻束手無策，實際上，我就快發出悲鳴聲了。

因為心臟……

太痛了。

「啊啊……」

因為怕尹熙謙會醒，我摀住嘴，把聲音吞了下去，但我覺得自己就快吐了，想吐到覺得還不如吐出來比較舒服點呢。在我意識到這點的瞬間，背脊發涼，噁心得快要死了。要是把嘴張開，感覺尖叫聲和撕裂的心臟就要被我吐出來了。

當我第一次見到尹熙謙的時候，當我在螢幕上看到演員尹熙星的時候，我的心也是怦怦直跳，胃裡一陣翻騰，不知為何全身都起了雞皮疙瘩，心情很鬱悶，像是被什麼東西壓住了一樣鬱悶，我認為那是一種不愉快的感覺，那也必須是一種不愉快的感覺。

因為覺得他礙眼，只要處理掉他，不快感就會消失，所以就把他收拾掉了。

但是，我們最終還是重逢了。那時候的悸動、鬱悶和湧上心頭的東西依然如故。尹熙謙不知為何依舊閃閃發著光，他讓我的心情變得很奇怪，所以我想把他毀掉。

與此同時，我又很喜歡與他肌膚相親的感覺，之前從沒有過這麼令我滿意的性愛。我深深陷入和他的性愛所帶來的滿足感中，給了我比任何性愛都還要強烈的快感。尹熙謙的身體帶給我的恍惚和高潮，我相信我是在為它們感到惋惜。我覺得和尹熙謙的性愛非常美好，再加上我無法躺在別人身下，所以認為既然這段關係開始了，就想持續到膩了為止。他想要的、需要的我都會給他，我認為這是一種簡單的等價交換，顯然是把他當作是男妓了。

尹熙謙必須是男妓才行，否則我無法解釋自己為何要給他物質上的幫助，也無法說明想要幫助他的理由，但是最終我還是承認了。我希望尹熙謙能住在更好的房子裡，能坐在更好的車子上，不希望他被其他人瞧不起，希望他能穿上很多他喜歡的名牌衣服……像這樣想為他做點什麼，這件事不知不覺成了我的欲望。那就是我的欲望。

所以，我最後是這麼想的，這種感情無異於是對寵物、對自己養的狗產生的感情。看著離我而去的男人，我無法承認刻苦銘心的尖銳疼痛感，還有無論做什麼都無法抹去的痛苦具有重大意義。只因為是很聽話的寵物，所以很疼愛而已，只不過是一隻狗離開了我罷了。因此，我當然會因失落感而感到痛苦，但也不是值得我長時間痛苦的事情，我曾經是這麼想的。

然而在我離開韓國後，在連尹熙謙的名字都沒聽到過的六個月裡，沒想到我會一直感到痛苦。既痛苦又難受，無論做什麼事，我都會想起他的名字、臉龐和那些時光。不管做多麼瘋狂的事，不管做出多大的努力，我都忘不了，反而還讓我更加痛苦。

經過一個月的旅行，也沒有整理好任何東西，那是一段努力迴避、拒絕、試圖掩蓋的事情輪廓變得模糊的時間。儘管如此，我還是不願意接受，我不想接受，也不想承認，感覺自己輸了?不，我的心情並沒有那種輕鬆，對我來說那是絕望的感覺，是在我整個人生中，沒有理由也沒有必要、一次都沒有感受過的絕望感。

我不能承認，我不承認，雖然心裡是這樣想的，但我其實已經隱約察覺了，已經知道了。我明瞭，只是裝作不知道而已。

即便覺得痛苦難耐，想著再這樣下去可能會瘋掉，還是打算永遠裝作不知情。鄭會長躺在病床上的可憐樣子讓我下定了決心，我想那確實會成為一個契機，讓我下定決心要結婚，還要學習經營，繼承家業。

但最終我還是沒能改變。

在見到尹熙謙的時候，我就像變了個人一樣，無論下了什麼決心都無法改變自己。

在意識到這個事實的瞬間，其實我無比絕望。走在夜晚的街道上，毫無頭緒地四處徘徊，最後來到這裡的原因更讓我絕望。

如果我不來和尹熙謙最後一次見面的這個地方，說不定會直接殺去尹熙謙家。

「……哈啊。」

我忍住聲音，顫抖著呼出氣來，好不容易抬起頭，望向在螢幕的亮光下閃閃發光的尹熙謙。他仍然以那不舒服的姿勢睡著，似乎是睡得很沉，即使我的呼吸聲這麼急促，也還是沒有醒來。

幸好他睡著了，否則當我打開這扇門進來時，他就會原封不動地讀懂我眼中隱藏不住的感情。理性敲響了「不能見他」的警鐘，所以我並沒有去他家，而是來到了這裡，但在確認到尹熙謙存在的瞬間，我的心中產生了一種安全感和心動，以及思念。本來不想見面的，但最終還是見到他了，其實本就有預感會見到他，其實……我很想見他。

不該來的，我依然這樣後悔著。我不該來這裡，也不該來見尹熙謙的。

我不該看到他的眼淚的。

那一下就把我所有的防禦機制全都擊垮，最後讓我不得不承認。他那模糊的輪廓，讓我確實明白了那種感情的定義，再也無法否定、否認，現在也已經無法說自己並不知情了。

「……尹熙謙……」

我坐在地上呼喚著那個名字。幸好他睡著了，但是……我果然還是想看看你的眼睛，很可惜沒能看到把我放在眼裡的你。

不是不舒服，而是心動了。內心的不舒服並不是因為不快，而是渴望擁有。我不是生氣，而是焦慮不安。最終，我不得不承認。

從第一次見面到現在……

我一直都喜歡著尹熙謙。

第10章

在我承認了自己的心意之後，我需要做的事就變明確了。在從剪輯室出來的路上，我連繫了金泰運，讓他召集所有人，而那些人就是《洪天起》的製作人韓柱成和楊社長等其他投資人。

雖然是突然召集的會議，但幾乎沒有人不出席。不久前在內部試映會上看到的所有人都以驚訝的表情看著我，不知道我是為了什麼事才叫他們來的。

「重拍吧。」

我打破沉默的一句話，讓聚集在一起的人們露出炸彈就被放置在眼前的奇怪表情。因為是意料之中的事，所以我毫不在意地繼續說下去。

「從中間開始重新拍攝。」

「但是，預算——」

「費用由我來支付。」

不管需要多少——我斷然宣布。

「按照原本的劇本拍攝，雖然很難重新召集工作人員，但是我想韓代表應該有那樣的熱忱和人脈，如果實在不行，就搬出我的名字吧。」

「……理……理事……」

韓柱成的臉上露出相當微妙的表情，應該說是不安和喜悅的情緒，在感到莫名其妙的表情上共存著嗎？雖然對我的話抱持半信半疑、不太相信的態度，但另一方面又因為能讓電影復活而高興。如果像他當初所說的，在當時阻止了向尹熙謙施壓、要求修改劇本的楊社長，那現在也沒有必要這麼做了。我現在才承認是因為我的傲氣，才導致情況的惡化，所以這個問題也必須由我來解決。

「推遲首映日，盡快開始拍攝，明天之前重寫一份新的合約吧。」

沒有人會反對我多花自己的錢來拯救電影，倒是有人覺得這是一部已經完成的電影，要盡快賣掉，才能減少一些損失，帶著不滿的表情看著我的人們就是這麼想的。

但是我完全沒有理由要為這些不滿考慮。在這種情況下，楊社長還是露出了安下心來的表情，在剛開始涉足電影製作的時候，還瞧不起我，抱著「區區一個小屁孩能做些什麼」想法的老頭，很明顯現在已經開始完全相信我做的決定了，一臉順從，真是有夠可笑。

明明都不知道我接下來會說些什麼。

「把主角換掉重拍吧。」

「……什麼？」

也許我的話對他來說是晴天霹靂。楊社長像是沒聽懂似的反問道，看樣子是已經聽懂了，卻不想接受。我沒有回答，只是望向他，曾經因為相信我而流露出放心表情的男人，現在卻瞪大眼睛驚愕地看著我，眼神中憤怒湧動。

「把演員換掉，楊絢智拍攝的部分只留用童年時期的那段。」

「鄭理事!!」

楊社長臉紅脖子粗地大叫起來。幹嘛突然在狹窄的室內大聲喊叫啊？對於他毫無常識的行為，我直接皺起了眉頭。

「您……您現在說的這是什麼話！」

我應該已經擺出很不高興的表情了，可楊社長似乎沒看到，又猛然大叫起來，他的聲音很難聽，甚至連說的內容也很愚蠢。

「就是因為演員沒有消化作品的能力，所以連劇本都要修改，楊社長的行為不是間接證明了她的演技太差了嗎？即使按照原有的劇本拍攝，拍出來的演技也只會同樣拙劣。」

「……！」

「我願意承擔損失，但我無法眼睜睜看著那種演技毀了電影。」

楊社長是否聽懂了「繼續說下去也只會讓女兒丟臉」，這點實在讓人懷疑。因為憤怒而瑟瑟發抖的楊社長臉一下紅一下青的，各種感情似乎馬上就要爆發了，但最終他自己也會知道，我說的話一點都沒有錯，我是要花自己的錢幫他和他女兒擦屁股啊。

然而楊社長似乎想掙扎到底。

「與其這麼做，還不如直接上映！因為那是我女兒主演的電影我才砸這麼多錢的，憑什麼拿我的錢……」

本以為在ＴＹ娛樂公司鄭載翰這個名字面前，他至少會低聲下氣一點，沒想到最後還是忍不住說了出來，他的愚蠢真是令人嘖嘖稱奇啊。明明只要我稍微施壓就一句話都不敢說了，居然還敢用這種態度說話，那分傲氣真是可笑至極。

「你是想讓楊絢智拍完這部電影就退出演藝圈嗎？」

「……！」

雖然我的語調相當柔和，但楊社長還是沒能閉上喘著粗氣、張開的嘴，整個人像石像一樣僵硬，如同看到了美杜莎那樣，身體就連細微的動作都消失了，只剩他的眼睛在顫抖著。

「如果你是想虧錢，順便斷送自己女兒的職業生涯的話，那就直接上映吧。」

我一直笑著，這話的意思就是，如果不聽我的話，我就會把演員楊絢智踐踏在腳底下，不管她是有爸爸或是爺爺當靠山，我都會把她踐踏在腳底下，讓她再也無法踏入演藝圈一步。楊社長這次好像正確理解了我的意思，他看起來快要喘不過氣來的臉就是如此。果然是個專門騙人的卑鄙小人，必須用同樣的說話方式才能聽懂。我懶洋洋地嘲笑說道：

「我不讓她吐出片酬，就算只有一幕，能讓她的名字可以出現在電影裡，你就該感恩戴德了。楊社長你好像不太清楚吧，我現在因為這部電影，心情很不好。」

其實是對於我自己犯下的錯而心情不好，沒怎麼感受過的後悔既苦澀又痛苦，因為無論我把錯推給誰，事實上導致這種情況的人是我，這一事實是不會改變的。

不管怎樣，如果說是因為電影的話，在座的人可能會覺得我是因為投資的電影失敗而心情很差，而我並不想糾正那種誤會，反而還故意說得好像就是因為這個原因生氣了，想以此向楊社長和其他投資人施加壓力。

果然明目張膽地說自己心情不好，就沒有人再敢說什麼了，大家都在互相看彼此的臉色，接著就像聽到地球明天就會滅亡的人一樣，全都看向陷入恐慌的楊社長。楊社長本人也在聽到了「鄭載翰因你而心情不好」的話之後，被嚇得不敢再隨心所欲地說話了，反而開始反覆思考有什麼辦法能夠不聽從我的提議，不，應該說是有什麼辦法可以不服從我的命令嗎？就算真的有辦法也可以那麼做嗎？

「……那個……」

在楊社長說不出話來、瑟瑟發抖的時候，介入其中的是韓柱成。

我瞥了他一下，他還是那副既不安又高興的奇怪表情，不過現在又多了另一種感情，那就是難堪、尷尬的感覺。

「怎麼？」

「那個……理事，如果只保留童年時期的話，那基本上會有三分之二的戲份都必須重拍，那製作費真的……」

「您還是擔心電影吧，韓代表是在擔心我的錢嗎？」

「……」

我一說話，楊社長的臉就紅了，而韓柱成的臉則是變得蒼白無比，像血一下子全都流光了一樣，這也很神奇。

「無論是從中間開始重新拍攝，還是從頭開始，都讓尹導演自己看著辦，如果有想要的演員就告訴我。」

「鄭理事，你真的要這麼隨心所欲……！」

楊社長直到最後都還是無法接受這個現實，比起大喊大叫的樣子，他現在顯得有些消沉，可表情還是流露著鬱悶和生氣。看來楊絢智從電影女主角被擠到配角這件事，讓他覺得可惜又委屈。

但這不關我的事。

「如果實在不願意，就收回投資金吧。」

「！」

也許是沒想到我會這麼說，楊社長掩飾不住驚訝之情，相反的，韓柱成的臉已經恢復血色，嘴角也開始抽動，好像快要笑出來。雖然我不喜歡韓柱成，但看到一直欺壓尹熙謙的楊社長如此憤怒、挫折、不知所措的樣子，我的心情似乎也有所好轉。

「決定好演員再告訴我，我會發布關於更換演員、進行重新拍攝的報導。」

如果刊登報導，必然會引起對楊絢智演技的爭議，如果你肯適當地聽我的話，我就不會刊登出去。我帶著這種語氣看向楊社長，楊社長的臉色變得死白，回想起他不過幾分鐘前才燒得通紅的臉，真是戲劇性的變化。

我嘲笑他那個樣子，從椅子上站了起來。對話大致結束了，現在應該要給韓柱成到處奔波的時間了。在離開會議室前，我最後一次低頭看了冒著冷汗的楊社長一眼。

「到明天為止，請決定後再告訴我。」

其他人也是。我這樣說完全不是在虛張聲勢，反而是給他們選擇餘地的體貼。即使除了我以外的所有人都要求收回投資金也無所謂。

反正只要由我填補就行了，雖然那筆錢對我來說不是小數目，但也不至於花不起，只要想成是毀了一棟建築就行了。

「韓代表也一起離開吧。」

「什麼？要去、去哪裡？」

「沒時間重新擬定企劃書了，你就一面行動，一面把重要事項或需要的東西報告給我吧。」

一滴眼淚，只要能糾正我讓尹熙謙流淚的錯誤，只要能成為那滴眼淚的補償，那這點錢就沒什麼好可惜的，不只是錢，什麼都不足惜。

＊＊＊

最終，電影決定前半部用楊絢智出演的部分，然後重新邀請扮演成人角色的演員進行拍攝。雖然楊絢智已經不是可以扮演兒童角色的年紀了，但因為電影前半段角色本身就是十幾歲的少女，打扮得也很年輕，那一段的演技也還不錯，所以完全可以使用。

問題是之後要擔任主演的演員，她的年紀必須比楊絢智大，知名度和人氣也要比楊絢智還高，否則就沒有更換演員重新拍攝的意義了。既然已經投入了鉅額資金，那至少也得回收一點，即使是為了吸引觀眾，也必須選擇有話題性的演員。

韓柱成說，有很多演員有望出演，目前正在與尹熙謙商議，除此之外，韓柱成也為了重新找工作人員和拍攝的場所忙得不可開交，不過成果似乎相當不錯，就算不好也只能是好的，因為就算是不可能的事，也有TY的鄭載翰在背後支持。

得益於此，除了主演的女演員以外，事情進展得非常順利，甚至是只要確定演員，就可以馬上安排拍攝行程了。一般來說都是先確定演員，再決定其他事項，但是即使其他都準備好了，決定女演員也需要時間。因為前女主角的影響，作品差點就被毀掉了，如今在投入數十億韓元重新拍攝電影的情況下，選擇演員的事不得不慎重。

最後被選中的演員，是年近四十歲卻像吸血鬼一樣不老的朴世英。寬圓的額頭，深邃的眼睛和小小的鼻子，是個具有東方美的女人，臉上沒有一絲皺紋，保養得很好的皮膚就像只有二十幾歲，因此很難被人猜出年齡。她已經有一段時間沒有出演任何作品了，一直在休息。因為過去參加過幾次坎城影展的她太久沒有參演電影了，所以選角本身就充滿了話題性。

事實上，這個女人是從尹熙謙還在寫劇本開始，就想要指定為主演的女人。對尹熙謙來說，她是那種連見面都不敢見，就算給了劇本也不敢奢望有所回覆，那種了不起的女演員。

我從猶豫不決的韓柱成口中聽到「其實尹導演一開始就想招攬的演員是……」這句話之後，便立刻與朴世英進行了接觸，最終被我找到並說服了隱居在楊平內某個農村裡的她，雖然過程中利用了我所掌握的情報，不能說沒有威脅的意味，但結果還算不錯。

最後，決定在今天與朴世英見面，並在合約書上蓋章。

「……您好。」

這是我和尹熙謙重逢的瞬間，也是我在工作室看到了睡著的尹熙謙，像逃跑一樣離開之後第一次見到他。

「……」

「你好」或者說我應該簡單回覆個「嗯」嗎？本想當面打個招呼，但由於喉嚨乾澀，嘴裡乾巴巴的，說不出話來，儘管如此，我也不好直勾勾地盯著他看，只能擺出一副漠不關心的態度把頭轉了過去。雖然想罵連招呼都不敢打的自己像個廢物，但我能做的只有咬緊嘴唇了。在意識到自己的感情之後，我就不知道該怎麼面對尹熙謙了。

「啊，鄭理事！歡迎您。」

已經在包廂裡的韓柱成和所屬經紀公司代表，還有演員朴世英笑著出來迎接了尹熙謙，而我也溫柔地笑著，和他們一一打招呼，在我身後的尹熙謙也打了招呼。那一瞬間，我突然有一陣笑意，卻還是硬吞了下來，只因為兩個人一起進到包廂裡，並排向眾人打招呼的模樣，好像關係密切的人一樣。

「哈哈，真是沒有想到鄭理事會找我們家世英，您突然打電話給我的時候，都別提我有多吃驚了，甚至還說想讓我們家朴演員參與重新拍攝，這可真是……」

「因為我覺得這部作品太可惜了，不能就這樣被埋葬。」

「啊，劇本簡直就是藝術品呢，世英也是一看到劇本就說自己想演呢。」

雖然只是口頭上客套一下，但我還是淺淺地笑了。你說她在看到劇本之後，馬上就說想拍了？是這樣嗎？其實朴世英曾經非常懇切地拒絕過，她哭著說：『如果讀劇本的話，感覺會被動搖，所以連劇本都讀不了。』

妳以為這樣和妳同居的那個生病的女人就會高興？我甚至不顧她的哭泣，說服，不，威脅了她。

朴世英中斷演藝活動的理由，是因為與她同居的女人得了癌症，她必須看護那個女人。在沒有血緣關係的情況下，還一起撫養同居女人的孩子，照顧患者的友情可說是非常了不起，但是不把這個事實告訴任何人的理由非常明顯。

一起生活了近二十年的朴世英和那個女人是一對戀人，兩人曾以演員和攝影師的身分相識，最終卻墜入了愛河。僅憑這一點，這段關係就不應該被任何人知道，但更大的問題是，這位攝影師是位有夫之婦。女子與丈夫離婚之後，與朴世英開始了新生活，當時的她甚至還懷著丈夫的孩子。

雖然她自己和公司都把這件事視為絕密的事情，但在聽說尹熙謙想要讓朴世英擔任主演的消息後，我在調查的過程中便得知了這一事實。

攝影師張熙秀的身體還好嗎？女兒也長大不少了吧？我的話讓隱藏在演員面具下的面孔劇烈地動搖起來，女人雖然維持著莫名其妙的表情，但她的手和眼睛卻在不停地顫抖著。

我並沒有威脅她要爆料出去，只是把劇本遞了出去，希望她能先讀看看。如果她在讀了之後還是想拒絕這個角色，那到時我便不會再強求。

最終，朴世英還是沒能敵過我，接過了劇本。

「沒錯，劇本實在是太美了。」

啊啊，真是個連聲音都很端麗的女人。不僅是端莊的外貌，連行為舉止也像深深的湖水般寂靜。我似乎明白尹熙謙為什麼會希望她能擔任《洪天起》的主演了。因為她不只有演技，連現實的模樣也和洪天起的樣子相當吻合。

「拍攝是馬上就會開始了嗎？」

「是的，很抱歉把行程安排得這麼倉促，但正如大家都知道的，因為是重新拍攝，所以我們並沒有太多時間。」

「沒關係，反正……我本來就沒有什麼工作。」

女人溫柔的聲音反而像是安慰似的說道，但不知為何有些淒然，不知是在想什麼——也許是在想留在家裡的同居女人吧——她烏黑的眼睛沉浸在憂愁之中。

「感謝您做出如此艱難的決定，尹導演一定會非常努力的。當然，我也一樣。」

「是，我相信您會的，最重要的是鄭載翰理事也會陪著我們嘛，哈哈，反而是我才要請您多多指教。」

經紀公司的代表代替微笑著的朴世英回答道。虛情假意的客套話來來往往，包廂裡的氣氛非常融洽。雖然剛開始好像是覺得我們這邊有點無禮，所以想把矛頭指向我們，但經紀公司的代表最後還是以灑脫的態度繼續說了下去。雖然對話一般由韓柱成和代表進行，但經常會出現提問，有時是對朴世英的提問，有時是對我，也有出現對尹熙謙的提問。

「明允聽說我今天要見導演您，託我代他向您問好呢，你們之前一起出演過情景喜劇對吧？」

「啊啊，是的，我們有短暫一起演過。」

他的聲音傳到耳邊，讓我的胃又翻騰起來，不對，我現在已經知道了……這是心動，是覺得他的聲音很悅耳。自從承認了自己的感情之後，我實在是不敢再厚臉皮地正視著他，只能在內心希望他說話能說得久一點。

「原來你們是因為這樣才認識的啊，那部情景喜劇很有趣，因為我朋友也很喜歡，所以我到現在都還會看重播。尹導演出演的場面也有被單獨整理成一部影片放在YouTube上，您有看過嗎？」

「沒有，我不知道有那種影片。」

「那時您還沒出道多久，演技卻非常好呢，只可惜您只出演了兩集而已。」

我知道他曾經短暫出演過情景喜劇，他扮演的是與吵吵鬧鬧、岌岌可危的情侶糾纏在一起，不斷誘惑女人的年輕職場上司的角色，雖然是情景喜劇，但為了扮演角色，他展現出了正劇的演技。因為那個角色比想像中更受歡迎，情景喜劇製作方希望他能出演更長的時間，只是當時尹熙謙出演了其它戲份更多的電視劇角色，所以不得不謝絕出演那個情景喜劇。

「明允說他當時受了尹導演很多幫助，斷了連繫似乎讓他感到很遺憾呢，我可以把您的連繫方式告訴明允嗎？」

……金明允又是誰啊？聽她這樣說，感覺好像是一起出演過那個情景喜劇的演員，但只聽名字無法知道是男人還是女人。現在都已經不是演員同事了，尹熙謙還是個導演，居然還想打聽他的連繫方式，和他私底下連繫？這讓我非常不滿意，但我又不可能表現出來，我現在只想連繫金泰運，讓他查查金明允是誰，和尹熙謙又是什麼關係。

「……之後我會再連繫他的，我現在只想專注在作品上，沒有時間私下聯絡其他人。」

「哈哈，聽說尹導演是個完美主義者，果然很了不起呢。也是，畢竟是重新拍攝，壓力肯定還是很大的吧。鄭理事好像很信任尹導演呢，重新拍攝其實並不是件容易的事。」

這句話是在對尹熙謙說，但同時也是在對我說。這是一件讓人驚訝的事情，因為像這樣在電影完整版已經出來的情況下，幾乎不會發生更換主演重新拍攝的情況。

「……信任尹導演是一回事，我是覺得就這樣放棄電影的話，實在太可惜了。」

「沒錯，讀了劇本之後，我也是真的沒辦法拒絕呢。」

說話時，尹熙謙的目光似乎轉向了我，但我並沒有看向他，只是看著經紀公司代表的臉說話。雖然朴世英贊同了我的話，但我卻連對話都無法順利進行下去。

「我稍微離開一下。」

於是我簡短地求得了諒解，然後從座位上站起來。

好像……再也沒辦法待在座位上了，心裡堵得慌。

雖然很想抽菸，但也不知道吸菸室在哪裡，而且也沒有力氣下去一樓，結果就進了洗手間。啊啊，雖然抽菸不會改善或改變任何東西，但如果是感到壓力的情況，想抽菸也是沒有辦法的。進入洗手間之後，我抓住洗手檯，「呼。」像是吸了口菸一樣深呼吸。深吸一口氣，「呼嗚……」再用嘴巴將氣吐了出來。

「……啊，媽的。」

我不由自主地罵了出來。即使在我不知道這種感情是喜歡的時候，我也很難抑制自己想要擁有的欲望。我的人生中從未有過求之而不得的情況，雖然不容易的就只有尹熙謙，但即使是以錯誤的方式，我最終也還是擁有了他一段時間。

我明明很喜歡他，即便知曉了自己的情感，但別說是擁有了，甚至連直視他都做不到的情況，真的讓我難以承受，糟糕透頂。我想牽著他的手，和他單獨聊天，和他交換視線，和他接吻，把其他混蛋都趕走。在我意識到自己感情的瞬間，反而變得不知道該怎麼做才好了。

我喜歡你。如果我對尹熙謙這樣說，他會擺出怎樣的表情呢？跟他說我是喜歡他的，只是我之前不知道而已。說這種話就能讓他接受毀掉他演員生涯，甚至還想毀掉電影的我嗎？

我仍然認為應該是「接受」而不是「原諒」，我討厭「原諒」這個詞。我不想把我對他做出的事定義為錯誤、罪過，我知道這是我的自私，但同時也是我的自尊，怎麼也扔不掉，也是構建了我一生的東西。因為如此，我才連喜歡的感情都很難承認，這就是極限了，所以即使他能對我做的就只有原諒，我也不想被原諒。

即便如此，我還是喜歡尹熙謙，想要得到他。

我很想抽菸，要不直接出去抽一根吧？反正事情也差不多都解決了，不然就說我有急事要先離開，直接走了吧？啊啊，但是我不能走，且不說尹熙謙和他們會進行怎麼樣的對話，就算是這樣的場合，我也想繼續和尹熙謙待在一起，即便我根本沒辦法正眼看他……我只希望偶爾轉移視線時，他會出現在我的視野中，也希望能一直聽到他的聲音，所以我沒辦法離開。

口乾舌燥，眼角刺痛，有種疲勞感侵蝕了精神的感覺。對著鏡子一看，反射出來的我的臉並不正常，雖然維持著沒什麼變的撲克臉，但在我眼裡就像屍體一樣。

就在這時，洗手間的門「喀噠」一聲打開，有人進來了。

「……」

是尹熙謙。

他身後的門關上了。如果我想離開洗手間，他就必須讓路給我，但是尹熙謙卻擋住門，站著一動也不動。

視線直直地盯著我看。

「……你有話想跟我說嗎？」

那種態度，那樣的眼神，如果我還沒察覺到他要跟我說什麼，那就是白痴了。我詢問的聲音和平時沒有太大不同，完全沒有表現出一絲動搖，因為我打從出生以來就一直在學習該如何應對。

「您……」

尹熙謙終於開了口。

「您在盤算什麼？」

……盤算，這個詞所具有的不信任感完整地傳達給我，刺痛了我的心。每當他生氣的時候，臉上就不會有任何表情，冷冰冰的表情和無法捉摸感情的事務性聲音也讓我心痛。

以前我只覺得這是不快的感覺。雖然這種疼痛是我喜歡他最確鑿的證據，我卻為了掩耳盜鈴付出了很多努力，這讓我覺得自己很可笑。

「什麼？」

所以我嗤嗤地笑了，但並不是在嘲笑尹熙謙。當然，不可能知道我腦子裡在想什麼的尹熙謙理解的意義可能會有所不同。

一句冰冷的話從尹熙謙的嘴唇間流出。

「重新拍攝。」

「我不是說過了嗎？我不想浪費那個劇本。」

「……」

尹熙謙緊閉著嘴，依舊是面無表情，但可能是因為他那像貝殼一樣緊閉的嘴，他看起來比剛才更生氣了。啊啊……原來我連尹熙謙生氣的樣子都不喜歡啊，遲來的覺悟勒緊了我的心臟。

「隨尹導演的便吧。」

這次我的回答是認真的，我的本心無法向任何人透露。但可能是因為話說得太短了，尹熙謙似乎無法理解。他沒有特別回答，只是用眼神要求說明。

「既然你想好好拍電影，那就好好拍吧。」

「……」

「如果你想搞我的話，大可以隨便亂拍。」

這部電影光是製作費就高達四十億韓元，而重新拍攝需要投入其中的一半，也就是二十億韓元以上。我執意強行投資，卻把我在收益核算中的排名推到了最後，再加上重新拍攝時投入的資金，我的投資股份最高，所以金泰運勸我重新考慮，但我依舊置之不理。

而且，我的話是極其真心的，即使尹熙謙為了整我，又或者是想為自己出一口氣，而故意把電影搞砸了也沒有關係，我甚至……還抱著一些肯定的想法，因為那表示他對我的感情——即便是憎惡，也深到讓他願意毀掉自己深愛的電影。只要想到他在感情上還被有所束縛，那對我來說也是件很值得高興的事情。

雖然絕對不能和尹熙謙，不，甚至是和任何人說，但其實我連尹熙謙的電影也曾嫉妒過，他對電影抱持的高雅而純粹的熱情讓我嫉妒了。實際上，在我深深陷入與尹熙謙的關係的時候，即便想要什麼都聽他的，什麼都想為他做到，但我依舊沒有從楊社長的魔爪下將尹熙謙的電影拯救出來的最大原因，是因為我討厭尹熙謙把電影當作是世界上最珍貴的東西。

「尹導演想怎麼做就怎麼做吧，無論怎樣我都無所謂。」

就算他選擇了後者，大大白費了我的錢，又或不僅是錢，一下子毀掉我在電影界累積的名聲也無所謂。不過只是無所謂而已嗎？如果尹熙謙之後還想要拍電影，那麼我或TY也會為他提供資金。承認了自己的感情之後……我就想這麼做了。

「為什麼？」

當然，尹熙謙不會理解我的態度變化。

「為什麼？」

所以，他問起了原因。

「為什麼突然要這麼做？」

……問起了我絕對回答不出來的理由。

他仍然呆呆地擋在門口，用筆直的目光望向我問道。我不回答的話就不讓開了是嗎？我噗嗤一聲笑了出來，就算把刀架在我脖子上，我也沒辦法說出真心話。

因為我喜歡你。

因為我太晚才發現自己喜歡上了你。

雖然這些話從心底湧上，但我絕對說不出口。

「這個嘛……」

我勾起嘴角笑了，雖然是在逃避回答，但我並不想表現出慌張的樣子。

「至少我不是為了讓你再吃一次苦頭才這樣做的。」

「……」

「如果你不相信，那我也沒辦法了。」

不知道尹熙謙想說些什麼，他的嘴唇張開了。

但是我聽不到。

「嗯？」

突然，在洗手間門打開的同時，朴世英經紀公司的代表滿臉酒意地走了進來。

「啊，你們正在談事情嗎？」

因為經營著經紀公司，很會察言觀色的男人好像馬上就掌握了情況。他看到的是我和尹熙謙站在洗手間裡，面對面站著的模樣。

「那我先迴避——」

男人說要迴避一下的話，從中間突然被打斷了。

「不。」

反正我已經無話可說了，對話應該就到此為止。對我來說，男人的登場反而是萬幸。

「我們都說完了，洗手間給您用吧。」

說不定我的樣子看起來就像在逃跑。雖然我的步伐、動作，一切都和平時一樣從容不迫，但至少尹熙謙知道我在逃避這場對話。不過沒關係，因為不管他再怎麼追究，我也說不出理由，無論尹熙謙假設了什麼理由，我覺得在聽到的瞬間都會發生口角。

出於逃避的想法，我猶豫了一下要不要直接回家，但最終還是回到包廂，坐了下來。過了一會兒，經紀公司的代表進來了，尹熙謙比他更晚一點才回到包廂。「你去哪裡了？怎麼現在才回來？」尹熙謙對韓柱成的提問含糊其詞，真想知道他到底做了什麼，想派人跟蹤他。不，我得像之前一樣派人跟蹤他了，與之前為了當成煙霧彈監視楊絢智不同，我這次要直接監視尹熙謙。

那天直到聚會結束，各自回到自己的住所為止，尹熙謙和我沒有再交談過。也許熙謙是做出了判斷，覺得我絕對不會說出那些理由。我們一起度過了一段時間，這段時間內，就連一直以來故意無視他人的感情和想法、對一切事物漠不關心的我，都知道尹熙謙是個什麼樣的人，尹熙謙想當然也了解我是個什麼樣的人，因此，我覺得我行為變化的原因更是讓他無法預測。連我自己都無法承認這些感情，甚至根本沒有想過能得到他人的理解，雖然有點苦澀，但也是沒辦法的事。

不過今天還是……見到了面，還聊了幾句。

僅憑這點，心中沉甸甸的東西就變得輕鬆了些，呼吸得以暢通。

回家的路上，我一直想著尹熙謙，腦海裡刻著他直視我的眼神。

多虧如此，感覺今晚可以勉強度過了。

＊＊＊

電影瞬間就恢復拍攝了。不僅是尹熙謙，工作人員和演員們都知道重新拍攝的意義，沒有一個人膽敢認為可以輕鬆、悠閒地完成。雖然現在處於休職狀態，但這也是TY的鄭載翰親自經手的事情，用的不是公司，而是我個人的資金，既然知道這個事實，他們是不敢馬虎行事的。

平時無論以何種方式，我都一定會去一次自己經手的電影拍攝現場。有些人會在背後罵我喜歡以權謀私，不識趣地去現場破壞氣氛，也有人會罵我工作時太刻薄，但我並不在意。因為即便完全沒有以權謀私的意思，但以甲方的身分出生，以甲方的身分生活的我，不管在哪裡做些什麼，都一定會聽到以權謀私的話。無論別人怎麼說，我也從沒有在意過別人自作主張給我的評價，我只是按照自己的方式生活，對自己所做的事情追求完美也只是其中之一罷了。在我的人生中，沒有什麼比自我滿足更重要的事情了。

但是我現在很慶幸自己是個會認真工作的人，因為我平常就會去電影拍攝現場，所以今天的訪問也不會讓人覺得奇怪或特別。

雖然從單獨安排給尹熙謙的監視者和韓柱成那裡聽說了拍攝狀況沒什麼問題，進展得很順利，但我還是來到了拍攝現場，我只是想來而已。出於衝動，在沒有司機的情況下，親自駕駛了三個小時左右的車來到這裡。

我離開首爾的時候，天氣還不算太陰，然而海邊的空氣還是更潮溼了些。天空中沒有烏雲密布，只是依稀有著幾片雲，但總覺得好像要下雨了。

「啊，鄭理事……！」

本來想看一下就走的。

我之所以走到工作人員附近，是因為拍攝現場的氣氛不知為何有些僵硬，明明聽到了情況沒什麼需要特別操心的報告了，但不知怎的，現在拍攝現場的氣氛和之前楊絢智與尹熙謙對峙時有些相似。

因為人有個性和風格，所以導演的風格不僅會投射在作品上，更會體現在拍攝現場。我預想到的現場氣氛就跟他的個性一樣，是種乾淨俐落，寂靜的感覺。但上次我訪問時現場有種緊張感，而在這次則是感受到了僵硬感，從他乾淨俐落的個性來看，現場也應該是井然有序的，可現在卻莫名其妙地手忙腳亂。

「發生什麼事了嗎？」

「啊啊，不是那樣的……」

滴答，滴答，認出我的工作人員正在說話的時候，天空開始下起雨來。也因為如此，周圍變得更加嘈雜，因為設備不能被淋溼。

「因為天氣這個樣子，今天的拍攝打算先暫停了。」

雨勢變大後，工作人員們拿著防水布跑來跑去，有的還邊抱怨邊開始搬運設備。眼明手快的助理導演馬上幫我撐起了雨傘，在這種情況下，我仍然仔細觀察著現場。

「……理事？」

我掃視現場的視線其實有個明確的目標，那就是找到某個人。但是，即使我仔細觀察了很久，久到助理導演帶著驚詫之情叫了我一聲，我也沒有達到目的。

尹熙謙不在。

「……尹導演呢？」

「尹導演因為好幾天沒睡好覺，就先回宿舍了。」

「這樣啊？」

嘖嘖，只能咂嘴。又沒人催他，即使輕鬆地拍攝，我也不會說什麼。也許他把自己逼到那種程度，是因為對於電影的純粹熱情吧，一想到這裡，心裡還是會覺得不舒服，但現在我知道那是不可剝奪的了。

「是的，多虧尹導演，進度非常快。等凌晨再拍一場戲就可以換場地了。」

「凌晨？那今天凌晨做了什麼？」

啊，因為心情已經很不好了，我反問的聲音非常尖銳，但我並不是想要追究是不是又要浪費一天了，而是因為在這裡的拍攝已經持續很久了，如果這期間有需要凌晨拍攝的場景，且提前拍攝的話，不就沒必要辛苦到明天凌晨了嗎？當然，被責備的一方可能會覺得他們無緣無故多工作一天，會被我認為是想騙取製作費，因此，在面對我時本來就明顯流露出緊張神色的男子，現在連說話都開始結巴了。

「不是的，那、那個……是因為太陽很早就升起，而且日出的時間也很短……」

雖然語氣帶著洩憤的心情尖銳地衝了出去，但我並不是在責怪工作人員，反而是在心裡希望尹熙謙能休息一下，畢竟演員們在拍攝不是自己出演的場面時可以休息一下，但導演是一刻都不能離開現場的，而其他工作人員也是如此。如果大家都是為了滿足尹熙謙而努力的話，那我就絕對沒有指責的想法，這是我的真心話。

但是，如果用這種無聊的藉口解釋，我的心情就會變得很糟糕。可能是因為我的表情一下子變得冰冷，在對視的瞬間，男人開始不停地發抖，掩飾不住緊張的神情。

「你現在的意思是，因為有人睡過頭，所以才沒拍到是嗎？」

就像在證明剛才的語氣還不算鋒利一樣，我追問的聲音冰冷無比。剛才就因為我的聲音而有點畏縮的助理導演這次又該有多緊張、多低聲下氣呢？

「那個……！」

然而，他的反應卻與我預想的有所不同。在這種情況下，他應該低下頭說是自己該死才對，但他反而非常氣憤，這顯然是被冤枉的反應，很委屈。也就是說這並不是工作人員的錯，直覺告訴我，如果是因為天氣之類的原因，他就不會這麼生氣了。

「……關於詳細的事項，比起我，您還是和尹導演聊會比較好。理事，請您回宿舍——」

「是誰遲到了？」

如果不是工作人員，也不是自然環境的問題，那剩下的就只有演員的遲到了。想把我交給尹熙謙處理，以謀求自己身心健康的男人，面對我的提問，全身變得非常僵硬，眼神間流露出慌張。「他是怎麼知道的？」，大概就是這樣的眼神，同時還流露出「這能說嗎？不管怎麼說，他都是我們的一員……」這般動搖的眼神。

「那、那個……」

如果是想幫對方掩護的話，那打從一開始就不應該顯露出勃然大怒的態度啊，男人不倫不類的態度讓我非常煩躁。

「是演員嗎？」

「……您……能不能假裝不知情呢……？」

「是誰？」

這是第三個問題，我現在正慢慢失去耐心，臉都皺了起來。助理導演直冒冷汗，不知道該如何是好，最終還是開了口，似乎是有些自暴自棄了。

「……是崔正勳先生。」

「他在哪？」

「……在宿舍……」

「他本來就很常遲到嗎？」

「……」

助理導演的沉默就是肯定，如果不是打從一開始就積累了很多不滿，他也不會因為晚了一次而勃然大怒到忘記袒護演員。

那個演員以前怎麼樣？派去監視楊絢智的人報告範圍極其有限，他只會對我詢問的、關於尹熙謙的問題進行補充。雖然他也曾提到在拍攝現場，尹熙謙和楊絢智在拍攝電影的過程中有遇到怎麼樣的困難，可當時的我對此並不感興趣。儘管如此，他當時並沒有提到其他演員引起了什麼大問題。就算有聽到其他演員讓尹熙謙很辛苦，我也不會有什麼行動，但心情還是會很糟糕，所以如果有這樣的事情，我是不可能會忘記的。

「宿舍在哪裡？」

即使尹導演自己會看著辦，但我還是得去見他一面。從助理導演那邊得知宿舍的位置後，我再次上了車。

雨勢越來越大了。

到達距離拍攝現場不遠的宿舍時，韓柱成從入口處走了出來。製作人不用時常待在拍攝現場，所以我沒有想到會碰到他。看到我的韓柱成氣喘吁吁地跑過來幫我撐傘，以免從車上下來的我被雨淋溼。

「理事，您來了。」

「韓代表也來了啊。」

「是的，我來看看拍攝現場，本來想說晚點要再向您報告一下進展情況。」

其實他沒有義務要向我報告，但他還是誠實地報告了進展情況，也許是想讓投資了一大筆資金的我安心吧。其實不管拍攝進行得如何、結果如何，我都覺得沒有太大的關係，可他卻是如此害怕。

「我剛剛去了一趟拍攝現場，聽說在這裡還有一場戲要拍。」

「啊啊，對，是這樣沒錯。」

韓柱成把我帶進了大樓裡，與此同時，他還講述了拍攝進度很快、尹導演有多辛苦等事情，我默默地跟著他走，聽他說話。直到我到達一個房間、坐到沙發上為止，韓柱成都在不停強調自己無論在什麼情況下，都會盡自己最大的努力。雖然不知道是誰的房間，卻很有使用感，從他把我帶來這裡來看，這間房間應該是唯一有沙發和桌子，可以接待客人的房間。

「朴世英小姐結束了自己拍攝的部分，回首爾去了。我們會在明天凌晨進行拍攝，後天在下一個拍攝場地會合。」

凌晨拍攝啊。

「只要天氣允許，明天就一定會拍完，然後這裡的拍攝現場就會整理掉了。」

他應該是從助理導演那裡聽到了我要來的報告，可能也聽說了我們之間的對話，韓柱成一直在觀察我的臉色，說了很多我並不好奇的話。說到底，他想說的就是沒有任何問題，所以你安靜地離開吧。

「如果今天有拍的話，那今天就能走了吧。」

「……！」

「雨下得這麼大，明天還能拍攝嗎？我看再延個一、兩天也不奇怪了吧。」

我已經不高興了，光靠韓柱成三寸不爛之舌說出的甜言蜜語是不可能讓我消氣的。如果這麼簡單就能解決的話，我是不可能來到這裡的。

「只有尹導演一個人捨不得花我的錢嗎？我聽說他連覺都不睡地在拍耶。」

當然，我並不是想說「拍攝時間越長，不就需要越多的資金嗎？」之類的話，但這麼說是為了找藉口。

我不高興的理由，一是有人敢不聽尹熙謙的話、反抗他，二是尹熙謙連覺都睡不好，這麼辛苦，其他人卻睡得很好。我又不是想把電影拍好，也絲毫沒有為了製作電影而把尹熙謙換掉的想法，實際上，我是希望尹熙謙不要受苦，僅僅因為睡過頭而沒趕上時間這種理由，讓正在吃苦的尹熙謙又必須把拍攝推遲一天的事，讓我非常生氣。

「不……不是那樣的，大家都很辛苦。因為是重新拍攝，日程安排得很倉促，其實演員們也很辛苦。崔正勳先生也是在節目拍攝之間抽空來拍攝的——」

「啊，所以對重拍有很多不滿，是這個意思嗎？」

不管說什麼，我的心情都已經很不好了，他怎麼就不知道即使辯解了，也只會給人留下被抓住話柄的機會呢？反正當初簽的合約裡就包含了補充拍攝或重新拍攝的事項，如果有提出要求的話，演員們是有義務答應的。

「把他叫來吧，叫他在我面前說說看有什麼不滿。」

「理、理事……」

「不覺得很好笑嗎？說要重新拍攝的是我，錢也是我付的，他卻不是向我抗議，而是對著無辜的人洩憤。叫他過來吧，有想說的話當然得說啊，除了他以外，如果還有演員和工作人員有不滿的話，就叫他們現在來告訴我。」

韓柱成臉色蒼白，不知該如何是好，只是咧嘴笑了笑。我習慣性地往口袋裡翻了翻，想拿出菸來抽，但後來才想起來，我在來的路上就已經在車上抽完了，而口袋裡果然是空的。

「要麼就是連繫他把他叫來，要麼就是你親自把他帶來。」

「……」

「如果有香菸的話，也幫我拿來。」

最終，韓柱成似乎是放棄繼續勸阻我，從座位上站起來，板著臉走出了房間。我獨自坐在房間裡，等著韓柱成把演員帶來。沒抽到菸果然很可惜。

為了消磨時間，我呆呆地環顧了一下房間，劇組目前租用了位於都市周邊，僻靜地方的廉價汽車旅館使用，雖然房間還算可以，很整潔，但壁紙和寢具一看就知道是便宜貨。為什麼會是那種花紋啊，真是有夠土的。

靠裡的地方有一張大床，旁邊還有一張桌子，似乎是一張原本不在這裡，但不知從哪裡撿來，需要被廢棄處理的破舊桌子，上面放著筆記型電腦和各種設備。另外，雖然與臥室沒有區別，但為了像接待室一樣使用，擺放著沙發和桌子，角落則是準備了咖啡壺、茶包和速溶咖啡等東西。雖然就算給了我也不會喝，不過韓柱成似乎非常緊張，就連要不要喝杯茶的客套話都沒問，就自顧自地喋喋不休起來。

過了一會兒，隨著「叩叩」一聲，門打開了。首先進來的是韓柱成，他緊張的臉上充滿了尷尬。緊隨其後的是在這部電影擔任主演級配角的崔正勳。今天凌晨因為遲到，導致無法拍攝的男人的臉十分僵硬。

但是，進來的不只這兩人。

「……」

一個高個子男人跟在崔正勳身後進來，他長得非常帥氣，甚至都快讓人搞不清楚到底誰才是演員了。從春天到夏天，尹熙謙一直待在剪輯室裡，所以皮膚變得有點白，但後來又因為野外拍攝再次被晒黑，他意外的登場讓我一時說不出話來。直到韓柱成、演員和尹熙謙向我打招呼後，坐到位子上為止，我的視線都沒能移開，目不轉睛地看著尹熙謙。

等韓柱成把一包香菸放到桌上時，我才回過神來。

「……那個。」

我發出不像自己的傻乎乎聲音。我得打起精神來才行的，卻無法回神。我是有說過如果還有誰有不滿，就把他帶過來，但我沒想到尹熙謙會來。尹熙謙對我有什麼不滿嗎？我做錯了什麼嗎？

「……我聽說拍攝進行得很順利。」

結果，從我嘴裡吐出的卻是嘀嘀咕咕的聲音，我本想狠狠地對崔正勳說些什麼的。你就有這麼多不滿嗎？不要對導演發神經，衝著我來啊。你連前輩都不放在眼裡了嗎？

朴世英都還在，你這是什麼態度？你想斷了自己的演員生涯嗎？等等的話，即使沒有特別準備，刻薄的話語也已經在舌尖蓄勢待發。

即便我故意把視線從尹熙謙身上移開，看著崔正勳，我還是說不出什麼難聽話，所有精神反而都集中在了尹熙謙身上。尹熙謙對我有什麼不滿嗎？莫名的緊張感湧上心頭。

「又要調整行程，又要重新拍攝拍過的場面，演員們應該也很辛苦吧。」

「啊，是的……」

不知道事先聽說了什麼，但進來時已經面如死灰的崔正勳似乎沒想到我會說出這麼溫柔的話，就連我也沒想到自己會這麼說。但是隨著尹熙謙的登場，舌尖上的毒氣一下子就消失，我的戰鬥力也收斂為零，變得無話可說。

「我對電影抱有很高的期待，甚至還提出要重新拍攝。」

「是……」

「因為朴世英小姐不在，所以我在這裡以崔正勳先生為代表向你們說，以後就拜託你們了，等拍攝結束後，我會準備一個慰勞大家的場合。」

「是，我知道了。」

韓柱成和崔正勳的表情很奇怪，而我的表情也同樣奇怪。

不知道我的撲克臉有沒有把自己的情感隱藏好，但就連我自己也很混亂，不知道自己在說什麼蠢話。

「出去吧。」

不，現在這種情況下，我應該要說「我先走了」才對，這裡並不是我的辦公室，而我也不想繼續留在這裡，所以應該是由我離開的。但是，韓柱成和崔正勳聽到我不假思索地說出的話之後，猛地就站了起來。

「那個，理事，既然您都來了，就一起吃個飯再走吧。」

「我就不用了。」

和韓柱成一起吃飯，之前他哀求我阻止楊社長那次就足夠了。而且現在不過是剛過午餐不久的時間，我怎麼可能等到吃完晚餐才回去。我沒有答應要一起去，而是掏出錢包，從裡面拿出一張信用卡遞給韓柱成。

「大家一起去聚餐吧。」

「什麼？不、不用了，理事。」

「如果不會影響到明天拍攝，看是要今天聚餐，還是以後再聚也可以。」

「……好的，謝謝您。」

最終收下信用卡的韓柱成和演員一起向我鞠躬示意後，轉過身去。

尹熙謙卻一動也不動，甚至還維持坐在座位上的狀態。

「……尹導演是有話想跟我說嗎？」

房間裡只剩我和他兩人，我於是問道。我不想和他單獨對話，因為即使他再問我一次「為什麼要在電影上投入更多資金，讓電影重新拍攝？」，我也沒有什麼可說的，我想他也是知道這點，所以才沒繼續追問。如果不是這樣的話，難道他是真的有什麼不滿嗎？

然而，尹熙謙的回答完全出乎我的意料。

「這裡是我的房間。」

「……啊。」

我又發出一道愚蠢的聲音。

我這才明白為什麼桌上會放著各種設備。我雖然對剪輯設備不太了解，但我應該要想到，在這樣的廉價汽車旅館，如果是這種規模的房間，當然也只能給電影主要工作人員使用才對。在尹熙謙的房間裡讓他出去，那他確實是無處可去。我只好尷尬地轉移話題。

「……那個，住得還舒適嗎？」

「是，託您的福。」

這是一句乾巴巴又事務性的話，他會想和我說的應該也就只有這種話了。我靜靜地看著他，慢慢地打量著好久不見的他。

他皮膚本來並不算黑，但被晒黑的皮膚下，他的臉非常粗糙，眼窩凹陷，臉頰顯得非常削瘦。聽說他犧牲了睡眠來工作，看樣子是真的很累。反正到明天為止都沒有拍攝，我希望他能休息一下，如果他能好好睡一覺就好了。雖然氣氛很尷尬、不舒服，但與我想和他待在同個空間的想法不同，我覺得只要有我在，他就不能休息了，而且我本來就沒有留下來的理由。

「那我先走了，你休息吧。」

我從座位上站起來，尹熙謙也站了起來。他呆呆地看著我，而我卻無法直視他，只能無緣無故地轉過頭避開視線。

「邊工作也要記得注意身體。」

雖然是脫口而出的一句話，但是，實際上我就是為了說這句話才來到這裡的吧。對我來說，重要的不是電影，而是尹熙謙，雖然他不會知道我的想法。

說完那句話，我便轉過身去。供餐不可能會不夠，之所以還是給了一張信用卡，是因為希望他能吃到更好吃的東西。既然都來到海邊了，吃一次生魚片也不錯，雖然他說他不喜歡河豚，但對其他海鮮並不挑食。

原來我就連那些短暫的對話都還記得。在我失笑著打開房門的瞬間。

「……!!」

身體被轉了過去。

吞噬我的是炙熱的嘴唇。

身體被手臂緊緊鎖住，我無可奈何地被男人拉了過去。一隻手臂摟著腰，另一隻手臂摟著我後頸的男人用力吸了下我的嘴唇，「啊。」嘴巴張開的瞬間，舌頭滑溜地鑽了進來。沒有被束縛的腿顫顫巍巍，隨著男人的腳步往後退。伴隨著溼漉漉的聲音，舌頭來回穿梭。改變頭部的角度，變得更深、更深，讓嘴唇和嘴唇、舌頭和舌頭交纏得更緊。

我只覺得精神恍惚，沒有現實感。每當舌頭碰到舌頭時，就會感到眼前發黑，思緒也隨之消失。雖然下意識想推開尹熙謙，但他的手臂反而勒得更緊，就快無法呼吸了。雖然吻過不只一、兩次，但我現在一點精神都沒有。

尹熙謙吻我這件事，不可能是現實。

「!」

那一瞬間，我突然清醒過來，猛地抓住尹熙謙的肩膀，扭了扭頭，好不容易從他的嘴唇上掙脫出來，喘著氣思考。怎麼會?為什麼?茫然的腦子裡浮現出疑問。尹熙謙吻了我，怎麼會？為什麼？

我推開他，尹熙謙後退了一步，喘著粗氣看著我。

我不曉得那視線的意義，他直勾勾地盯著我，讓我的心怦怦直跳。不，從剛才開始就已經像瘋了一樣怦怦狂跳了，心臟說不定會破胸而出，心跳的聲音搞不好都要傳到尹熙謙耳裡了。

「你這是在……！」

都還沒說完「做什麼」，嘴就又被他的嘴唇堵住了。已經沒有退路，後背靠在了牆壁上。「砰」，雖然撞的力量大到能夠發出聲音的程度，但現在不是注意後背疼痛的時候。尹熙謙正在像要撕碎一般解著我的皮帶，就算我推著他的肩膀，也沒能把他推開。

「啊！」

在皮帶和鉤子全部解開的瞬間，尹熙謙把我的身體翻了過去。眼前一看到牆壁，就用手臂撐住牆是反射性的行為。尹熙謙將自己的手蓋在我撐住牆壁的左手上，十指交扣，從身後壓了過來，我的後背貼著他的胸膛。鬆垮的褲子那裡，隔著那塊薄薄的布——

「……！」

隆起的男人下體被搓揉了。

尹熙謙露骨地表現出自己的興奮，輕輕地咬了我的耳廓。

「理事。」

怦通，怦通，怦通，心臟好像要爆炸了。因為他的吻，再加上流露出的興奮，我也不知不覺間變得渾身發熱，就連他緊貼耳朵的嘴唇裡傳出的低沉聲音也讓人顫慄。我喘著氣顫抖著，貼在一起的下半身很燙，性欲直達高點，我想做一些更深入一點的行為。

我想撫摸他、擁抱他，與他交纏。雖然腦海中不斷浮現為什麼會突然做出這種行為的疑問，並發出「很奇怪、不應該這樣」的警鐘，欲望卻逐漸麻痺理性。我想要……做愛，我想與尹熙謙纏綿。每當他在我的皮膚上搓揉的時候，體內就會想起很久沒有感受過的快感而瑟瑟發抖。摟住我的腰往自己那邊拉的右手臂很燙，想要鑽進衣服裡的手也讓我充滿期待。

但是，尹熙謙緊接著的聲音……

「您給的嫖資太多了。」

就像往我的頭上澆冷水一樣，身上熱氣依舊，同時卻感到寒氣逼人。一時間，我連呼吸都忘了，身體變得僵硬。

「付出了多少，就該拿多少。」

與此同時，他的手從解開的褲子下面鑽進了我的內褲裡。

第11章

嫖資。

在聽到這句話的瞬間，我連氣都喘不上來，眼前變得迷茫，沒想到被人誤會是這種感覺。我從沒有在乎過誰對我的行為有什麼樣的看法，不管是別人誤會了，還是對我有偏見，又或是否定了我的意圖，我都毫不在乎，但這次不同。

「呃……！」

不是這樣的，我真的只是想按照你的期望去做而已，什麼嫖資啊？這個詞雖然是我先提出來的，但我沒想到他會在這種情況下說出來。眼前持續變得模糊，我的心好像就要崩潰了。

我試著反駁否認。

然而，面對他鑽進雙腿內側的手指，我卻束手無策。撐開乾燥內壁進來的手指也同樣乾燥，疼痛感席捲而來，嘴裡不由自主地發出呻吟。

如果說我在思念尹熙謙的時間裡，不想念與他的性愛的話，那一定是謊言。光是一根沿著內臟逆行的手指，脊梁一下子就爆發出一種奇怪的快感。就像想要確認般，當他的手指刺向裡面敏感點的瞬間，眼前閃過火花，腰不由自主地彈了起來。

「哈……啊……！」

尹熙謙透過薄襯衫吸吮著我的皮膚，手指攪弄著下方，長長的手指插了進去，戳向內壁搓揉著，很快便變成了兩根手指。因為覺得撐開入口的手指很不舒服，身體不由自主地想逃走，卻因為被牆壁擋住，就連逃跑也不容易。

當尹熙謙使勁按壓後穴內側，由上往下刮過的瞬間，我也不知不覺地用力，後穴變得緊繃。熱氣蔓延至全身，皮膚底下搔癢不已，可能是因為血液都湧向了下半身，頭一陣暈眩，下腹部痠痛，盈滿了熱氣。

「哈……」

耳邊傳來尹熙謙深沉的呻吟聲。尹熙謙再次在前列腺附近按壓搓揉，咬向我的耳廓。從他堅硬的齒間能感覺到皮膚被撕咬的疼痛，但就連這分刺激也讓我產生快感。他舔舐著咬過的地方，用嘴唇吸吮，接著又咬下去，吸吮並不算厚的耳垂，用舌頭挑逗著。搔癢感蔓延到耳中，一陣哆嗦，「啊、啊」，我不由得發出了比平時還要高昂的呻吟，肩膀一抖一抖的。

「……！」

將手指從後方抽離的同時，尹熙謙握住了我的性器。他緊握住硬物的手心滾燙，性器好像就要被燒傷一樣火辣辣的。雞皮疙瘩不知為何順著脊梁直起，我把頭往後一轉。

「等——」

「等一下」這句話還沒說完，尹熙謙的嘴唇就蓋住了我的嘴唇。他一隻手抓住我的脖子和下顎邊緣，讓我無法回頭，也因如此，我的身體微微向後，只能稍微靠在他身上。尹熙謙就這樣咬住我的嘴唇，與我的舌頭交纏，握住性器的手也跟著動了起來。

「哈……」

嘴唇稍微分開的時候，我只能忙於呼吸。氣喘吁吁地吐出氣之後，尹熙謙就像是要把我的氣息也嚥下去一樣，將嘴唇緊貼上來。他的舌頭在我的嘴裡漫遊，而我的舌頭也伸到了他的嘴裡。嘴唇緊緊疊在一起，舌頭和舌頭交織，彷彿要拔掉我舌根似的，他用力地吸了吸我的舌頭，舌尖被扯得像是要裂開了一樣，火辣辣地疼。

「唔呃……！」

然而，我連抵抗的時間都沒有，只能哆嗦著直發抖。因為尹熙謙的手正不停地在我的性器上滑動，陰莖在他緊握的手掌裡，被摩擦得厲害。如果是在平時，這點程度的刺激當然不會讓我射精，刺激我的無論是手，還是嘴，以及陰道或後穴，快感都不會達到可以高潮的程度；即使真的射了，也不會嘗到解放感和恍惚感。可是，難道是因為尹熙謙壓在後面，主張自己存在的下半身嗎？或是從中感受到了時隔幾個月的快感？

「啊……！」

我無奈地在尹熙謙手裡輕易射了出來。在我射精、弄溼了他的手時，尹熙謙放開我的嘴唇，再次用牙齒咬住耳朵吸吮著。每當他的牙齒觸碰到我的皮膚，咬住耳朵的軟骨時，我所感受到的疼痛對我來說都是一種快感，讓我一邊享受一邊射精。

「……哈……哈啊……」

即便是最後結束射精的時候，射精的快感還是讓我渾身顫慄，身體一震一震的。也許是還不夠，所以不至於讓全部的精液噴射而出，脫力感和殘留的熱氣混雜在了一起。

「喀嚓、嘰咿咿……」就在這時，我的背後響起了解開褲頭並拉下拉鍊的聲音。尹熙謙把沾滿精液的手從我的陰莖上移開，然後又響起了不明的聲音。

「啊。」

接著，他變得溼黏的手指又在下面搓揉了起來。幾根手指擠進裡面，然後又抽了出來。這種行為與其說是單純的擴張，不如說是往裡面埋入某種東西，他不可能會隨身帶著潤滑液，所以不可能會是潤滑液。我剛才噴射出的體液，那混濁的東西浮現在我腦海中，尹熙謙正在把我剛才射出來的東西，抹在自己已經勃起的陰莖上面……

「……！」

然後，穴口那邊就感受到一個粗硬又滾燙的東西。僅憑這點，腰背的肌肉就緊張地繃起，而尹熙謙則是用手扶住了我緊張的單側肩膀。

「呃呃……!!」

粗大的頂端撐開還沒完全溼透，尚且緊繃的入口，開始往裡面捅去。當我不由自主地一用力，身後就響起低呻聲。尹熙謙的手摟住了我的小腹，然後開始把我往他自己那邊推。

「呃、呃呃……!!」

很痛，暫且不說那酥麻的感覺，因為沒有完全溼透，被摩擦的部位感覺到了疼痛。雖然我努力放鬆，但總是會不自覺用力，就連後背都流汗了。久違地要接受尹熙謙的東西，並沒有像以前那樣輕鬆。

像是為了緩解我的緊張，尹熙謙慢慢地插入，用扶著肩膀的手不停地撫摸我的後背，接著用雙手抓住我的肋部，插入的動作變深了。在痛苦中，我打了個寒顫，尹熙謙不斷親吻我被汗水浸溼的脖頸，又溼又軟的吻落在了因汗水變得溼鹹的皮膚上。

「哈……哈啊……」

尹熙謙的性器完全進入了體內，我的臀部和尹熙謙的恥骨邊緣完全相連。我勉強喘著氣，把額頭靠在了牆上。強制被擴張的位置火辣辣的，連整個骨盆都像要裂開似的疼痛。久違的異物感似乎也比以前難受了好幾倍，我沒辦法正常呼吸，只要稍微動一下，不只是穴口，連下腹部、下半身都會感到痛苦。

但是其中肯定有著某種快感，那就是期待著性行為所帶來的強烈刺激，身體在不知不覺間直顫抖著，除了那令人不適的異物感之外，還有著某種滿足感。雖然離和他最後一次做愛隔了很久，但我清楚記得與他的性愛是什麼樣子的，又會帶來怎樣的恍惚感。現在可以承認了，我非常懷念與尹熙謙的性愛，我喜歡著他，也想和他做愛。無論是六個月前，還是現在，甚至是過去的六個月裡都是如此……

為什麼？為什麼要這樣？難道他真的認為是嫖資嗎？每當這些疑問湧上心頭，背脊就會發涼，熱氣也會隨之消退，但那也只是一剎那而已。我並不想去想他之所以這麼做的理由，也不想因為輕率的猜測而受到無謂的傷害，反正我們已經是無法挽回的關係了。

或許是知道我很痛苦，尹熙謙以深深插入的狀態停下，然後開始不停地撫摸我的身體，而親吻也一直在持續。他揉著我的小腹，向上移動的手在胸前轉了一圈後往上爬去，解開了襯衫鈕釦。

當赤裸的胸膛一露出來，滾燙的手就覆上了胸口。乳頭在他的手指間被摩擦著，在那既酥麻又搔癢的微妙感覺下，哈啊，我吐出了熱氣，身體一震一震地顫抖著。

尹熙謙慢慢開始行動了。

「呃……！呃、唔呃……」

痛苦的呻吟聲從我的牙縫間溢出，於是尹熙謙的動作變得更加小心。他非常緩慢地摩擦著內側，性器移動的幅度非常小，在深深插入的狀態下，這幾乎只能說是抖動而已，與此同時，他不斷地撫摸我的身體，在耳邊親吻我的頸脖。

雖然下面的疼痛讓我幾乎感受不到任何感覺，尹熙謙的多情卻讓我的心好像溫暖了起來。每當他軟軟的嘴唇深深落在脖子上時，我就會哽咽，感覺有什麼東西湧上了心頭。

和往常一樣的肢體接觸。

就像之前還不了解自己的感情，甚至無視那分感情的增長，卻不由自主迅速陷入這分關係裡，和他之間還算不錯時進行的親密接觸一樣。彷彿只要我轉過身去面對他，他就會給出只有戀人間才能給予的多情而溫柔的吻。

我支持他的夢想，是因為我想讓他的人生盡可能回到我對他動手之前的模樣。

然而，尹熙謙卻說那是嫖資。如果過去是我使用這個詞來定義我和他的關係，那現在使用這個詞來定義我們的人就是尹熙謙。我提供嫖資，他提供性愛，縱觀尹熙謙和我之間發生的一切，歸根究柢就和以前沒什麼兩樣，他摸我、抱我的行為尤其如此。

如果最終留下的結果是一樣的，那我是不是就可以停止去想和不再痛苦了？反正我不會道歉，也沒有想得到原諒，但是，如果能回到過去，如果可以的話……也許，我想我正盼望著這樣。

「……！」

我放下扶著牆壁的一隻手，把手放到了在我胸前徘徊的尹熙謙手背上，可能是完全沒想到我會碰他，尹熙謙抖了一下，但沒有躲開，我便與他十指緊扣。他的手上布滿了繭，可是非常暖和，我緊握著那隻手，另一隻手撐著牆，腿使勁支撐著身體。現在還不太舒服，但即便是在這種狀態下，我也不想再因為各種想法而痛苦了。

「呼。」

就在我慢慢挪動腰部的瞬間，尹熙謙的嘴裡發出了感嘆般的呻吟。「哈啊……」我嘴裡也隨之吐出了深深的嘆息，這是我所能做到的極限。

而且，對尹熙謙來說似乎也是極限。

「呃！」

性器一下子抽了出來，然後又插進去。呼嗚，脖頸和耳邊都是尹熙謙炙熱的氣息。

尹熙謙用與我十指緊扣的手摟住我的身體，大幅度擺動著腰部。又一次快速拔出的感覺讓我的眼前變成白茫茫一片，「啪！」隨著一聲猛烈的撞擊聲，尹熙謙的性器再次插入時，就像是相機的閃光燈一樣，眼前出現了白光。

「唔……呃嗚，呃——呃！」

尹熙謙有規律的，像在縫紉一樣，用一定的節拍移動著性器，只是每次進來的時候，都感覺越來越深了。麻麻的、火辣辣的、痠痛的，總之就是很痛，我之所以沒有制止這一行為，是因為每當他在我體內抽插時，裡面都會有一種炙熱而激烈的快感擴散至全身。他的性器在下方尋找著正確的點，只要一捅向那周圍，強烈的快感就足以讓我忘記疼痛，震撼著我。

「啊！」

當他的性器準確地壓在前列腺上的那一刻，體內彷彿爆發出了某種炙熱的東西，眼前變得白茫茫一片，快感直奔頭頂，不，甚至連手指和腳尖都麻酥酥的。皮膚下除了搔癢，還有更多的東西在沸騰著，因插入的疼痛而消沉的陰莖一下子變得堅硬。性器，睪丸，還有深處的某種東西好像變成了熔爐，下腹部的內側正在炙熱地融化。

「呃！呃呃！啊！呃啊！」

尹熙謙毫不猶豫地撞擊著找到的地方，每當堅挺的龜頭頂向那裡，還有陰莖摩擦碰到那裡的時候，呻吟聲就會不由自主地爆發出來，就算是咬緊牙關也呻吟不止，腰也在微微顫抖著。下腹部繃得緊緊的，下面也緊縮不已，令人眩暈的快感席捲全身。

壓在前列腺上、深深插入體內的性器突然被拔了出來，從肛門還麻麻的情況來看，似乎是只剩龜頭的部分沒有被拔出來。

「啊!!」

接著，尹熙謙的陰莖一下子就插到了最深處，「啪！」尹熙謙用手臂緊緊抱住我往前倒去的身體，雖然我用手撐著牆，但感覺身體就要垮了。意識變得模糊，沒辦法清醒過來。

我眼前閃過一道光的瞬間，拔出的性器頓時又插了進來，這次我的眼前一片空白，接著又變得一片漆黑。尹熙謙再次用力地活動起腰部時，黃紅色花朵在黑暗中綻放開來。

「呃！呃啊！啊！」

我現在連呻吟都忍不住，連忍耐的力氣都沒有了。我的聲音隨著他的動作時而低沉，時而高昂，腰部以下的感覺很奇怪。尹熙謙正在慢慢加快腰部的動作，「啪啪、啪啪……」肉和肉不斷摩擦而變得滾燙，雖然感覺不可能再變得更熱，卻還是越來越熱了，然而，就連這種感覺也是一種快感，身體裡面好像著了火，那股熱潮讓我快要瘋了，整個內臟、皮膚、乳頭和陰莖感覺都很癢，似乎馬上就要爆炸了。

「唔唔——」

尹熙謙讓我轉過頭去，把自己的嘴唇疊到我的唇上，柔軟的肉在同一處交纏。他抱著我的上身，瘋狂親吻我、撞擊著我，從這時開始，我真的覺得自己快要失神了。雖然腰部動作不算大，但他就像是在快速擠壓前列腺一樣，一直用力頂向那個地方。我的視野一片空白，開出了花，然後熄滅，再次光芒閃爍，如此反覆。渾身滾燙，每當他捅向深處，更勝於射精的快感就會把我吞噬。雙腿逐漸發軟，我感覺自己馬上就要癱坐在地上了。腦子熱呼呼地融化了，不，應該說是全身，我的存在本身就快要融化了，而尹熙謙也是，似乎就要與他融為一體了。這種感覺甚至讓我感到害怕，我想發出悲鳴般的呻吟，但那些聲音都被尹熙謙的嘴唇堵住了。

「啊、啊……！」

我連自己是不是在射精都不知道，一種極度的快感席捲而來，全身緊繃，身體因承受不了這種極端的快感都要扭曲了。我無法抑制住身體的顫抖，下面的緊縮也與我的意志無關。在震撼全身的巨大快感波濤面前，全身繃緊的瞬間——

「呃呃……！」

尹熙謙緊緊抱住我的身體，吐出了粗重的呼吸。

他緊緊抱著我的手臂，包括貼在我身上的胸膛，全身都變得僵硬。他正壓在我的內壁上射精，每當他間歇性地顫抖，發出深沉的呻吟聲時，我就會感覺到體內似乎盈滿了液體。

他把我抱在懷裡好一段時間，感受著高潮的餘韻，不斷射出。緊貼著的身體幾次僵硬後又放鬆，炙熱的呼吸反覆著。

「哈啊……」

當他終於鬆開抱著我的手臂時，我已經筋疲力盡了，而在我耳邊散發著溫暖氣息的尹熙謙也露出了疲憊的表情。

尹熙謙就這樣調整著呼吸，吻了吻被汗水打溼的我的後頸。輕輕地舔著被汗水浸溼的皮膚，自在的手撫摸著我的腹部和胸口，這也和過去他所做的後戲沒什麼兩樣。

「……」

無法理解，不知道，我真的搞不懂了。

麻木的理性隨著熱氣的高漲變得清晰起來，和理性一起歸來的思緒開始壓抑著我。

我當然想要做愛，所以就當作是我答應了尹熙謙吧。但是他又是為什麼？難道他……是真的把那當成了嫖資？可是我確信自己在與他重逢之後，從未流露出渴望他的神色。

我突然很想看看尹熙謙現在的表情，但是不知道他會做出怎樣的表情，所以我又不想看了。我無法想像，他究竟會用什麼樣的眼光看著我呢？

「嗚嗚……」

性器慢慢抽出，異物感消失了，但在那一瞬間，我感受到了空虛。身體裡有什麼完全張開，再也闔不上了。

彷彿在證明我的猜測一樣，感覺有什麼東西從腿間流了下來。

「……啊，幹……」

我這才意識到尹熙謙沒有戴保險套，髒話習慣性地脫口而出。

「啾。」就像是在安慰這樣的我，嘴唇再次落在後頸上，因為是預料之外的觸碰，我的肩膀縮了起來。從我的背、肩胛骨、肩膀、手臂緩慢滑下的手緊緊抓住了我的手腕，他領著我，讓我「撲通」一聲倒在了床上。

由於長時間扶著牆壁，不僅肩膀痠痛，連手臂都麻了，更不用說接受他過激動作的腰和骨盆會有多痠痛了。當背碰到床的瞬間，我不由得皺起了眉頭，但是我的嘴沒來得及發出痛苦的聲音。

「幹嘛……」

我驚慌失措地望向尹熙謙，但他沒有回答，只是把我的雙腿打開，占據了中間的位置。我的雙腿大開，尹熙謙沒有絲毫猶豫。

「哈啊……!!」

曾為我的後頸帶來溫暖且搔癢的吻的嘴唇，一口氣把性器吞了進去。我嚇了一跳，上半身猛地抬了上來，但這也只能讓我把他吞吐的畫面看得更清晰而已。那再次用力吮吸起來的嘴，使刺痛的快感隨著脊椎蔓延至全身，好像連尾骨都通了電似的，腰不由自主地彈了起來。尹熙謙熟練地收緊吞吐著性器的喉嚨，像要吞下去般吸吮著。

「啊，哈啊……！」

射精過幾次的龜頭還處於非常敏感的狀態，尹熙謙就像在吸糖果一樣，用嘴唇含住龜頭吸吮著，再豎起舌頭不停地在中間的凹槽處來回，真的讓人快瘋了。剛才被尹熙謙填滿的後穴不由自主地縮了起來，在裡面盡情摩擦帶給我快感的地方，即使沒有直接的刺激也讓人感到酥麻，一下子激起了射精的欲望。因為實在無法忍受，我的眼前發黑，閃過一道白光，我猛地抓住尹熙謙的頭，想要把他拉開。

「！」

然而，尹熙謙反而把我的大腿抬起來，隨著關節的彎曲，上半身向後仰去。從性器到會陰全都暴露出來的姿勢讓我非常驚慌，可尹熙謙還是不理會掙扎的我，將陰莖深深含進嘴裡。

「呃！」

尹熙謙將手指伸進充滿體液的穴內，在那一瞬間，我發出慘叫般的呻吟。他深入已經溼透的體內，發出「噗噗」的奇怪聲音。尹熙謙修長的手指一進到體內，馬上就找到了前列腺，然後刮了一下與前列腺相連的內壁。

「!!」

我連呻吟聲都沒能發出來，全身僵直，腰也不由自主地彎曲，瞬間就被熱氣包圍。如活火山爆發後逐漸冷卻的身體好像騙人一般，再次燒得滾燙，感覺一切都被放進了熔爐裡，全都要融化了。尹熙謙直接愛撫那讓我不禁做出反應的敏感帶，他吸吮、舔拭我性器的嘴和舌頭，還有他插入體內搓揉的手指都快把我逼瘋了，身體不由自主地扭動，腰不停地顫抖，腦子在不停襲來的高潮中變得一片空白，什麼都不剩。

「啊……！啊啊……！」

在我因為撥弄後穴的手指嘗到高潮滋味的時候，尹熙謙從龜頭開始向下親吻，最後含住了睪丸，噴發出的精液一滴一滴全都被他吸進嘴裡，舔得一乾二淨。

尹熙謙將我的腿放下放到了床上，但雙腿仍然是張開的狀態。他占據了中間的位置，握住我的性器，嘴唇又吻了上去，但不是像剛才那樣用力地吸吮，而是輕輕舔咬。儘管如此，還是有一股刺激感衝向頭頂，又熱又癢，全身的敏感帶都在不斷升溫。

我稍微抬起上身看向尹熙謙，他寬厚的舌頭從陰莖根部向上舔到了龜頭。他舔著我性器的樣子甚至說得上「虔誠」，同時也可以說是「淫穢」。與用尖尖的舌頭在龜頭上刮搔的男人對視時，我的心咯噔了一下，在與那烏黑瞳孔對視的瞬間，我感覺自己快要喘不過氣來了，就好像被他的氣勢壓制了一樣。

「哈啊……」

尹熙謙用朦朧的目光看著我，呼出炙熱的呼吸。他的手搓揉著我的性器……陰莖碰到了他的臉，不，應該說是尹熙謙正在用臉摩擦著我的性器，變得敏感的龜頭碰到柔軟的臉頰，他鋒利的下巴線條甚至還在上面輕壓，我勃起的陰莖好像馬上就要爆炸似的，在他的手掌和臉頰之間跳動著。

「啾。」尹熙謙在我的陰莖上落下一吻，再次看向我的眼神與剛才不同，變得清晰起來。

可那眼神同時充滿了肉欲。曾經覺得充滿頹廢美的眼眸因削瘦而顯得非常深邃，甚至到了讓人毛骨悚然的地步。就連略顯犀利的外貌，現在也只散發出了肉欲，不，與其說是肉欲，不如說是——

我的下腹部一下子繃緊的同時，本就已經滾燙的臉再次燒了起來，那熱氣使我頭暈，就連眼角也火辣辣的，好像只要張開嘴巴，就會直接發出「哈」的喘氣聲。

「啊……！」

他再次炙熱地吸吮著我的口腔和手指不斷在體內揉搓，讓我到達了頂峰，恍恍惚惚的，感覺快要失去意識了，眼前開了花，席捲全身的快感讓身體像被電擊過一樣不停抽搐。

「呃呃……！」

沒過多久，又有個粗熱的東西從下方鑽了進來。被填滿的內部，和被強行打開的狹窄穴口讓痛苦湧了上來，變得敏感的內壁卻再次燃起令人發瘋的快感，我在拍打全身的快感波濤中變得筋疲力盡，喘不過氣來。除了感受之外，什麼都做不了。

我無法將視線從尹熙謙身上移開。

毫不掩飾沸騰的欲望，開始活動腰部的男人目不轉睛地看著我。

總覺得好像有哪裡生病了，喘不過氣來，與此同時，我的心也變得火熱起來，連心臟都快要爆炸了，不對，應該說是感覺要融化了。

與我十指緊扣，緩慢活動著腰部的尹熙謙可能是口渴了，他伸出紅色舌頭舔了下我的嘴唇，視線依然正對著我，被汗水打溼的臉一片通紅。剛才才在我的性器上摩擦的臉頰，嘴唇腫得厚厚的。

「呃……呼呃……呃……」

嘴裡不停發出呻吟，在席捲全身的熱氣下，我能做的就只有這個。

啊啊啊……真是的。

「哈啊……啊……！」

我毫無辦法地呻吟出聲。

我從來沒有見過表情如此淫穢的尹熙謙。

不了，哥，我就不吃了，我很累。

低沉的聲音在耳邊環繞。音色雖然好聽，但比平時還要低沉沙啞。我以為這是一場夢，我很難得能做的夢。最近我幾乎沒能聽到他的聲音，正因為是夢，所以才能聽到尹熙謙這麼說話吧。

「其實理事還在這裡，不用了……我真的沒事。」

然而，我逐漸覺得這或許就是現實，因為他的聲音太清晰了，隨著意識逐漸清醒，甚至變得更加清楚了。

「哥不用過來沒關係，請不要來，我已經簡單吃過了。」

這是現實，在我察覺到的那一刻，睡意瞬間全無，眼睛頓時睜開，然而眼前一片模糊，從隱約可見的東西來推測，我應該正面向窗邊睡著，而尹熙謙在我身後講著電話。從聲音有些距離這點來看，尹熙謙應該是因為我在睡覺，所以才走去那邊壓低聲音接電話的。

「……我知道了，那我就去一下吧。」

尹熙謙用疲憊的聲音說道。他可能是掛了電話，從那以後就不再說話了。哥？會是誰呢？

現在幾點了？儘管心裡這麼想，我還是再次閉上了眼睛。身後發出「沙沙」響聲，好像是尹熙謙把衣服拿起來穿了。

「啪。」門關上的聲音傳來。

「……唉。」

我長長地嘆了一口氣，然後轉過身躺下。在那一瞬間，我對自己的行為感到後悔，因為僅憑翻身這小小的動作，就感覺全身都像被打了一樣，疼痛不斷襲來。

「……呃呃……」

我發出的一聲痛苦呻吟，讓我又嚇了一跳。我的聲音沙啞破碎，聽起來很不舒服，無法與尹熙謙低沉的聲音相比。這時，我想起當時自己喘不過氣來的情景，雖然沒有喘得很大聲，但為了不發出聲音而強忍，似乎反而傷到了喉嚨。託他的福，我連喉嚨都沙啞了。

幾點了？我張望著，但只發現旁邊的位置是空著的，無意中碰到的地方還留有一絲溫暖，他本來似乎是一直和我躺在一起，接到電話就出去了。是哪個傢伙叫他出去的呢？疑問黑壓壓地沉在心底。

當我再回頭一看，發現床邊的床頭櫃上放著一瓶礦泉水和我的手機，而我並不會很渴。最後的記憶停留在自己吞下他嘴對嘴餵到我嘴裡的溫水，而我因為被嗆到，咳了幾聲，最後還是堅持不住昏睡了過去。

手機螢幕上的時鐘顯示剛過七點。

一個小時……大概只睡了這點時間嗎？這真讓我啼笑皆非，我在剛過中午沒多久的時候來到這裡，到現在就做了兩次。第二次的性愛時間很長，他抽插了一下就拔出來，在手上塗上潤滑液，插進我體內攪弄，替我含了一下，然後再次插進來。最後他的手真的是只要一碰到我，就會覺得渾身麻酥酥的，心想著再這樣下去真的會死，馬上風[2]……不，我真的很怕會馬「下」風。

看來他是去吃晚餐了。雖然已經醒了，但我還是茫然地反覆回想過去的記憶和現在的狀態，直到這時才恍然大悟。我的眼睛很痛，渾身痠痛，只想再睡一會兒。我只睡了一個小時左右，但好像昏厥一樣睡得很熟，可即便如此還不夠，我想睡得更深、更好一點。

但是，既然我已經在中途醒來了，那就不可能再睡著了。因為從睡夢中醒得太急，

2 馬上風：性猝死。中文俗名馬上風、腹上死或胯下風，為出血性中風的一種。指在性交時，因為行為太過激烈，導致昏厥甚至突然死亡。

頭一陣刺痛，不對，也有可能是因為全身都很痛，所以連頭也一起痛了起來，而且似乎是太累了，甚至快要發燒了。

尹熙謙出去了，他總會回來的吧，可我不想等他，我討厭反正我睡不著覺，就自己一個人等著他的狼狽模樣，我為什麼非要這麼可憐地等著他才行啊？

再說了，等他回來，我又要用什麼表情和心情迎接他？

「……呼。」

我深深嘆了口氣，搖搖晃晃地從位置上站起來。身體真的很沉重，特別是曾經大張的腿和承受身體重量的腰部，疼痛得讓人難受。我沒來得及擦過身體，就直接把衣服撿起來穿了，雖然不太舒服，但也是無可奈何的。

當我走出房間的時候，整棟大樓都很安靜，看來是按照我說的去聚餐了吧。把本來不去的尹熙謙叫去的人也許就是韓柱成，「哥。」尹熙謙曾這樣稱呼過他。

我努力擺脫不斷糾纏上來的不快感，坐上了車。明天也許會是晴天吧，雨停了，漆黑的天空中也沒有雲彩，空氣很涼爽，我打開車窗踩下了油門。

腰和下半身都在刺痛。起初我並沒有理會那些痛楚，只想繼續奔馳下去。還不如快點回到首爾洗個澡，喝個酒再鑽進被窩裡，我是這樣下定決心的。

然而，無論是寒風吹進車內、打在我的臉上，還是加快行駛的速度，也絲毫沒有讓我有涼爽的感覺，心裡還是一陣發悶。我無法定義那是什麼樣的感覺，心裡好像空蕩蕩的，同時還有些想哭。頭一陣陣地疼，眼角也刺痛著，即使深呼吸，也總是喘不過氣來。

「……媽的。」

最後只能把車停在路肩。停下車後，我緊緊握著方向盤，就連下車也做不到。骨盆、腿，不，是全身都很疼。

但最疼的還是心臟。

這時我才意識到，滲透在心中的虛無感和同時湧上心頭的苦澀，就是悲傷。我很難過，喜歡尹熙謙的心、自己所導致的情況、和尹熙謙的關係，都讓我很悲傷。

「……啊，媽的……」

窩囊，真是窩囊到連我自己都受不了了，這是我第一次覺得自己這麼窩囊，但就連這個感受也讓我覺得窩囊。媽的，因為喜歡誰而痛苦傷心，怎麼會這麼窩囊啊，他媽的鄭載翰，你這個窩囊廢、蠢蛋……

「……哈啊……」

即便我如此痛苦、悲傷，眼淚也流不出來。太久沒流淚了，所以連流淚的方法都不知道了。雖然眼角刺痛，卻一點水氣都沒有。我不會哭，為了完全凌駕於他人之上而出生長大的我哭不出來，不懂得眼淚是什麼，也不知道悲傷為何物。

可是我現在太悲傷了，胸口，裡面有種無形的東西像被壓碎似的疼痛。

也許心碎就是這種感覺吧，直到我年過三十，認識了尹熙謙，喜歡上他之後，才明白何謂悲傷。

＊＊＊

從拍攝現場回來後，我好好休息了幾天。回到首爾之後，不知為何，洗完澡後就像昏倒一樣睡著了，那天晚上我睡得非常好。在那之後身體又重又無力，稍微動一下就疼得厲害，沒有辦法離開床，金泰運甚至說這不像我，我睡得太多了，還硬是闖進房間幫我量了體溫，結果我真的發燒了。三十八點八度應該不算高溫，可他還是叫了醫生來家裡看診、打點滴，開了退燒藥。金泰運嘟囔著問我是不是吹到海風感冒了，又開始碎念，但看我連答都不答，他便深深嘆了口氣，離開了房間。

如果硬要說的話，其實我的狀態是不錯的，換作是平時，在金泰運開始嘮叨的時候，我肯定會抓住話柄對他冷嘲熱諷，或是尖銳地說：「以你的身分，你有資格嘮叨我嗎？」然後我也不會在意他的碎念，但現在會如此，就表示我的心情並不差。雖然肌肉還有些痠痛，但因為睡得很香，所以身體也沒有那麼痛苦了。

可是，連一根手指都不想動的這種無力感該怎麼辦呢？我無法擺脫沉重地壓在心頭的鬱悶。唉，只要一張嘴，吐出的就只會有嘆息。

「吃午餐吧。」

金泰運現在根本相當於住在我家了。

「要把飯菜端進臥室裡嗎？」

乍一聽也許像是關懷，但對我來說，這是一種令人煩躁的聲音。我的臥室是專門用來睡覺的空間，即使是嘴不離菸的時期，在其他房間能若無其事地抽菸，但我絕對不會在臥室裡抽，就算是開了空氣清淨機也一樣。金泰運也不是不知道我會防止我不熟悉的氣味出現在臥室裡，因此，如果他問我要不要把飯菜端進臥室裡，無異於是威脅我說，如果我不出房門，他就要做出我極度討厭的事情了。

「我不餓。」

「你忘了今天有要代替會長出席的場合了嗎？至少吃一口吧，你看起來很憔悴。」

「……唉。」

如果有能讓我動起來的魔法單詞，那就是「會長」。我無奈地從床上爬起來。腰還有點痠痛，但是我沒有表現出來，只是搖搖晃晃地走出房間。

「有人向我問過您和鄭泰允董事長介紹的那個女人怎麼樣了。」

「誰?會長嗎?」

「會長也有問，還有鄭泰允董事長和鄭喜進前副董事長都有問。」

「……老人家們真是沒事可做啊。」

「他們老人家可能是很滿意那位小姐吧。」

鄭喜進前副董事長的想法應該不太一樣吧。我就這樣聽著金泰運的碎念，拿起湯匙舀了口粥放進嘴裡，那是香油味很濃郁的鮑魚粥，可我還是沒吃幾口，馬上就覺得膩了，不是不好吃，只是最多就只能吃個半碗左右。

在那之後，我就一直被金泰運折磨，被他帶到水療中心，從頭到腳都接受了按摩。洗了三溫暖，洗完澡出來，還要去美容院做頭髮，把洗好的頭髮做什麼護髮、頭皮護理，然後再整理頭髮、做造型、吹頭髮等，花費了非常長的時間。雖然我偶爾也會接受這一系列護理，但那也要按照我的意願，在我想做的時候做才行。可是我現在並不想做，所以這樣只會讓我感到厭惡和煩躁。我今天之所以願意在金泰運的強迫下做這些事，是因為我知道在鄭會長不久前說了「讓載翰去護理一下」之後，金泰運就一直虎視眈眈地等待著機會。

再來就是吳敏周的店，她為了很久沒去的我準備了西裝，印有淺淺格子的灰藍色西裝還不錯看。

「真帥。」

吳敏周已經大為誇獎一番了，而金泰運也補充了這一句。我卻冷冷地對此嗤之以鼻，「也不看看這件多少錢，能不帥嗎？」這樣嘲諷道。

那時差不多到了約定時間，便開車前往了。首爾市內雖然有點塞車，但還是在約定的時間內到達了。聽說是個由鄭泰允董事長主導的業務會議，他在爭取訂單和項目的進行上，有個與其他企業合作，在友好合作關係下進行項目的宏偉計畫，鄭世進會長也同意這是一個好計畫。之後，合作伙伴企業的選定工作便在幕後進行，據說項目正在準備中。而今天，鄭世進會長命令我代替他本人出席。

這真是麻煩，過去不管有沒有想去，我都認為那是自己的義務，可那樣的我如今去了哪裡呢？雖然我有大致瀏覽了金泰運帶來的報告，聽了簡報，對情況有所了解了，但我實在是不想花費心思在上面。讀懂背後的故事、進行推論、收集情報、掌握事態的一系列行為都讓人感到厭煩，所以就放手不管了。我現在處於非常鬱悶的狀態，也正在度過我人生中第一次也是最不想工作的時刻，所以就真的什麼都沒做了。

因為會長讓我參加，所以我堅守崗位，而剩下的鄭泰允董事長自己會看著辦吧。把在那裡來往的話語都記到腦子裡，推論情況、抱持懷疑……這些真的都感覺變得麻煩了。

「喔，載翰來了啊。」

雖然我準時到了，但除了我以外的其他人都已經到了。鄭泰允董事長笑著向我打招呼，而我卻笑不出來。

因為包廂裡坐著一個女孩，是一名衣著端莊，看起來很稚嫩的女孩。

「……您好。」

我打著招呼，一邊慢慢走進包廂，和聚集在一起的人打招呼。先是鄭泰允董事長，然後是新源的副董事長。最後，是等著輪到自己的女孩，她在與我對視時，微笑著開了口。

「您好。」

她就是李奎雅。

即使處於無念無想的狀態，但在聽到新源的事時，一次也沒有想起李奎雅的我也真是愚蠢。李奎雅的存在早已在我的腦海中消失很久了，那天帶她去參加內部試映會，直接把她趕回家後，本來說要再連繫她的，我卻忘得一乾二淨。

「聽說有生意要談。」

「啊啊，事情其實已經進行得差不多了。正好你也說要來，奎雅也說她有時間，所以就安排了一次聚會，你不要覺得有負擔。」

我不禁嗤之以鼻。他的意圖顯而易見，還叫我不要有負擔，聽起來實在很可笑。

鄭泰允董事長不可能會自己一個人安排這樣的場合，是鄭會長安排的。他應該已經察覺到不管是事業還是經營，我都已經沒有心思處理了。鄭會長不是個會因為我不合時宜的彷徨而感到驚慌的人。他篤定就是要讓我結婚，把我送去美國。正因為有他的指示，鄭泰允也才有這樣的機會。

「鄭理事最近因為電影的事很忙吧？我聽說本來已經拍完的電影又重新開拍了。」

新源的副董事長滿臉笑容地說著，實際上卻是在責備我和他的女兒見了面，卻沒有再連繫的事情。我能感受到他對女兒的自豪，畢竟李奎雅不管去哪裡都不會輸給別人，甚至所有人都希望她能成為他們的兒媳婦。也是，是正常人的話，一想到要把金枝玉葉般的小女兒嫁給我這樣的無賴，而且還是結過婚的人，心裡自然是會不舒服的。在把她捧在手心上寵愛都不夠的情況下，我卻總是做出冷淡的反應，這肯定是會傷到他的自尊心。

「是的，我也有去現場看過了，畢竟這會是我經手的最後一部電影。」

不過如果尹熙謙要拍下一部，我也許還是會投資，但到時應該也只會設置障礙，不讓任何人有機會介入尹熙謙製作電影的過程吧，像現在這樣每件事都介入和給予幫助也將會是最後一次。

雖然我在工作上處於心神不定的狀態，但總有一天還是得重新回歸經營，到時也不得不離開演藝圈，不，即便現在是停職狀態，其實也等同於是放棄娛樂公司了。

「帶奎雅去參觀一下現場也不錯啊？奎雅對那行挺感興趣的。」

「是，我之前有聽說。」

我瞥了李奎雅一眼，她便向我投來微笑，這不禁讓我啼笑皆非。我終於知道會長讓我在今天打扮得這麼帥氣的理由了，也了解明明還有其他日子，卻偏偏挑在今天的原因了，多虧有做過護理，皮膚的憔悴感消退許多，還有特意選過的穿衣風格，讓我看起來比實際年齡小了很多歲。八歲，已經有了不可否認的年歲差距，真搞不懂，就算打扮一下又會有什麼變化？現在是為了討好一個小丫頭，才讓我這麼麻煩地特地跑一趟嗎？

「我們邊吃邊說吧，這裡的料理很不錯喔。」

是啊，我本來還心想地點為什麼會定在飯店的法國餐廳裡，看來我是真的很魂不守舍，什麼都沒在思考啊。雖然沒有上當受騙，但我居然什麼都不知道，還被這麼膚淺的招數所騙，真是荒唐了。對自己的不耐煩湧上心頭，事先預想到會是這種情況而來，和不知道是這種狀況，傻傻地來到這裡是完全不同層次的事情，而今天的我無疑是後者。

「雖然我本來就知道鄭理事一表人才，但是今天特別帥氣呢。」

「哈哈，雖然鄭理事是我的姪子，但其實我也是一看到他就這麼想了。」

聽到這種客套的稱讚，心情不可能會好，兩個男人甚至都不是對著我說的，他們是想要得到李奎雅贊同的稱讚。女孩瞇起眼睛微笑著，可能是化了妝的關係，臉頰顯得紅通通的。

「您今天真的很帥。」

「謝謝。」

我以若無其事的表情回答道，但其實心情很不好。我很苦惱是不是該表現出不爽的樣子，要不直接把桌子翻了吧？

反正，我也沒有打算要結婚。

要不是口袋裡的手機及時震動起來，說不定我就會隨心所欲地幹出什麼事來。

「奎雅今天也很耀眼呢，雖然本來就是花樣年華，但今天好像格外漂亮呢。」

如果說李奎雅贊同了對我的稱讚，那麼現在是時候輪到我同意對她的稱讚了。

「是啊，很漂亮呢。」

我拿出手機確認了一下，然後敷衍地回答道。

「哎呀，謝謝您。」

充滿笑意的聲音愉快地響起，但是那個聲音並沒有清晰地傳達給我，只是像耳鳴一樣在耳邊嗡嗡作響。我的視線都集中在了手機螢幕上，通訊軟體上出現的一行黑字讓我的指尖變得僵硬，就連呼吸和心臟都停了。

『我來首爾了。』

訊息的發送人是尹熙謙。

下面還有一行。

『請問您有時間嗎？』

然後，下面又有一行。

『我回家等您。』

我……現在是在做夢嗎？眼睛有問題？還是因為瘋了才看到幻覺了？怦通怦通，本以為已經停止跳動的心跳聲在腦海中如轟鳴聲般大聲響起。「呼嗚」，我吐出憋著的氣，胸口疼得像是被勒緊了一樣。

「很抱歉，我有急事要先離開了。」

我不知道是話先說出口，還是身體先站了起來。「載翰！」雖然鄭泰允用驚慌的聲音叫了我一聲，但我沒有時間理會他，唯一能做到的就是留給李奎雅一句話。

「我很快就會連繫妳的。」

至少要說出這句話，才能在鄭泰允董事長和新源的副董事長面前過關。不管是吃飯還是喝酒，反正目的都是要我說出下一次見面的約定。

「好的。」

「那我就先離開了。」

答案從李奎雅嘴裡說出的瞬間，我打個招呼就離開了包廂，走在餐廳走廊上的腳步就快演變成跑步了。在搭乘電梯來到一樓的過程中，焦躁的感覺讓我心急如焚，神經都緊繃得好像快燃燒起來了。

這時手機又響了，這次是電話。

「喂？」

『理事，我來向您匯報。』

他是我讓他去跟在尹熙謙身邊的眼線。

『尹導演已經抵達首爾了，他進入了位於××洞的公寓……』

××洞公寓，聽到這句話的瞬間，我的心一陣刺痛，麻得讓人喘不過氣。即便不聽男人說的門牌號碼，我也能知道他去的地方就是我買給他的公寓。

家，尹熙謙提到那裡的時候，是用「家」這個詞。

在掛斷電話的同時，我要求工作人員把車開過來，一上車就直踩油門。

尹熙謙在家等著我。

不知道自己是怎麼停車的，當我一把車子停好，就氣喘吁吁地跑進電梯裡。

在熟悉又陌生的電梯裡，按下了熟悉的樓層。到了來過幾次的門前，甚至沒想到要按門鈴，就直接掏出感應卡打開了門。隨著「嗶哩哩」的機器聲，門一打開就猛地推開門走進屋內。

我的眼睛找到了尹熙謙，馬上就發現了他。尹熙謙站在廚房裡，正在餐桌上整理袋子，他看向我，眼神有些吃驚。

而我也同樣驚訝，準確來說，我是在懷疑自己的眼睛。我看到的真的是尹熙謙嗎？傳訊息給我的人是尹熙謙，進到這個家裡的也是尹熙謙嗎……？

但無論我怎麼看，用黑色瞳孔打量著我的男人就是尹熙謙沒錯。

「……尹導演，那個、拍攝呢？」

「我們決定休息一天。」

就連聲音也是尹熙謙的聲音，所以他真的……是尹熙謙。

我沒有想到自己還會在這個家裡見到他，不，應該說我是希望能這樣的，但我完全不期待能實現。沒能賣掉這間房子也不是因為期待，而是因為留戀。

但是他現在……就在這裡。

尹熙謙繞過餐桌向我走來，他的眼睛打量著我做過造型的頭髮和保養過的臉龐，雖然他的嘴唇依舊乾燥，但是不知怎的，看起來比以前更好看了，而那嘴唇張開了。

「……雖然平時也是，但今天似乎更加……」

我一時間沒能理解尹熙謙的話，只是心想他突然在說些什麼。

「帥氣呢。」

什麼東西？

帥？帥氣？我剛才也有聽到過這句話，據我所知，那句話的意思是……

「……」

回味著單詞意思的瞬間，我的臉開始發燙，好像燃燒了起來一般。不僅是臉，就連耳朵和脖頸都感覺火辣辣的。

「什麼……」

驚慌失措的我沒能把那句話說完，尹熙謙的手臂就纏上我的腰，嘴唇接著疊了上來。熱呼呼的唇瓣非常柔軟，尹熙謙輕輕吸吮著我的嘴唇，用舌尖舔著唇縫間凸起的軟肉，「啾、啾」溼漉漉的聲音搔癢著我的耳朵。

為什麼？為什麼突然吻我了？他為什麼要這樣？尹熙謙的那句帥氣和他的行為讓我感到不知所措，但我的心情很好，好到甚至無法將他推開。這就像是戀人間會交換的甜蜜的吻，「啾、啾」尹熙謙就像在啄食似的吻在我唇上好幾次，溫暖的舌頭交纏著，然後將我抱住，邁出了腳步，而我也抓住他的雙肩，跟著挪動步伐。

突然好像碰到了什麼，是客廳的沙發。因為再也沒有能後退的地方了，於是我停下腳步，尹熙謙也停下來，繼續親吻，這是一個比剛才更深層的吻。他的舌頭在我嘴裡遊走，彼此的唾液溢出，嘴唇和下巴都泛著水光，尹熙謙甚至還舔了舔我的下巴和嘴唇。

尹熙謙的手把我的夾克脫了下來，這還沒結束，手指停在了我的褲腰上，想要解開皮帶的手意圖非常明顯。

「尹……導演……」

為什麼？為什麼？心臟重重跳了一下，再次冒出這樣的疑問，但我依舊沒能問出口，因為在言語被組織成句子之前，我就倒在沙發上了。

尹熙謙脫下襯衫，壓在了我身上。

聲音讓沉入水面底下的意識恢復……還有味道也是。「咕嘟咕嘟」沸騰的聲音，「滋滋滋」煎東西的聲音，「噠噠噠」砧板上的切菜聲，還有縈繞在鼻尖的味道，是一種又鹹又甜又辣的美味香氣。

「……!!」

醒來的同時，突然也恢復了意識。因為被嚇了一大跳，身體就像剛撈上來的魚一樣直發抖，上半身猛地彈了起來。

「呃……！」

那一瞬間，腰疼了起來，頭正在發暈，一點精神都沒有。現在是什麼情況？為什麼？為什麼會痛？正在回想的時候，才發現疼的不只有腰，連兩腿之間都很痠痛，而且不知道是怎麼回事，後面一陣刺痛，火辣辣的，下腹內側發麻，就像是有什麼東西鑲在後面一樣……

「理事？」

出現的人是尹熙謙，這更加讓我找不到現實感。尹熙謙為什麼……為什麼會在這裡？這裡又是哪裡？這個人真的是尹熙謙嗎？

這時，我才低下頭看向自己的身體，完全赤裸的身體上，好像只有一條毯子堆在腰上，勉強遮住了下體。等等，我為什麼會像個做完愛睡著的人一樣脫成這樣？這裡是哪裡？為什麼會是尹熙謙？

記憶恢復得很慢，對，我們做愛了，在沙發上做愛了。雖說我也給予了回應，但老實說，是尹熙謙像隻發情的狗一樣撲上來的，不，所以才感覺很好，像往常一樣，和他做愛帶來的快樂是我無法抗拒的。光是抱在一起就讓我著迷，內心似乎也得到了滿足。

我回想了一下我們為什麼會突然做愛，好像是從尹熙謙突如其來的吻開始的。「帥氣」，他是這麼說的。我進到公寓時發現他在，嚇了一跳，不對，在那之前，他打電話給我的時候，我就感到很驚訝了。看著手機上的字，我還想說這些難道都是我的幻想嗎？

「……尹熙謙先生……」

然而，這一切都是現實，他的連繫、他的存在和性愛全都是。在射精後還抱著我的身體、撫摸著我的尹熙謙身下，像往常一樣，我因無力感而昏昏沉沉地睡著了。

「您還好嗎？」

「……嗯。」

其實我到現在還有些呆滯，雖然理解了，但還是沒有現實感。即便我知道這一系列的事情都不是夢，還是會不禁想著，難道我現在正在做一個特大號的夢嗎？就像電影裡的場面一樣，夢中的夢，夢中夢的夢，就像這樣的夢。

「飯菜快準備好了，請穿好衣服過來餐桌這邊吧。」

我點了點頭，但其實根本還沒清醒過來。進到公寓時，我看到他在整理裝有從超市買回來的東西的袋子，後來我們做愛了，然後我就睡著了。尹熙謙好像從那之後就開始做菜了。掌握完情況之後，我再次感到荒謬。

不是啊，我明明是淺眠到甚至讓人懷疑是不是生病了的程度，可是直到飯菜幾乎都準備好了為止，我卻什麼聲音都沒聽到，呼呼大睡了是嗎？

頭腦開始慢慢清晰起來，但思考速度明顯變慢了。首先按照尹熙謙說的穿上了衣服，桌上放著內褲、舒適的褲子和黑色T恤，似乎是他事先準備好的。我慢慢穿上衣服，身體不會很難受，雖然有流汗，但不像過去做愛後那樣肚子不舒服。看來他這次有正確使用保險套了。

但是腰和腿還是很不舒服，所以只能搖搖晃晃地走到餐桌前。餐桌上放著看似是買來的蔬食小菜，和剛做好還熱乎乎的蒸蛋。我一坐下，尹熙謙就把白飯和豆芽湯放到我前面和對面的位置上，旁邊的勺子也擺放得非常漂亮。

一股甜辣的味道傳來，他最後把辣炒魷魚放到桌子中間，裹上調味料的魷魚看起來很有嚼勁。

「請用。」

聽到他的話，我呆呆地拿起湯匙，喝了一口湯，吃一口飯，再用筷子夾起一口辣炒魷魚。在嘴裡散開的味道非常協調，雖然很辣，卻辣得讓人心情很好，也不會太過甜膩，雖然主要材料不同，但還是以前吃過的那個味道。

辣炒章魚，這味道就和他之前做給我吃的辣炒章魚調味差不多。

「啪。」我放下筷子。

「……尹熙謙。」

現在的我已經完全清醒過來了，不再是還沒睡醒、茫然的狀態，也了解了現在的情況，甚至找回了現實感。

「……你這是在做什麼？」

但也有無法理解的事情，那就是尹熙謙的行為，我實在搞不懂他這是突然在做什麼。我記得我們的結局，他對我大吼、生氣、絕望，這些事情就像昨天發生的一樣，我記得非常清楚。從他的立場來看，記憶肯定又會鮮明好幾倍。除非是發生意外變成白痴了，否則是不可能忘記的。

我也還記得再次重逢時，他那冰冷而僵硬的臉龐，還有讓我絲毫感覺不到溫暖的生硬、事務性的語氣，就連他望著我的冷淡眼神我也都還記得。這對尹熙謙來說是理所當然的。

直到最後，他提到的都是嫖資，要我拿回該拿的報酬。

所以現在這突如其來的變化，讓我完全不能理解。不，事實上，從上次見面時的性愛開始我就無法理解了。如果是想要報仇，或是怨恨著我的話，就不可能做到那種地步。雖然一開始的行為可能有些過激，但最終還是非常火熱和溫柔。不可否認的是，即使插進去的行為讓我疼痛，但傾注的親吻是非常甜蜜的。還有淫蕩地吸吮著我的性器，重新開始的第二次性愛也是。

更不用說今天的性愛了。從最初的接吻開始，就是戀人之間那種甜蜜又濃豔的親吻。接下來的性愛仍然讓我魂不守舍，這次甚至連疼痛都沒那麼嚴重了。

所以到底是為什麼？

「不就是在吃飯嗎？」

「為什麼你要和我一起吃飯？」

「因為我還沒吃晚餐。」

他正在玩文字遊戲，明明知道我想說什麼，明明知道我想知道的是什麼。

「你為什麼要跟我上床？」

他沒有回答，嘴裡只顧著吃東西。你現在還吃得下飯？我突然產生想把桌子打翻的衝動。

「你之前不是說我的錢是嫖資嗎？我有跟你要過報酬嗎？」

面對尖銳的提問，尹熙謙終於看向了我。他把嘴裡的東西吞下去，喝了口水，然後放下手中的湯匙和筷子。

「那鄭理事呢？」

提問代替了我想要聽到的答案。

「你為什麼會讓我重拍電影？」

這也是我絕對無法回答的問題。我瞬間啞口無言，好不容易才想出答案。

「……因為我想那麼做。」

「所以說為什麼？」

尹熙謙非常執著，而我就像吃了黃連的啞巴，只能閉上嘴，說不出話來。我不可能想得到可以作為藉口的謊言。

「我也不會說的。」

呼，尹熙謙嘆了口氣，垂下眼睛。

「……」

「就像理事一樣。」

尹熙謙說道。

「我想怎麼做就會怎麼做。」

你到底想做什麼？這是一個就算我問，他也不會回答的問題。我想怎麼做就怎麼做，說完這句話，尹熙謙再次拿起筷子。

「請用吧，飯菜會涼掉的。」

他又開始吃飯了。而我因為疑問沒有被消除，心情很鬱悶。凝視了尹熙謙半天，他始終沒有告訴我，問也沒有用。

所以我也只能再次拿起湯匙。

真的好久沒吃過尹熙謙做的飯了，在這種情況下依然很好吃。

＊＊＊

溼熱的嘴唇在胸前徘徊。從鎖骨中間開始，「啾、啾」親吻順著胸骨緩緩直線往下，溫暖又搔癢的感覺讓我很舒服。尖尖的舌尖橫過胸膛，像在連線般的舌頭動作在胸口的突起處上停下，唾液已乾的粗糙舌頭在那裡舔舐著，嘴唇一邊吐出溫暖溼熱的呼吸，一邊覆在上面。「啾！」慢慢吸吮的嘴讓我感覺脊骨都直了起來。從嘴裡補充唾液，變得溼潤的舌頭再次舔向那裡，既溼黏又奇妙的感覺順著脊椎流淌，好癢，雖然很癢，但是是很色情的癢。

「呃……」

舌頭像是在捉弄我似的不停打轉，在反覆咬住整個乳暈、放開、吸吮的嘴唇之間，舌頭不停地戲弄著乳頭。一種又癢又奇怪的感覺讓我的臉頰再次熱了起來，雖然不算很大的刺激，但是經歷過一次像沸騰一般的灼熱，熱氣噴發過後，逐漸冷卻的身體再次發熱，皮膚下癢癢的。尹熙謙舔著我的胸口，肚臍和肚子裡面都癢得直發抖。

嘴唇終於放開了乳頭，溫暖的嘴一遠離，胸口就因溫度差而起了雞皮疙瘩，不，也有可能是因為男人的舌頭在輕輕挑逗的關係。男人的手把胸口沒有多少的肉捏得鼓鼓的，然後又含住了凸起處。

「哈……」

堅硬的牙齒撓著腫脹且溼淋淋的乳頭，讓我不禁一陣顫慄。上下牙齒咬住那小小的凸起，只要稍微一用力，就會感到一陣刺痛，連身體也會微微彈起，然後就像要安慰似的，舌頭又慢慢掃過。用牙齒咬一下乳頭，接著用舌頭舔舐，就這樣反覆了好幾次，但我的身體還是無法習慣，一震一震的，舔舐著我胸部的男人嘴裡似乎傳來了低沉的笑聲。

捏著胸部的手伸到腹部，就像按鋼琴鍵一樣，手指在皮膚上輕輕敲擊，就連這個也讓我覺得很癢。體溫比我高的手指就像是在雪地上印下的腳印似的，留下熱氣後又消失了。就這樣，男人的手指在我身上滑動，又在乳頭和周圍的皮膚上落下調皮的吻。

「啊……」

嘴唇再次含住乳頭和其周圍，就像在吸著母奶，發出「啾、啾」的溼漉漉聲音。已經超越癢的程度，我不知怎的覺得非常難為情，讓我的臉變得好燙。我覺得很不自在，便想推開尹熙謙的頭，但他反而用手臂纏住我的身體，緊抱住我。他不停吸吮著我的胸部，甚至都讓我有些痛了，吸了好一陣子，終於將頭移開，這次換另一邊的胸部。雖然扭動了一下身體，但我還是沒能躲開，尹熙謙非常故意地發出一聲溼漉漉的聲音，舔了舔乳頭。啊，我真的快被像小孩一樣貼在我胸前、吸吮著我胸部的尹熙謙搞瘋了。

「別吸了……」

直到我嘴裡發出痛苦的聲音，尹熙謙才把頭移開。他用鼻子和臉頰蹭著我不斷被吮吸、已經有些腫脹的乳頭，又咬了咬周圍的皮膚，尹熙謙的頭逐漸往下。

「哈……！」

舌頭鑽進肚臍裡。因為極度的搔癢，我的身體微微蜷縮了起來，可尹熙謙的舌頭還是扎進了更深處。儘管扁平的腹部並沒有多少深度，但他的舌頭還是一個勁兒地往裡面伸去。

「好癢……」

真是個讓人不得不抓住他頭髮的男人。我輕輕拉住他的頭髮，在這種力道下，尹熙謙仍執意咬住整個肚臍吸了一口，最後終於離開了。

他的嘴唇在我的嘴唇上不停「啾、啾」地落下親吻，這種甜蜜的肢體接觸讓人心情飄飄然。本來已經乏力的身體裡冒起了癢癢的熱氣，連這個也讓我非常開心。

好甜，真的太甜了，本來每次見面都顯得微妙的親密接觸，現在已經……

「您很累嗎？」

尹熙謙軟軟地看著我問道。他之所以會這樣問，可能是因為我還沉浸在無力感中，緩慢地眨著眼睛的關係吧。如果問我累不累，其實我幾乎都沒有不累的時候。在與尹熙謙做愛後當然也會感到疲勞，只是疲勞的種類和平時截然不同罷了。

我想睡覺，不是因為覺得無聊，而是因為令人愉悅的懶洋洋感讓我想要直接入睡。其實連脫力感也讓我心情很好，該說是清爽還是爽快呢？可即便如此，我還是感覺自己像是被雲層籠罩住了，精神依舊朦朧。

「尹導演呢？」

我沒有好好回答，而是反問了他。即便我很累，尹熙謙也應該會更累，我會這麼說不是因為我們上了床，而是在之前的情況就該是這樣了。就算拍攝很早就結束了，那時也已經是晚上了，即便如此，他還是回到了首爾，在深夜見到面後就開始瘋狂做愛，結束後他又不得不回到拍攝現場。

「我沒事。」

那樣說著的他跟以前比起來，看起來是沒有那麼疲憊了，原本犀利的印象似乎變得柔和了些。不知道是不是因為稍微胖了，才會看起來變得溫柔了些，還是因為面對我的表情和以前不同，所以連印象也不一樣了。

他再次輕輕地蹭著我的額頭和鼻子，「啾、啾」落下親吻的尹熙謙溫暖而溫柔。雖然他的手毫無顧忌地撫摸著我，卻非常小心翼翼。

他吻著我的下巴線條，嘴唇接著移到了脖子上。雖然很癢，但感覺還是很好，所以我把頭扭向了另一邊，讓他能更輕鬆一點。尹熙謙欣然把臉埋在我露出的脖子上親吻。每當他把唇壓到頸動脈上時，我的心情就好得讓人顫慄，就連呼到我身上的氣息都顯得溫暖。

現在的尹熙謙溫柔又溫暖，深情又平靜。

這反而讓我感到不安。

「哈啊……」

他將鼻子貼在我的脖頸上蹭了蹭，吸著我的體香，他那甜又長的氣息令我感到不安，這是一件非常奇怪的事情。

好甜。

但是好痛，不安感將心臟緊緊勒住。

我接受了撫摸我、擁抱我，與我共處的尹熙謙，但同時我也無法抹去「為什麼」的疑問。疑問也和懷疑相通，我一生都在解讀人們的言語和行為背後的意圖和情感，也絕不會相信表面上的東西。先懷疑，再推測其意圖，這是為了不讓任何人擺布我。我父親和我都從鄭會長那裡繼承了這樣的個性和能力，我從小就很擅長讀懂人心，長大後再加以訓練，現在自然而然就會去懷疑他人，想讀懂對方的真心。

尹熙謙不說理由。

所以我下定決心，不要擅自去猜測，也不要去想，但我終究是一個做不到這件事的人。

結果，我又擅自去推測了尹熙謙的想法，想結合情況來掌握他的意圖，我無法阻止浮現在腦海裡的思緒。

啾，他的嘴唇再次落在我的唇上，我呆呆地望向短暫吻了一下就離開的男人，「啾。」嘴唇再次落下。

這真是無可否認，尹熙謙像對待戀人一樣對待我，雖然見面就是上床，但那些性愛、愛撫就算擺在戀人間也會覺得過分甜膩，至少我從來沒有像這樣咬或舔過任何人。即便如此，我也無法想像尹熙謙原本就會這樣撫摸和親吻一同上床的男人，如果他總是和一起滾床單的男人以這種方式發生關係的話，那尹熙謙就真的是個瘋子了。不，不管尹熙謙是不是瘋子，我都絕對不能容忍，一想到他和別人做過這種甜蜜行為，就感覺血液都要倒流了，那不是不安，而是憤怒。

是啊，和我鄭載翰做愛，表現這點程度的誠意也是應該的，如果能這樣想的話，那該有多好。但是因為喜歡他，我絕對不會抱有那樣的心情。

喜歡，因為我喜歡他，所以他對我做的熱情而親密的肢體接觸，我也喜歡。我們如戀人般的接吻、上床。

但我們不是戀人，我們絕不是戀人，那已經是不可能實現的關係了。儘管如此，尹熙謙還是對我傾注了深情，除此之外，我也沒有別的奢望。

「啊……」

我明明應該要滿足於此的。

心裡偶爾會像是被打了個洞似的，感覺涼颼颼的，無法擺脫讓人心急如焚的不安感。

這樣還不夠，同時也感到不安。

「我都說了很癢。」

尹熙謙輕輕撫摸我無力下垂的性器的手，被我的聲音打斷了。

「……」

尹熙謙默默地看著我，那視線讓我很難受。他深沉的視線讓我感到不舒服，於是我轉過頭，閉上了眼睛。我真的累了。雖然閉上了眼睛，但眼角依舊刺痛，連房間裡的光線都開始讓我感到難受了。

尹熙謙暫時不動了。

「理事。」

低語伴隨柔軟的嘴唇在眉間落下。

「理事。」

他低聲細語。尹熙謙接著擁抱了我，他一言不發，只是默默地把我抱在懷裡。親吻又在額頭和嘴唇上落了下來。

「理事。」

怦通，怦通，怦通，我的心臟劇烈跳動著。在這悸動和溫暖中，我的心情稍微緩和了下來，但是……我很悲傷，心裡有些惆悵。

為什麼要這樣對我？

我思考著他不告訴我的理由。

「鄭理事。」

頭疼得厲害，但痛的也許是心臟，又或者兩者都是。理事，尹熙謙又叫了一聲，然後再次落下一個吻，讓我緩緩睜開了眼睛。真是一件怪事，我這輩子有因為被我推開的人重新來糾纏而感到心情不好過，卻從來沒有因此覺得開心過。覺得我的話很可笑？因為我經常會有這種想法。

但是，我並不討厭無情趕走我，卻還是重回我身邊，反覆親吻著我的尹熙謙，反而還很容易對他所做的一切消氣，他傳來的溫暖甚至把我的悲傷都沖淡了。

「……都說很癢了。」

我重複了同樣的話，但語調完全不同。尹熙謙再次親吻我的嘴唇，躺到我身邊，不知道在想什麼的眼睛輕輕望著我，至今還泛著微微紅暈的臉頰和懶散的眼神讓人感覺非常微妙。

「想睡就睡吧。」

……我又不是小孩，幹嘛說得好像是我吵著要睡覺一樣。不過，這也沒有讓我感到不高興，只是覺得有點荒唐而已。

「……你呢？」

「我晚點還得下去一趟。」

深夜相見。他一邊走進浴室說要洗澡，一邊緊緊握著我的手。我們脫下彼此的衣服，在灑在身上的熱水下，呼吸著潮溼的水蒸氣接吻，互相撫摸對方的身體。用沐浴乳清洗身體的過程中，抓住彼此的性器上下滑動，然後達到高潮。溼漉漉的身體都還沒來得及擦乾，就在床上纏綿了起來。尹熙謙真的一點都沒有睡到，我真的不知道該如何接受明天還有拍攝，卻說有短暫的空閒時間而上來首爾的他。

「……休息一天吧。」

這種事已經發生不止一兩次了。一週或十天一次，有時是兩次，他會回到首爾。雖然不像以前那樣能休息一整天，但只要空出半天時間，他就會回來。即使真的沒有時間，每十天也會像現在一樣在接近午夜的時候抵達首爾，做愛後睡都沒睡就再次回到拍攝現場。

呆呆地望著我的尹熙謙斜著頭再次吻了吻我。啊，真的是，只要一說話他就很自然地吻我，這真是讓我快瘋了。在這種情況下心情也會變好，所以更讓我發瘋，心臟怦怦直跳。

「我覺得每一天都很可惜。」

我知道他正在用超強行軍的方式拍電影。他還隨身帶著剪輯設備，一有空閒時間就埋頭剪輯。他說每一天都很可惜，即便如此，還是會想盡辦法抽出時間來首爾見我……

「你就那麼喜歡嗎？」

「……什麼？」

怦通、怦通，怦通，心跳得很快。尹熙謙以有些吃驚的樣子看著我，表情也很微妙。不知怎的，耳郭有些滾燙。

「拍電影。」

尹熙謙的眼睛因變得更加明確的模糊問題而微微顫動著。如果能通過那雙眼睛讀到什麼就好了，顫抖不過是一剎那，尹熙謙再次面無表情地開了口。

「……啊啊，是的，我很喜歡，喜歡到……甚至有點對不起投資人。不過因為可以拍攝夏末和秋天的風景，所以影像也會變得豐富得多。」

「有什麼好道歉的，如果導演拍得愉快，電影肯定也會拍得更好啊。」

我並不是想為他帶來負擔，雖然不知道尹熙謙是怎麼理解這句話的，但他只是陰沉地笑了笑，然後再次把嘴唇貼了上來，這次連舌頭也鑽了進來。在輕吻的時候，只會舔著嘴唇和其邊緣的舌頭深深地鑽進嘴裡。不知不覺間，赤裸裸融化的心臟開始流出像蜂蜜一樣黏稠又甜膩的東西，那是一種搔癢感，在皮膚上被接觸的部位散發出令人愉快的熱氣，那也令我感到非常搔癢。

「……我去一趟拍攝現場吧。」

我喘著氣說道。與其讓沒有時間的尹熙謙來來回回，最近無所事事的我還不如自己下去找他。雖說拍攝沒什麼問題，正快速進行著，卻也接近尾聲了，如果考慮到後期工作，他最好還是不要太勉強比較好。

「不用了。」

但是尹熙謙果然還是搖了搖頭，我之所以會說「果然」，是因為我之前已經對他說過好幾次了，只要聽到我說要去拍攝現場找他，尹熙謙就都會說他自己回來首爾就好。

「……你不累嗎？」

「沒關係的，我體力很好。」

雖然想反駁說誰體力不好了，但我很快就明白他指的是什麼，只好閉上了嘴，他是在說做愛後就昏昏欲睡的我。雖然不是經常這樣，但高頻率的入睡與其說是因為我體力弱，不如說是因為長時間失眠而導致疲勞的累積。做愛後像現在這樣醒著的情況也不少，就因為睡了幾次覺，就把人當成了體弱的人。

尹熙謙吻了一下我的眼角說道。

「你的腰會痛，當然不能讓你開車了。」

「……」

雖然是無意中說出的話，內容卻深深扎進了我心裡，讓我一時說不出話來。怦通、怦通、怦通，心臟跳得很奇怪，無法將視線從尹熙謙的臉上移開。

好混亂。

他說得好像是在擔心我一樣，真叫人困惑，而我的不安也源自於這種混亂。

「睡吧。」

最後，尹熙謙在我的嘴唇上深深地親了一下，離開後站了起來。赤裸的身體從床上起來，走進了浴室。我痴痴地望著他的背影，直到他寬闊的背和結實的臀部，還有向下伸展的腿等消失為止。

心臟果然又開始亂跳了……不對，是心動才對。

唉，因為混亂，我不由自主地嘆了口氣，尹熙謙的行為總是讓我感到困惑。我寧願他用冰冷的眼神看向我，不掩飾對我的厭惡，這樣即使心會更痛，也不會有這樣的痛苦。

直視我、撫摸我、對我低聲耳語，這一切我都喜歡。隨著胸口內側發痛，有什麼東西湧了上來，身上有一股令人發癢的溫度。雖然溫度有時候會過高，導致臉頰和耳朵都火辣辣的，但就連這個我都不討厭。

討厭的是每當這時，支配我頭腦的想法，不，是錯覺。

尹熙謙該不會是……

喜歡我吧？

「……唉……」

不，那是絕對不可能的。

我頓時否定了那種光是用想的，都會甜到讓人覺得害怕的妄想。就像我說的，那不過是一種妄想罷了。

我毀了他的人生，雖然現在才姍姍來遲地收拾著殘局，但我認為尹熙謙只會憎恨和埋怨我，他就應該要這麼做才對。

但他對待我的行為卻非常深情，甚至可以說是「無微不至」。他對我做出的肢體接觸非常激烈，已經到了讓我暈頭轉向的程度。

這種反差感讓我很難受，他必須憎恨我才對，但他的所做所為似乎都富含著愛情。這裡我會先下一個「他是否喜歡我」的結論，我認為我的思考方向會是如此，是因為喜歡他的感情讓我的理智變得不清了。我想要相信他喜歡我這件事，就只是我的妄想和期望罷了。

尹熙謙沒有理由喜歡我，我對他做了那些事，如果他還喜歡我的話，那就只能說尹熙謙是個瘋子了。要是他喜歡我，那才更是可怕。

尹熙謙過去是個好演員，如果他下定決心要把真心隱藏起來演戲的話，那我是不可能察覺的，就像現在這樣。

我把資金投注在他的電影上，有一次我把那筆資金稱作為嫖資，如果說性愛是其嫖資的報酬，那他現在就是在為「嫖資」提供性愛服務。

換句話說，這和招待沒什麼兩樣。不能把感情帶入生意之中，所以尹熙謙徹底隱藏了自己該有的感情。

這是將我的感情排除在外，只留下理性的時候——其實現在是不是真的只留下理性，這點也令人懷疑——但這是我目前能做出的最合理的推論。

可笑的是，我對這一連串的猜測有所期待，加以否定，也一直為此受到傷害。對於「他可能喜歡我」的妄想充滿了期待，因為太清楚那是不可能的，便加以否定並陷入絕望。最終，我只是為了讓他拍電影而提供資金的贊助商，除此之外沒有任何關係。一想到尹熙謙對我傾注的深情，最終是為了維持這種關係，我就覺得非常痛苦，即便如此，我也無法將他推開。好痛，但是太喜歡他了，所以我迫切需要尹熙謙的溫暖。

「……您還沒睡嗎？」

他悄悄打開門走進房間，浴袍披在溼漉漉的身體上。家裡有很多衣服，他卻只會拿內褲來穿。既然要收下，就要收下我給的一切啊，這種態度真是不上不下。而這些態度又會讓我混淆，讓我胡亂動心……然後又會在心裡搖搖頭，讓我非常痛苦。

他坐在床緣，低下頭吻了我。任誰看都會覺得我們是一對熱戀中的情侶吧。

「要再做一次嗎？」

滿腔鬱悶的心臟痛苦又難受，可他伸進被子底下、觸碰到皮膚的手又讓我「噗嗤」地笑出聲。因為他望著我的臉太嚴肅了，不像是開玩笑的，所以更好笑了。

「你是想鬧出人命嗎？」

他僅僅是接觸到肌膚，就緩解了我尖銳的神經，也讓我輕鬆地吐出感到荒唐的聲音。尹熙謙含著我的嘴脣，輕輕地纏住我的舌頭，接著完全爬到了床上，爬到了我的上方。他還殘留著水氣的肌膚隱約散發出沐浴乳的香氣，「啾、啾」，讓人心情愉悅的親吻接連不斷，然後他的手將我的雙腿打開……

……打開？

「……你是在開玩笑的吧？」

氣氛不知不覺間變得濃豔無比，當嘴唇稍微分開時，我一邊切斷牽連出來的唾液一邊問道。尹熙謙沒有回答，取而代之的是解開了綁著的浴袍，然後脫掉。我慌忙抬起頭看向他赤裸的身體。

意識到我視線的他，使勁按住我張開的大腿說道。

「沒時間了，我會盡快的。」

不是啊，怎麼不知不覺就、為什麼啊？

尹熙謙已經做好了準備。

＊＊＊

當我再次見到李奎雅時，已經是著急地從與鄭泰允董事長、新源副董事長的飯局上離開的兩個月後了。老實說，我又忘得一乾二淨了，就算我不怎麼管工作，但我也並不是個閒人，就算有空閒時間，我也要忙著想尹熙謙。只要一想到尹熙謙，我就既開心又痛苦，無暇去想別的事情。

而且，因為他有時會回到首爾，所以我都會盡量空出時間。我最討厭等待，即使是活到現在也很少像這樣等待一個人，可我還是一直等著他。偶爾也會有因等待而疲憊不堪的時候，如果能像以前一樣有訊息來往的話，說不定就不會這麼累了，可就算覺得可惜，我也還是沒辦法主動傳訊息給他，只能從派去跟著他的人那邊得到他忙得不可開交的報告。不知從什麼時候開始，韓柱成變得比較少來向我報告了，但是因為拍攝進行得很順利，所以我也不以為意。反正我也有專門派去的眼線，有沒有他的報告並不重要。

就算見到了李奎雅，我也沒什麼特別要說的。我只有傳達過家裡的人雖然都希望我結婚，但我根本就沒有想要結婚的想法，而李奎雅乖乖地點了點頭。打從最初之時，我們之間的關係就連開始都不會開始，不管兩家之間談或不談，從我的行為就能看出我並沒有想要結婚的意思了，因此對她來說也沒什麼好驚訝的。

之後我便向鄭會長表明我暫時沒有結婚的意願，而他只是靜靜地看著我的臉，沒多說什麼。我把他的反應解讀為無言的允許。

讓人意外的，喋喋不休的反倒是閒在家裡的金泰運。在我叫他去向鄭會長轉達我的意思後的第二天，我既沒有叫他來，也沒有惹出什麼麻煩，他就自己跑來了。當時因為那天中午接到的一通電話，我已經準備要出門了。

「看來你最近睡得很好啊。」

「還行吧。」

就像往常一樣，一開頭就是在指責我的健康。

「會長很擔心你的身體——」

「他老人家都沒說什麼，你憑什麼代替他發言？你是我爸還是我哥嗎？」

「……」

雖然我直言不諱地質問的語氣並沒有那麼神經質，但金泰運似乎是從內容中讀到了我的不快，於是閉上了嘴。我看他是因為我不工作，就不把我當作理事了，自從我停職之後，金泰運就把敬語忘得一乾二淨，想以我的兄長自稱。

「你有什麼想說的話就直說，不要拐彎抹角地胡說八道。」

本想著「你想說什麼就說看看啊」，給了他說話的機會，可他現在卻閉上了嘴。看他那複雜的表情，好像是在選擇措辭。金泰運也真是個讓人鬱悶的傢伙，我現在的心情相當好，如果有想說的話，現在應該就是最適當的時機，他卻連話都說不出來，真是可悲。

「你也覺得最近的我很奇怪對吧？」

我先開了口，這也是因為心情還不錯的緣故。

我走進更衣室，金泰運跟在我後面低聲回答。

「……嗯。」

「我自己也知道，但我控制不住。要是控制得住，打從一開始我就不會這麼失控了。」

「……」

我考慮了一下該穿什麼衣服。正值十一月即將到來的季節，所以天氣相當涼爽。我難以決定要穿乾淨俐落的西裝好，還是看起來比較休閒的好。稍微修身的炭色褲子、白色襯衫和灰色粗花呢西裝外套看起來還不錯。

「你一大早要去哪裡？」

「拍攝現場。」

「……」

金泰運為什麼來，還有他從鄭會長那裡聽到了什麼，這些我都很清楚。雖然鄭會長沒有讓金泰運把話轉達給我，但金泰運肯定是聽完鄭會長單方面的牢騷後，出於擔心，馬上就跑來找我了。

我並不知道鄭會長正在觀察最近的我，所以當我以暫時沒有想要結婚來拒絕李奎雅的時候，就有在想鄭會長會不會因此而責備我。要麼是拐彎抹角地罵我是不是瘋了，要麼就是直接發火罵我是不是嫖妓嫖到瘋了。

但是，鄭會長沒有說話，取而代之的是默默地看著我。要是鄭會長開口責怪我，我本來是有話想說的。

「我的確瘋了。」

我確實是瘋了，為尹熙謙瘋狂。

要是明目張膽地說出來，本來就因為心臟不好，在血管裡裝了支架的老人會不會因此暈倒呢？我懷著這種無禮的想法。鄭會長是個可怕的老人，也許他已經預料到我會說出那樣的話，所以才一句話都沒說吧。

「我停不下來，所以別管我，不要出頭，不要妨礙我，我自己會看著辦。」

在穿上西裝外套之前，我一邊打著夾雜卡其色的炭色領帶，一邊說道。我瞥了金泰運一眼，他的表情非常嚴肅。他也是第一次見到這樣的我，一臉震驚。

打完領帶後，我披上西裝外套，鏡子裡的我看起來滿不錯的。

「你如果真的想看到我發瘋的話，那就試試看吧。」

其實我本來就很痛苦，快要瘋掉了。這是一場快樂與痛苦的拔河，我不得不去揭曉結局，要是沒見到結局，我是真的會瘋掉。

「你若是想跟會長通風報信，那就去報告吧。啊，還是你本來就有在通風報信了？」

我嘴角帶著冷笑說道，讓金泰運的表情變得更加嚴肅。雖然我沒帶金泰運或其他隨行人員，而是親自開車，可無論如何事情肯定會傳進鄭會長耳朵裡，所以我相信金泰運也會把我們今天的對話好好轉達的。

「今明兩天如果沒有急事，就不要連繫我。」

說完這句話，我把像望夫石一樣呆呆站在原地的金泰運拋在身後，徑直離開了。在搭電梯去地下停車場的過程中，我感到十分混亂和痛苦，但同時心情依然很好。

『因為實在沒有時間，我應該沒辦法回首爾了。我會盡快結束拍攝，回去會再和您連繫的。』

雖然這是已經十天沒有消息的尹熙謙傳來說「以後也沒辦法回首爾」的訊息，但我的心情還是很好，他傳訊息給我這件事本身就讓我心情很好。之後的一段時間他不能回首爾這件事，倒是無所謂。

因為如果他來不了，那我去就行了。

如果在拍攝現場看到未經連繫就來找他的我，會露出怎樣的表情呢？每當他回到首爾時，只要一對視就會吻我。他應該會被我突然的登場嚇到，但是會不會盡量抽出時間來給我一個甜蜜的吻呢？即使不想期待，我也還是會因為這種期待而心潮澎湃。

我也擔心尹熙謙會不會感到為難，但如果他不為此歡欣，我也只要見他一面就滿足了。若是尹熙謙不歡迎我，我也許會感到痛苦和悲傷，但那也是到時候的問題。現在我滿腦子就只有想見他的想法，沒辦法不馬上去找他。

他會嚇一跳的吧，會不會很高興呢？雖然可能會感到為難，但我還是希望他能開心，即便那只是隱藏真心的演技，即便那只是表面上的樣子。

嘴裡有點苦，但隨著與拍攝現場的距離越來越近，我的心就怦怦直跳。一想到因尷尬而皺起眉頭的尹熙謙，就感到很難受，可無論以什麼方式，想像尹熙謙見到我而大吃一驚的表情，都是一件很愉快的事。一想到要去看他，就越來越想他了。

不久前結束在民俗村的拍攝後，劇組來到最後的拍攝地。如果尹熙謙在這裡有拍出自己想要的畫面，那麼就只剩下剪輯和音效等後製工作了。接著尹熙謙就會回到首爾，今天也是我最後一次來到拍攝地了。

雖然我不太喜歡充滿鹹味的海邊，但一想到是最後一次，就突然覺得很有韻味。涼颼颼的秋風掀起了風浪，白色的海浪在尖尖的岩石上拍打著，不知怎的，總有種悲傷淒涼的感覺。最初是計畫在大雪紛飛的日子裡，波濤洶湧的海邊，但尹熙謙說「可以烘托出孤獨、寂寞的氛圍」，所以對秋天的大海非常滿意，會將之前拍攝的下雪的海邊背景交叉剪接，以襯托出氣氛。尹熙謙很懂得如何描繪出感性的場景，而我也認為現在的嘗試會很成功。

「喔，理事！」

發現我的工作人員喊道，但我舉起一根手指放在嘴邊，讓男人閉上了嘴。拍攝還在進行，攝影機對著演員們拍攝，而尹熙謙則是看著攝影機，目光落在顯示器上。

「您怎麼會來？」

「聽說已經是拍攝的最後階段，所以就來了。我安靜看完就會離開，別影響拍攝。」

聽到我的話，附近的工作人員認真地點了點頭。感覺他們還是有些為難，但整體氣氛還是很好。拍攝現場盈滿了尹熙謙乾淨俐落且端正的性格，還有充滿活力的氣氛和專注度很高這幾點，都從旁證明了電影正在順利製作。在現場拍攝電影的過程中，難免會去預估該部電影的票房，但這次的感覺真的很好。工作人員們雖然看起來筋疲力盡、疲憊不堪，但仍然能從他們身上感覺到活力。

「現場有什麼不方便的地方嗎？」

「啊，沒有，託您的福。演員們配合得很好，所以也拍得很輕鬆。」

「太好了，劇本後半部的感情線有點複雜。」

「是的，但因為朴世英小姐本來就是個老手，還產生了協同效應，大家都覺得很神奇，特別是金柳華先生的演技真的很好。」

「金柳華？」

「是的，因為他是尹導演親自帶進來的，所以大家本來都有點懷疑他的實力，結果演技是真的很好呢，幾乎沒有NG過。」

在韓柱成的報告中，曾說過用現有的劇本拍攝時，還需要一個演員。他那時還因為要用其他演員來代替之前選角的演員而感到很為難，但我要他不用考慮製作費，只要直接用尹導演選擇的人就可以了。那是一個作為洪天起的養子，陪她度過後半人生，並沒有出現幾場戲的配角，他大概就是在說那個演員吧。

當時想說關於那個角色的選角他們會自己看著辦，就沒太在意，既然是尹熙謙自己把人帶進來的，而且演技也很好，那我也沒有理由感到不滿。

只是感覺神經有點刺痛，因為我過去聽過這個名字，它給我的感覺甚至不是那麼正面。這種不舒服的感覺，是因為我想不起來嗎……

「辛苦了。」

看來是終於喊卡了，尹熙謙也從座位上站了起來，他穿著以現在的季節來說為時尚早的厚風衣，戴著黑帽子。雖然看不清楚他的臉，但因為他個子高，很容易就能發現他了。這時，一位女性工作人員向他走近，低聲說了些什麼，尹熙謙的臉便朝這裡轉了過來。

可能是沒睡好，他用十分憔悴的臉看向我。眼睛在帽子的陰影下睜得圓圓的，表情十分驚訝，也是我非常期待的表情。

他徑直向我走來。

「理事。」

「拍攝進行得還順利嗎？」

雖然裝作雲淡風輕地問道，但嘴角還是有些發癢，我便露出了一絲笑意。尹熙謙雖然看起來很驚訝和慌張，但表情並不僵硬，真的就是單純受驚了的表情。當被問及怎麼會親自來到這裡的時候，我變得有些不好意思。

「剛好是用餐時間了，我們一起吃吧。」

「好。」

「我得先回一趟宿舍，可以嗎？」

喔喔……其實我根本沒有想占用他的時間。即使說是用餐時間，但其實也只是吃餐車準備的飯菜，所以也只會給一個小時左右的時間。我不想要因為我來說要一起吃飯，就硬是去別的地方吃像樣一點的飯，浪費到他的時間。所以我也可以在拍攝現場簡單吃一餐就好了。

可我依舊不懂得察言觀色地提出要在拍攝現場吃，是因為我馬上就明白了他說要回宿舍一趟的意思。

也許他是在演戲，我不知道他的本意是什麼，但即使是面無表情，從他變得柔和的表情看來，我也能感受到他因為我而產生的喜悅。會是我的錯覺嗎？這種錯覺就已經讓我很滿足了。心裡一角癢癢的，心臟怦怦直跳。

「走吧，坐我的車……」

「坐我的車吧。」

雖然尹熙謙說是自己的車，但那其實是韓柱成借給他的車。為了見我往返於首爾時，他經常開的就是那輛車。不是因為車很破舊，所以不想坐，而是因為是韓柱成的車，所以我並不想坐。

「好的，請等一下，我去跟助理導演傳達一些事項就回來。」

「嗯，好，車在那邊，到時候請直接過來吧。」

尹熙謙點頭說知道了，然後快步走向助理導演，而我則是走向停車的地方，打算直接開車去。

「……」

然而，有一張臉映入眼簾。那個人穿著白色韓服，看起來好像是演員。從陌生的面孔來看，我想可能是配角或是臨時演員吧。是因為他穿了韓服，所以才這麼顯眼的嗎？不，平時是不會這樣的。我再次看向那位演員所在的方向，這次他可能也看到我了，我們對到了眼。不，會覺得有對到眼也許是我的錯覺。突然就轉過頭的演員像是被誰追趕著，馬上跑到工作人員聚集的地方，我覺得他好像是在躲我，是我太敏感了嗎？

陌生的面孔，但是不知道為什麼有些既視感。

「理事。」

當尹熙謙坐進副駕駛座時，我正坐在駕駛座上發呆，直到那時，我還在尋找會感覺到那種既視感的理由。那分明是我見過的臉，雖然我並不認識所有見過的人，但由於經常和人打交道，把別人的臉記下來是理所當然的事情，是初次見面還是舊識，我至少應該是知道的，而我確實認識那張臉。他的身高接近一百八十公分，長相相當漂亮。

「啊，是那邊。」

尹熙謙在途中提醒了差點走錯路的我，這一路我都開得迷迷糊糊的，這時才頓時清醒了過來。

是啊，那個演員是誰並不重要，在我看到尹熙謙的瞬間，思緒就消失了。他的表情比剛才還要溫柔，突然看到那張臉，心情就變得急躁起來。現在不是想那些無關緊要事情的時候了。

我急急忙忙地把車停在了作為宿舍使用的旅館樓下，和他一起走去房間。

「您餓了嗎？」

在電梯裡時，他問道。

「還好，尹導演呢？」

「我也還好。」

協議很輕易地就達成了。電梯門一打開，我們迅速走出電梯，打開房門，進到裡面。

當身後的門關上時，尹熙謙已經緊緊抱住了我的身體，嘴唇貼了上來。我原以為這會是一個甜蜜的親吻，然而咬著嘴唇吸吮、舌頭交纏的吻比我預想的要激烈得多，這就像是性愛的縮影，不，應該說確實就是做愛的前哨戰。

當初我來到這裡的時候其實並沒有這個打算的。我本來想著如果他很忙，那我就遠遠地看了看他後再離開也行，但當我一碰到他，興奮感一下子就衝到了頭頂。身體被熱氣侵蝕，眼角燒得滾燙。他緊緊抱住我的身體，撫摸我的背，然後抓住我的肩膀。

我摟住他的腰，把手放下來，緊緊抓住了他的屁股。他以低沉的聲音發出短促的呻吟。

「……我沒洗澡。」

他勉強鬆開溼漉漉的嘴唇，低聲說道。難怪肌膚的味道比以前濃烈，可我並不討厭那個味道，那是尹熙謙的味道。

「我用嘴幫您吧。」

其實……其實可以直接做的，這句話卡在我的喉嚨裡，可還沒來得及說出口，尹熙謙就好像都知道了似的，親了親我的臉頰說：

「我餓了。」

「……」

這句話擺在這時，難道不會太色了嗎？雖然意思是肚子餓了，想要快點做完再去吃飯，但不知道為什麼，聽在我的耳裡聽起來就像是他餓了，所以要吃我的老二，真的是太色情了。之所以聽起來會這麼色情，也是因為尹熙謙現在正擺出世上絕無僅有的淫蕩表情。他只要是在床上就會一百八十度大轉變，用一張情色的臉把人的魂都勾走了，每當這時候我總是會潰不成軍，那種性感讓人無法抗拒。

我將自己的唇貼到他的唇上，一扭頭，他果然也加深了吻，伸出舌頭一舔，嘴唇就打開了。我把舌頭伸進他溼潤的口中，而他則是欣然吸吮了我的舌頭。

同時，他的手把我的皮帶鬆開，解開褲頭釦子，接著把手伸進內褲裡。因為尹熙謙把頭移開，我便只能因為遺憾地追著他的嘴唇走，但是嘴唇沒有進行深度接觸，而是輕輕地貼在一起，然後又離開了。

「射在我嘴裡也可以喔。」

尹熙謙拉下我的褲子，想彎下身體，但就在那一瞬間。

「……！」

我猛地抓住尹熙謙的肩膀。突如其來的力道使他停了下來，要不是有我的阻止，他肯定已經把我的褲子拉下來，跪在我面前，嘴裡含著性器了吧。

「……理事？」

尹熙謙詫異地叫了我一聲。我緊握著他肩膀的手一用力，很快就把他推開了。尹熙謙往後退了兩步，這時我拉上褲子拉鍊，扣上釦子和皮帶。

「……唉……」

我想起來了。

「……」

尹熙謙閉上嘴望著我……

不知怎的，他的眼神和之前不一樣了，既沒有興奮，也沒有淫亂，更沒有驚訝……

那是已經完全了解狀況的眼神。

「那個混蛋。」

面對我的辱罵，尹熙謙一點都不害怕。我確定了，尹熙謙，他媽的原來你知道啊。

「那個混蛋是怎樣？」

雖然穿著白色韓服的模樣很陌生，但不知為何看起來就是很眼熟，原來不是我太敏感，那小子肯定是看到我就嚇得跑掉了。而且，尹熙謙也是知道的，我和那小子過去有過瓜葛。他明明知道，卻還是把他找來了。

「金柳華，那個混蛋是怎麼回事？」

那名字之所以讓我感到熟悉，是因為在楊絢智的生日派對上，有個演員對我說「我聽說您教訓了他一頓」，當時也覺得好像有聽過這個名字，這是因為他是我以前見過的人。

金柳華，被譽為EMP娛樂公司希望之星的年輕演員。

那傢伙就是在尹熙謙和我重逢的那天，在李景遠的酒吧裡說要吸我的老二，結果被我結束了演員生涯的傢伙。

第12章

尹熙謙沉默了一會兒。

我不知道該怎麼處理現在感受到的情緒，感覺有什麼東西在心裡突然沸騰起來，腦子卻一片空白。

「……他是我在演員時期，在同一個經紀公司認識的後輩。」

認識的後輩，我完全無法理解那個單詞帶有怎樣的感覺。我用「你繼續說下去」的眼神看著尹熙謙，他便繼續說道。

「他是幫了我很多的朋友。我不當演員之後，我們的經紀公司受到了很大的打擊，他為了找新公司也吃了很多苦。」

尹熙謙放棄演員生涯的時候。

啊，真是受夠了。那件事是我策劃的，而尹熙謙的人生也因此被我毀掉，光是這件事就讓我難以承受了，但是尹熙謙又因此欠了別人人情。不對，因為經紀公司也倒閉了，他這樣說無異於是在譴責我，我的所作所為導致的影響比我想像中還要嚴重。

只要尹熙謙再次提起那時候的事，我就會感受到無法忍受的不適感，心裡同時也會感到刺痛。自己的腳好像陷入了漆黑的泥潭裡，甚至產生無論做什麼都無法擺脫的痛苦與絕望。

「他連繫我說因為他現在和經紀公司的合約被解除了，接不到工作，過得很辛苦，我就想著如果我能幫上忙的話，我想幫幫他。」

痛，腦子就像罷工了一樣，無法好好思考，太多東西弄得我腦子亂糟糟的。我不知道該從哪裡開始指責，也不知道該如何控制在這種情況下感受到的情緒。我無論如何都想理性思考，但越是這樣，頭就越疼。

最終就是這樣，那個人的人生被我毀了，所以尹熙謙想要幫助他……

但這是我無法容忍的事情，我當時下定決心，那個叫金柳華還是什麼的混蛋，無論是在大螢幕，還是在電視上，我都不想再看到他。

當然，其他傢伙可能會幫忙，如果是不知道我意思的人，就有可能會那樣做。即使知道了，也沒有什麼不能做的，要是有自信和我抗衡，還有什麼做不到的？若是有既沒自信，也沒有能力，卻膽敢推翻我決定的狂妄傢伙，那就只要踩上一腳就行了，另外還會再為他追加一條膽敢頂撞我的可惡罪。我從來都不是一個善解人意，能接受他人挑戰的人。

但那個人絕對不能是尹熙謙。

「這是怎樣？鄭載翰受害者聯盟？」

又不是有對抗我的力量和能力，明明自己也有被我殘忍踐踏的過去，而他現在也已經知道了，動搖他的人生對我來說是我多麼輕易的事，可儘管如此，他還是背著我幫助了金柳華。「你們是在同病相憐嗎？你是想找到所有被我弄過的人，一個個幫助他們是嗎？」

我反問的聲音在顫抖。不知該如何抑制心中洶湧的情感，讓我的心臟超出負荷的原因不止一、兩個。

尹熙謙默默望著我，這是肯定的沉默嗎？真的是同病相憐啊。他媽的，對，都是我的錯。

是啊，換作是我，我也會這樣的。如果有人把我扔進了臭水溝裡，我也會想活生生砍斷他的手腳。如果是因為能力不足而無法下手的存在，對他的厭惡和憎恨就會無法消除，並不斷增長吧。即使想縫合傷口，也會留下疤痕，然後每當看到那個傷疤，都會再次生氣、心痛吧。遇到相同處境的人，會同病相憐，也會感到心疼。

但我不覺得他們只是那種程度的關係，頭腦因此更加糊成一團。金柳華，當我意識到那張臉的主人是誰的時候，我想起了第一次和那小子見面的場景。

「你們睡過了嗎？」

導演把一個演員帶進劇組，讓他出演角色，這不是很明顯嗎？還說是認識的後輩？

「還是你們之前就那種關係了？」

我也知道自己很讓人無語，但顯然，此時錯綜複雜、爆發的情緒中有著「嫉妒」。尹熙謙露出了有些驚慌的表情，他確實驚慌失措了。頭一陣一陣地疼，啊，媽的。啊，要瘋了。

「不否認啊。」

尹熙謙是同性戀，不管是那時候還是現在，都是只會對男人產生反應的同性戀。雖然我不知道金柳華那傢伙是否也是，但在我們初次見面的時候，我踐踏那傢伙的理由就是因為聽到他說要含我的老二。我當時也想過，為什麼一個男人會這麼擅長幫男人含。那時候我以為他是做過很多這樣的招待，然而是我誤會了。那個放下豪言壯語，說自己很會含的傢伙的理由是不一樣的，先不說什麼招待，金柳華應該也是習慣了和男人發生關係，而且其中一人就是尹熙謙。

「……不是那樣的，我只是因為他是後輩，覺得很可惜……」

在我聽來，他否定是否定，但不是在否定「睡過了」這句話。睡過，但兩人的關係並不特別，只是前後輩而已，媽的，可你不是說你們兩個有睡過嗎？這實在是令我厭惡得不得了。嫉妒、憤怒，這些激烈的情緒似乎在內心燃起了一把火。

啊，是啊，媽的，我曾是個有婦之夫。碰過的男人、女人不只一、兩個，甚至還有過老婆，所以就當尹熙謙也有可能跟其他傢伙上過床吧，雖然討厭得一想到就快吐出來了，但就當作自己退個一百步，理解他的過去好了。

「……你就是因為這個。」

他卻為了那種傢伙在我背後捅了一刀，這才是最大的問題。

「你就是因為這個才不讓我來拍攝現場的嗎？」

每次我說要來拍攝現場的時候，他都會拒絕，硬擠出時間自己回到首爾，這讓我覺得很難能可貴。我還以為他是怕我累，所以才不讓我來拍攝現場呢。當我來到現場時，我還以為尹熙謙臉上浮現的驚訝中有見到我的喜悅，但似乎不是那樣。對，不是那樣，那只是我的錯覺罷了。

是因為金柳華也在拍攝現場，他怕我會遇到金柳華，所以才想阻止那種事發生嗎？就算沒有時間，還是帶著想要做愛的暗示，只把我一人帶到宿舍的原因也在於此嗎？韓柱成的報告減少的理由也是因為這個嗎？由於一切都湊得起來，我的眼前變得渺茫。

假如他們是那種包庇的關係的話，那他媽的，說因為太忙而沒辦法回首爾的過去十天裡，他跟誰上了床不是很明顯嗎？我不認為喜歡做愛又技術一流的尹熙謙會一直忍耐，不，是我太傻了，在與他見面的過程中，我從未懷疑過這一點，這令我十分震驚。我明明是個不會相信他人的人，就是因為從沒有相信過人，所以我也沒有感受到背叛過。

「你來回首爾見我的理由也是這個啊。」

多情的親吻，炙熱而激烈的性愛，如果這些是尹熙謙為了自己的電影，作為報酬提供給我的，雖然會傷心，但我也還算可以接受，因為我覺得這是尹熙謙和我最好的結果。

然而，假如那是為了蒙蔽我的雙眼，那就另當別論了。把我的視線從拍攝現場移開，在背後又有什麼事是不敢做的呢？

我好像不知不覺就相信了尹熙謙，但是不能因為我他媽的信任他，尹熙謙就用這種方式在背後捅我一刀啊。

「如果你是想瞞著我做些什麼事，那你他媽的怎麼不乾脆對我吹枕邊風，那樣我就會答應你了啊。」

深情地吻我，然後對我說其實有個叫金柳華的傢伙因為我沒辦法繼續當演員，說他是你的後輩，你想讓他出演電影的角色……這樣雖然算是被利用，但至少不會有這樣的背叛感。

頭一陣刺痛，眼角疼痛難忍。尹熙謙愣愣地看著我，表情卻是生氣的。賊喊捉賊也該有點限度，這就是這種時候該使用的詞語。

「不是那樣的。」

他的語氣變得更加堅決，意思是我誤會了。但你以為一句否定的話就能讓你蒙混過關嗎？我的情緒已經被大大地激起了，對自己做過的事情感受到的後悔，自己的權威受到挑戰的憤怒，對尹熙謙的其他男人的嫉妒，欺騙我、在我背後做其他事的背叛感，所有的感情都令非常我痛苦。火冒三丈，感覺自己就要瘋掉了。

「因為他有著符合角色的長相，演技也很好，才決定讓他加入的。就算我想幫他，如果他沒有演技，我也不可能讓他出演的。」

就連試圖說服我的尹熙謙也讓我心煩意亂。

「如果我不喜歡他呢？」

聽到我尖銳的話，尹熙謙閉上了嘴。差不多年紀的演員，演技好的就只有他一個嗎？結果，無論是同病相憐還是什麼理由，他都以惋惜為由幫助了金柳華，違抗了我的決定。

如果那小子對他來說是有意義的人，就不應該讓我見到他。應該無論如何都要徹底對我隱瞞一切，再來幫助他的……！

「那傢伙當演員的樣子讓我看不下去，我早就決定不再見他了，而那個想法到現在也沒有改變，你換個人吧。」

「……拍攝已經快要結束了。」

「重拍啊，都能重拍了，難道就不能重拍第二次嗎？換掉演員再重拍吧，你要多少製作費我都會給。」

「……理事。」

用力呼喚我的聲音真是讓人無語。我討厭這種情況，真是快發瘋了。明明在聽到我說「我不喜歡，所以換掉吧」之後，說一句「我知道了」，事情就能解決了。這樣就我願意他媽的退一百步，只要他能說一句「我沒有那個意思」，我想我應該就能度過這個局面了。

但是尹熙謙似乎是到最後都想按照自己的意願行事。血液就像是從指尖和腳尖流光一樣凍結了，寒氣滲進心臟。各種感情都在動搖著我，在無可奈何的漩渦中感到精神恍惚，手不由自主地顫抖著。

「看樣子尹導演是跟我睡過了幾次，就不把我當一回事了呢。」

「……」

「看來你和那個混蛋都在看不起我嘛。你早就全都知道了，卻不是來請求我的許可，而是直接通知我？不，這就連通知都不算，媽的，我叫你把他換掉，你居然還不換？」

「……許可？」

尹熙謙反問道，那是明顯感到無可奈何的語氣。

「就因為理事出了電影製作費，所以我連演員選角都要得到你的許可嗎？」

「……什麼？」

「理事這樣跟楊社長有什麼兩樣？」

他居然把我拿來跟誰比較？頭腦因憤怒而變得一片空白，因為這是尹熙謙第一次向我頂嘴，而內容居然還是這樣的。我、我他媽現在抱著怎樣的心情，而他又對我做了什麼事，他居然還敢說那種話？

啪!!

揮動手臂對我來說並不困難。實在是忍無可忍了，我無法忍受他說出那種話，不，我從來沒有忍受過這樣侮辱性的言辭。

尹熙謙的臉因為我揮過去的巴掌而轉了過去，為了再打他一拳，我又舉起了手。我打算揍他好幾拳，直到氣完全消了為止。

「你……」

我是個對行使力量毫不顧忌的人，無論對象是誰，我的力量都很少會有無法發揮作用的情況。僅憑「凝眼」這一個理由，我就可以輕易使用力量。就算是暴力行為，謾罵、拳打腳踢、踐踏，這些對我來說都是很熟悉的事，也是緩解不快感最快且最簡單的方法。因此，在打人的時候我很少只打一下，通常都會一邊辱罵，一邊打到氣消為止。

「……媽的……」

但是他媽的，我無法出手。

明明是為了打第二下才舉起了手，手卻停在了空中。我本來是打算揮舞手臂，再多打幾下的，如果是平時的我，就一定會這麼做。

然而，我停在空中的手只是顫抖著，沒能揮向依然沒有轉過頭來的尹熙謙臉龐。我不忍心動手。

「……」

尹熙謙揉著自己的下巴，慢慢地把被我打到轉過去的頭轉回來。我看不到垂下眼的他的瞳孔，他喘著氣揉著下巴，用大拇指擦掉從裂開的嘴唇上流出的血。僅僅是一拳，他的嘴唇就裂了，乾燥的嘴唇被撕裂，血在上面凝結。

習慣行使暴力的我，曾有過只會對這樣的臉感到興奮的時候。因飽受痛苦而尖叫、痛哭，又流著血的臉曾激發我的性欲，就連我記憶中和尹熙謙的一開始也分明是這樣的。

但現在尹熙謙的臉，嘴唇上凝結著一滴血。

「……」

讓我好痛。

胸廓收緊，無法呼吸，尹熙謙開始變得紅腫的臉頰和裂開的嘴唇壓在我的胸口上。胸口內側，心臟和其邊緣一陣刺痛。在空中顫抖的手落了下來。打了尹熙謙耳光的手心火辣辣的。我打了他，就連手上的疼痛也在刺痛著我的心。

陷入一片靜默，尹熙謙和我的呼吸聲都很急促，唯有呼吸聲填滿了寂靜。

不一會兒後，尹熙謙看向我，他烏黑的瞳孔冷冰冰的。那眼神使我的心臟「咯噔」一聲墜落了下來。

鮮紅的嘴唇終於張開了。

「……現在可以幫您含了嗎？」

我無法理解他那讓人意想不到的、絕對與這種情況不相符的話，所以也不曉得那句話是如此讓人痛苦。

「……什麼？」

「您不是很喜歡嗎？打了人後，再讓對方幫您口交。」

那是……尹熙謙最初的諷刺。尹熙謙從來沒有在我面前罵過髒話，也沒有像這樣挖苦過我。

那一瞬間，腦海裡好像聽到了理智線斷掉的聲音。

「呼……」

就像洩了氣的氣球，我乾笑了一下。眼前瞬間變得渺茫，無論是感情，還是思緒，好像一切都頓時蒸發了一樣，只感覺很遙遠。然後等消失的東西漸漸開始回來時，眼前再次變得一片空白，精神恍惚，憤怒得腦袋都要爆炸了。但是他媽的，那也不完全只是憤怒，各種感情交織在一起，就像海嘯一樣向我席捲而來，我的心臟快要爆炸了，好像有人把我的肺撕得粉碎，讓我連呼吸都無法呼吸。

「那你就試試看啊。」

極與極相連，感情因滿溢而爆發，最終變得冷冰冰的。因此，我說話的聲音聽起來與平時沒兩樣，就好像剛才的吼叫是謊言一樣。

「你和那個叫金柳華的傢伙不是都很厲害嗎？天生就很擅長幫人口交。」

緩慢的、像平時的鄭載翰一樣悠閒的聲音，讓尹熙謙的濃眉微微抽動，眼角也在輕輕顫動著。

好勝心，我和尹熙謙都不是不知道，彼此在這種情況下都只是在替自己爭一口氣而已。

「怎麼了？做不到嗎？」

你不敢嗎？如果說我沒有這種想法，那就是騙人的。我在這種情況下，一感覺自己受到了攻擊，自尊心就會抬頭。是啊，我想看看他敢不敢行動，就像在我面前逞強地說出那樣的話一樣。我表面上泰然自若，用毫不動搖的目光看著尹熙謙，心裡卻早已刮起了狂風。

但是，當尹熙謙真的跪在我面前，把手放在皮帶上的時候……

「……媽的……」

髒話從牙縫間擠了出來。不知不覺間，我已經緊緊抓住了想要解開我皮帶的尹熙謙的手。我用與尹熙謙同樣冰冷的手指，捏著他那冷冰冰的手。

在這種情況下，應該感到悲慘的是尹熙謙。暫且不說我的感情受到了傷害，就像我之前說過的那樣，無論何時何地，只要我叫他幫我含，他就得照我說的做。說出那句話的時候，我們的關係雖然是那樣的，但現在也沒有任何好轉。反正都是金錢來往的關係，只是以性愛作為報酬罷了。在權力關係上，甲方乙方也從未變過，任誰來看都會覺得悲慘的是尹熙謙。

但是我搞不懂自己的心情……為什麼會這麼悲慘。如果只是因為喜歡他，只是因為這一點，我就必須嘗到這種感覺，心情必定會墜落谷底的話，那豈不是太殘酷了？

在這瞬間，我想殺了尹熙謙，然後自己也跟著去死。

「……王八蛋。」

「媽的。」

明明不算什麼大事，不知我的心為何會如此崩潰、痛苦。

憤怒、嫉妒、背叛感……這些感情混雜在一起，扭曲成一團東西，而那就是悲傷。

我既痛苦又悲傷，無法控制表情，他那惡毒的言行令人心碎，讓我受了無法掩蓋的嚴重傷害。

「隨便你吧。」

我還能說什麼呢，我再次刻骨銘心地領悟到了。在這種情況下，我無法毆打尹熙謙，也不能強行貫徹自己的意思。就算我再怎麼不喜歡，如果尹熙謙不願意，那我就沒有辦法了。就算他不遵從我的意願，最終我也只能忍耐。我想殺了他，卻殺不了，因為我喜歡他。媽的，我喜歡尹熙謙，喜歡到揍了他一拳就捨不得再揍下去了。

「理事……！」

尹熙謙抓住了放棄對話，想要離開的我。我想把他甩開，但他緊緊地抓著我的手臂。啊，媽的，幹嘛抓著我啊？你又沒有要照我的意思去做。

「放手。」

我試圖把尹熙謙推開，但是他把我轉過來，抓住了我的雙臂，他抓得非常用力，手指都快扎進我的手臂裡了。尹熙謙將想要把他推開的我逼到牆邊，牆碰到了我的背，而尹熙謙擋在我面前。

「我是真的需要他，所以才用他的。」

這句話絕對不是我想聽到的話，是沒有必要說的話。我連看都沒看尹熙謙一眼，就把他抓著我手臂的手拉開。每當這時，尹熙謙就會再次抓住我。

「您看過電影後絕對不會失望，也會明白我之所以會用他的理由。」

現在才想用急切的語氣哄勸也來不及了，膽敢拿那些無聊的話來哄我，我的心情怎麼可能會變好。製造出這種狀況後說的話，我根本就聽不進去。你偏袒那小子，非要照自己的意願行事，然後到現在才來說這些？

他媽的，我已經悲慘得不得了了。

「怎麼？你是擔心我會做出什麼事嗎？」

「……」

「早知道我就直接把那混蛋的臉毀了。」

尹熙謙的表情變得僵硬起來，原本迴避著我的眼睛現在直勾勾地望著我，他的眼睛在顫抖，我不知道其中蘊含著什麼樣的感情，不，我是在裝作不知道，恐怕是驚愕和厭惡吧。雖然應該就是那些情感了，但我並不想知道，於是轉過頭將他推開。雖然尹熙謙多次挽留我，但這次他還是放棄了。

「理事。」

我無視呼喚的聲音，直接走出了房間。搭上就在不久前，我才懷著心動、搔癢的心情，和尹熙謙一起搭過的電梯下到了一樓，然後獨自一人坐上和用溫柔的視線望著我的尹熙謙一起乘坐過的車，發動了引擎。驚訝的表情，我原以為他是很歡迎我來，結果一切都是虛假的演技。看到他那擔心我會遇到金柳華，為了欺騙我而戴上的面具，我居然會為此而開心。

在一切都被我發現之後，尹熙謙在我面前袒護金柳華，結果違背了我的意思。不是為了我，而是為了另一個混蛋。

這是我生平第一次嘗到悲慘的滋味，我的人生中有發生過這種不能隨心所欲的情況嗎？雖然不是完全沒有，但悲慘到讓我如此傷心的還是第一次，既痛苦又難受。

我真沒想到喜歡一個人會這麼辛苦。光是傷口的疼痛、悲傷、痛苦、悲慘等都讓我這麼難受了，無法隱藏著這些情緒的感覺還更加糟糕。誰都不能看到我悲慘的樣子，也不能知道我感受到了這些感覺，即便那個人是尹熙謙。

我現在不是因為憤怒而離開的，傷口很疼，但是我無法隱藏，所以我從尹熙謙身邊逃走了。

＊＊＊

金泰運望著我，臉上的表情十分難看。

「……怎樣？」

我問話的聲音非常沙啞。

「你最近也抽太多菸了吧。」

明知道他會嘮叨，我為什麼還要問呢？金泰運清理著桌上菸灰缸裡的滿滿菸頭，深深嘆了口氣，空了的菸盒也不只一、兩個，雖然他認命地把全部的空菸盒都拿去丟掉，但那傢伙還是一臉凶惡。不，感覺他丟完垃圾之後，他的臉又變得更凶惡了。

「……你安眠藥該不會是跟酒同時吃的吧？」

從他小心翼翼的問題中，可以看出他擺出那副表情的理由，看樣子他是看到了垃圾桶裡的空藥瓶。明明我喝酒和吃藥都不是一、兩天的事了，他卻如此擔心，也是很新奇，可能是因為我的樣子太不像話了，所以他才會這樣擔心的吧。

「我都會喝酒吸毒了，安眠藥又算什麼？」

我並沒有過量服用，只是因為喝了酒也沒什麼睡意，就吃了幾粒罷了，反正已經產生了抗藥性，也沒什麼作用。因為如此，我現在有點後悔了，由於吃了不上不下的量，睡得不是很好，只覺得頭痛、沒什麼精神。怪不得頭這麼痛，刺痛感一陣一陣的，感覺腦袋都要爆炸了。如果拿電鑽在太陽穴上鑿個洞，把裡面的東西都刮出來，搞不好還會變得舒服一點。

雖然以前也會睡不著覺，但有現在這麼痛苦嗎？並沒有。對於本來就只會睡兩、三個小時，最長也就三、四個小時的我來說，已經對不眠之夜再熟悉不過了。如果因為辛苦、疲憊、睏倦而突然暈倒就算了，我並不是那種會被失眠左右的人。由於睡不著覺，頭又沉重又痛苦的感覺無論是過去還是現在都沒什麼不同，我現在之所以這麼辛苦，是因為我的感情，是因為喜歡尹熙謙卻不太順利而痛苦的心情。

「我讓你調查的事呢？」

我讓金泰運把他帶來的止痛藥拿給我，喝完水後這麼問道。雖然才剛吃完藥，但在提問的同時尋找香菸是我的習慣。因為頭疼得厲害，感覺今天的菸格外難聞，但是如果不抽的話，感覺會更煩躁。

「……首先，沒有發現什麼奇怪的地方。」

「那有發現什麼不奇怪的地方嗎？」

我的聲音一變尖銳，金泰運就閉上了嘴。

我讓金泰運做的調查是關於金柳華的事情。五年前，二十二歲的他和尹熙謙是同一間經紀公司的演員，雖然當時出演的作品不多，但在以高中為背景的電視劇中擔任過配角或跑龍套的角色，也曾一起出演過尹熙謙演出的電視劇。拍攝現場的劇照中也有幾張兩人裝得很熟、貼在一起的照片。

當尹熙謙捲入毒品事件後，他們的經紀公司也不得不倒閉。由於事件的影響惡劣，要賠償各種廣告的違約金非常龐大，雖然當初因為是小規模經營的經紀公司，所屬的藝人並不多，但因經紀公司倒閉而無處可去的藝人之一就是金柳華。

從那以後，金柳華在沒能出演像樣作品的情況下，只演了幾部舞臺劇，在有線電視綜藝節目中短暫露臉，但完全沒有受到關注。雖說是靠著各種打工過活，但比起那些，他更依賴於包養人。不知道尹熙謙是不是知道了這點才想幫他的，但金柳華為了生活，也為了事業而賣了身。

他之所以能進入EMP娛樂公司，接二連三地開始接手作品，也都是得益於包養人。EMP娛樂公司董事長其實更像是為藝人與包養人牽線的中間人。只要有機會，他就會想盡辦法招待我，把他公司所屬的藝人推進我房間。我通常都對於那種人感到不太愉快。

可即便如此，我也只是隱忍著，結果當天就爆發了，可說是金柳華的運氣不好。但我現在也不會對自己的行為感到後悔，因為我想把那些想靠幫別人口交而獲得成功的傢伙，和指使自家所屬藝人那麼做，由此來賺錢的傢伙們都趕出這個圈子。

「跟尹熙謙的接觸呢？」

一開始我只是埋頭於我的感情、自身的悲慘而感到痛苦。不知該如何是好，只能因疼痛和痛苦而獨自難受了好幾天。可是突然間，有一種感悟掠過我的腦海，那是一種令人毛骨悚然的感悟。

「那個……因為金柳華不是透過經紀公司，而是私下跟尹熙謙連絡上的，所以沒辦法得知在那之前他們是否有過連繫。」

不知道是吧？無能的傢伙。我一邊咂嘴，一邊大致翻看金泰運帶來的為數不多的資料。正如他所說，沒有什麼特殊之處。

自從我在那間酒吧教訓過他之後，金柳華馬上就和EMP娛樂解除了合約。原本應該放棄作為藝人生活的金柳華，雖然曾為了活下去而做了各種事情，但可能是因為覺得被包養還是最簡單的路，所以還是找上了包養人。然而，並沒有人會為了幫助金柳華而違背我的意思，所以即使有包養人，也不是為了在演藝圈的活動中得到幫助，而是為了解決生活的困難。也就是說，他最終還是依靠賣身過活。

如果尹熙謙見到因為我鄭載翰而淪落為男妓模樣生活的後輩……如果尹熙謙遇到曾經親近的後輩或是和自己有關係的男人，那他肯定會想要幫忙。若是這種程度的話，那我似乎就可以理解了。

「再查得更仔細一點。」

但是如果真是那樣，時機也太巧了。金柳華試圖誘惑我的那天，我和尹熙謙重逢了，還有尹熙謙是怎麼做的來著?當時的我還以為他也是想誘惑我。一邊說想道歉，一邊說以後再單獨見面，我只覺得那是個不怎麼樣的把戲，抱著「我就聽你說說看吧」的心情見面的時候，又是怎麼樣了?

不，回想起來，從那天到現在，他的所作所為中沒有一件事不是誘惑，甚至是尹熙謙知道了那個毒品派對的真相之後，幾個月沒見面，再次重逢之後也一直都是。

我問了理由，但尹熙謙沒有回答，讓我產生錯覺，以為他喜歡我，可他最終還是沒有正面回答。雖然覺得討厭我、生氣才是正常的，他還是溫柔、多情、熱情地擁抱了我。

如果這一切實際上是個陷阱的話。

「……他媽的。」

每當我的思緒往那個方向流去，脊梁就會冒出雞皮疙瘩。不會吧，我不知不覺就否定了。

但是，如果萬一真的是呢？

萬一尹熙謙和金柳華有什麼陰謀，覺得兩人中誰都行，謀劃著誘惑我的計畫呢？事實上，如果他們兩人都已經知道尹熙謙的落魄是出自於我之手，結果也害金柳華失去了經紀公司的話，復仇的名分就已經足夠了。我無法很樂觀地說，尹熙謙原本應該是不知道的，所以在得知毒品事件始末的那天，他才會表現出情緒低落的樣子，像那樣氣憤、絕望。無論是尹熙謙還是金柳華，他們兩個都是演員，也有可能是為了欺騙我而演戲，不能排除我被騙的一絲可能性。

「你的手機響了。」

在我重複翻讀資料的過程中，金泰運說道。「嗡嗡嗡、嗡嗡嗡」持續的震動代表是來電，而不是簡訊。我伸手去拿手機，看了螢幕一眼，並沒有接起來，而是把手機胡亂丟在沙發上。震動繼續了一陣子，很快就安靜了下來。

「重新調查。」

「……」

「有必要的話，不管是通話紀錄還是什麼都給我弄到手，查出他們是什麼時候開始重新連繫上的，又私下說了些什麼。」

金泰運看了我一會兒，然後點了點頭。可能是藥效作用了，頭痛似乎有點減輕了。

雖然只有一點點，但隨著身體舒服一些，睡意也一起湧了上來。哪怕只是三十分鐘，我也想闔眼。

「差不多該走了，起來吧。」

要不是今天要去總公司開會，我早就又鑽進被窩裡去了。與我的意志無關，日常生活不斷流逝，我也不能放棄我的地位和立場，但如果要說有什麼跟以前不同，那就是以前我是自主行動，而現在則是在無力、毫無欲望的狀態下，被牽著鼻子走。

「等等。」

我硬是將沉重的身體從沙發上拉起來的時候，手機嗡嗡地震動了一下，似乎是有人傳了訊息給我。但我就連確認都沒有，因為我知道是誰發的，也知道發的內容是什麼。

那是尹熙謙傳來的訊息。在拍攝結束回到首爾後，他連續好幾天不斷打來電話、傳來訊息，可我從來沒有回應過，因為如果聽到他的聲音，又或是通過訊息進行對話……卻見不到他的臉，我會受不了的。既不能接電話，也不能回訊息，我很想他，可是不能見他，因為我完全不知道自己該用怎樣的表情面對他，又該與他進行怎樣的對話、該怎麼做。

所以即便知道尹熙謙回到首爾了，我也沒辦法見他。

第13章

雖然鄭會長希望我能去美國，但我最終還是沒有回到美國。我也認為自己總有一天得讀完MBA，也同意現在的時機是合適的，但我還是不想回去，取而代之的是進入總公司的經營戰略組，開始工作。儘管如此無力，但當我一踩上倉鼠輪，日常生活就還是糊里糊塗地過去了。一開始工作時一點都不順手，現在卻機械似的工作著，漸漸的，我重回了平時的自己。

如果要說有什麼變化的話，那就是我現在幾乎不參加聚會或派對了，只要在聚餐的場合與人見面就足夠了，也不像以前那樣會出現在會喝酒和嗑藥的地方。那段時間我是獨自在家喝酒度過的，因為毒品和安眠藥毫無幫助，所以比起以前也有所減少。

一天一天就這樣過去了，當我回過神來的時候，已經不知不覺進入了嚴冬，而且在我的手機記錄中，尹熙謙的名字也沉到了深處。

有一段時間，尹熙謙打來的未接來電和傳來的訊息堆積如山。起初他一天會打個兩、三次電話過來，變成每隔幾天打一次給我，但我一次都沒有接過，然後尹熙謙就會留下留言，「我回首爾了」、「請連繫我」、「我在家裡」、「我會等你的」、「我們談談吧」。

那樣的訊息讓我像傻子一樣感到安心，雖然像被關在臭水溝裡，但心情還是稍微變好了。我喜歡尹熙謙不斷連繫我、糾纏我，但在那之後如果腦中出現疑問的話，那心情必然會再次變得低落。

他為什麼要這麼纏著我？是因為電影嗎？不，我並沒有對電影和金柳華出過手。拍攝順利地結束了，剪輯和音效等後製工作也開始了，而我的支援也一如既往。我跟尹熙謙說隨便他怎麼做，我也就真的隨便他，並沒有多問，但他為什麼還要一直連繫我？

難道是他後悔了，想請求我的原諒嗎？不，相比之下，更有可能是為了向我解釋才打電話給我的，但是他又為什麼非要解釋呢？是怕我之後會傷害他嗎？還是他捨不得我的金錢和權力？如果都不是的話，難道是有更大的陰謀，所以才非要抓住我嗎？我心中的疑慮越來越深了。

儘管如此，我還是很想見他。老實說，即使在對他的糾纏感到生氣的情況下，我也還是很高興。但別說是見面了，我連他的電話都沒有接，因為我不知道該怎麼辦。我對被他人擺布的自己感到很陌生，對所經歷的悲傷和悲慘感到無法忍受，每天都有種心急如焚的感覺。

我想見他，想見他想到都快瘋了，我很想他，每當思念達到極限的時候，我就會痛苦得快要瘋了，所有的一切都讓我感到痛苦。如果去見尹熙謙，把他抱在懷裡，聞著他的體香，與他分享體溫的話，會不會就能舒服一些了？

即便如此，我對此也抱持著懷疑態度。我完全不知道他為什麼要見我，為什麼要和我做愛，無法掌握他的意圖。如果跟他聊一聊的話，心裡就會舒服一點嗎？不，無論他說什麼，我都不會相信他的。在我聽到我想要的答案之前，我都不會相信他的。那是在對他的信任不知不覺間完全粉碎之後的事了，雖然讓金泰運去調查了金柳華和尹熙謙的關係，儘管沒有什麼結果，我也還是沒能接受這個事實。他們之間一定有著什麼親密關係，也許他們早就連繫上彼此，盯上我了。如果不是這樣的話，那他們肯定在為了電影而再次見面的那一刻起，就盯上我了。

我一整天都這樣想著、懷疑著尹熙謙，為此痛苦又氣憤，然後又因為他打來的電話感到安心、高興，接著再次陷入懷疑，因此沒能與他見面。我下達命令要金泰運以分、秒為單位打聽尹熙謙和金柳華過去的行蹤，我認為要知道了真相才可以和他見面，才會一直迴避他的連繫、不斷推遲見面的時間。因為光是聽到消息都覺得痛苦，於是把監視和報告都中斷了。

『您真的再也不打算見我了嗎？』

尹熙謙的連繫在此過程中逐漸減少，在這則訊息之後就完全中斷了。我沒有回覆，因為我不認為那是最後一次。我其實很想回覆他的訊息，但我完全沒有整理好自己的思緒，所以沒辦法連繫他。我很想他，但我並不想見他。

然而，真的結束了。從那天開始到現在，尹熙謙的電話和訊息都斷了。似乎是對無論怎麼連繫都不回覆的我感到疲憊，決定要放棄了。

沒有任何連繫，就這樣過了一段時間，我才明白一切都已經結束了。這段期間，我陷入各種感情的漩渦……結局卻比想像中還要虛無和空蕩。

我的內心好像被削去了一層東西，這種狀態反而能讓我重回日常生活。雖然我依然無精打采，可至少還是像原來的我一樣工作著。

「理事。」

聽到金泰運的喊聲，我抬起了沉重的眼皮。眼球裡的水分好像完全乾枯了似的，眼睛乾澀又刺痛。我抬手揉了揉眼角，等待朦朧的意識重新清醒過來。直到我從睡夢中完全醒來為止，金泰運都默默等待著我。就這樣清醒過來之後，剛從座位上坐起來的我就找出了香菸，拿出一根菸叼在嘴裡點燃後，金泰運的表情頓時變得僵硬。他平時就不喜歡我抽菸，但他現在之所以會格外嚴肅，是因為我現在所在的地方是醫院。

「去備車吧。」

我往紙杯裡倒了點水，抖著菸灰說道。我的眼睛依然乾澀，很難正常睜開，但狀態還算不錯。我不是因為暈倒而被送來醫院的，只是最近沒睡好覺，為了睡覺才來的。借助藥物的力量睡了幾個小時的覺起來，感覺就像熟睡過了一樣舒服。

「再多休息一下吧。」

「不用了。」

我吸了最後一口，把菸頭丟到紙杯裡。隨著「滋」的一聲，碰到水的菸熄滅了。我從座位上站起來，金泰運幫我穿上外套，然後把為我保管的手機遞給了我。每當我在別人醒著的時間睡覺的時候，金泰運都會幫我保管手機，然後向我報告有誰打來電話。

「有人打過來嗎？」

「沒有什麼需要您在意的電話。」

我大致瀏覽了一下電話記錄、簡訊和訊息，點了點頭。正如金泰運所說的，沒有什麼需要我在意的連繫。

「……那個，理事。」

離開病房搭上電梯時，金泰運開口了。我瞥了他一眼，他的臉上充滿猶豫，這不像是金泰運的作風。

「怎樣？」

「……沒什麼。」

當我心想他是瘋了嗎，一看向金泰運，他就低下了頭。搞什麼啊，叫了人還說不出話來，意識到我視線的金泰運低聲說道。

「我有一件私事要告訴您，之後再另外跟您說吧。」

真不知道他到底是想說什麼，但既然本人都說不出口了，我也就沒必要追問了，特別是他都已經說是私事了。

「那就隨你高興吧。」

電梯到了一樓，穿過大廳一出醫院，車就已經在門前等著了。金泰運打開車門，待我上車後也跟著上了車。我本來是在公司看資料的，因為覺得已經到了極限，所以中途來一趟醫院，等我睡了幾個小時出來，就已經是晚上了。

雖然金泰運要我在醫院休息久一點，但他說「肯定是不能再用藥了」，所以我也不可能再次入睡，與其這樣，我還不如直接回家休息。睡了幾個小時，然後失眠的夜晚又會延續，反正每天都是不眠之夜。

就這樣，沒什麼特別的一天又過去了。

＊＊＊

在總公司做的工作實際上比在娛樂公司做的無聊多了。當初娛樂方面的工作是因為我喜歡和有興趣才做的，而現在的工作只是我應該做的，所以即便我一直坐在位置上，注意力也很集中，但就是找不到樂趣。一個人看報告等等的文件時也是如此，聽報告的時候也完全沒有興趣，只剩下義務感。也許是因為這樣，肩膀才會這麼沉重、這麼煩躁的吧。

「載翰。」

會議結束後，走出會議室時，叫了我名字的是鄭泰允董事長。雖然我繼承經營權已經是板上釘釘的事情，但作為集團總裁年紀尚輕，因此很多人猜測等鄭會長退出一線，鄭泰允就會全面參與經營一段時間。雖然鄭會長沒說什麼，但鄭泰允董事長似乎暗自希望能夠如此，為了能跟我保持更親密的關係而費盡心思。叔叔想要篡奪正當繼承人的位置，這是非常常見的事情。他裝作親近的樣子走到我身邊，臉上帶著的親切微笑並不讓我感到親切。親情這種東西，我打從出生起就不明白了。

「好久沒有一起吃晚餐了，怎麼樣？你晚上有行程嗎？」

「您有什麼特別想說的話嗎？」

「不是，沒事就不能一起吃頓飯嗎？今天孩子們說要回來，如果你可以一起來也不錯啊，你很久沒見到載勳、秀珍和秀英了吧？畢竟你進到總公司之後一直都很忙嘛。」

鄭秀珍、鄭秀英、鄭載勳是鄭泰允董事長的兩個女兒和小兒子的名字，以前只有在家庭聚會的時候，或者是他們來跟鄭會長打招呼的時候有見過，因此就算我們是堂兄弟姊妹，關係也不算很親近。鄭秀珍和鄭秀英雖然和我的年齡相差不大，但由於她們很早就結婚了，也沒有參與經營，所以就更不會見面了。也就是說，不是因為進入總公司太忙而沒能見面，而是之前就沒怎麼見過面了。

「我現在還不夠上手，等我熟悉了工作、走上正軌之後，我會再另外安排一次飯局。」

當然，我只是在胡說八道。關於集團的工作，我平時就有所了解，而且也不是第一次做，所以沒有好上手不上手的，那不過是我因為不想去又嫌麻煩的藉口罷了。而鄭泰允董事長似乎也聽懂了，便也沒有再強求。

「好好，也是，現在是正忙的時候吧，那我們下次再約吧。」

「好。」

「對了，新源副董事長拜託了我一件事。」

原來這才是正題嗎？一想到這些，我就在心裡嗤嗤地笑了起來。他肯定早就知道我會拒絕突如其來的邀請，儘管如此，還是邀請我一起吃飯，可能就是為了拜託我事情。我不禁心想那到底是多了不起的請託。

「聽說明天那部重新拍攝的電影會再舉行一次內部試映會？奎雅小姐說她很想去看看，你去的時候順便帶上她怎麼樣？」

……聽到這句話的瞬間，我不禁感到疑惑，頭腦一片茫然，無法理解內容。內部試映會、重新拍攝的電影、明天，雖然鄭泰允董事長說得好像我應該已經知道了似的，但這其實是我第一次聽說的事情。

「並不是一定要以男女的關係見面，以朋友的身分延續緣分也不錯。你不要覺得有負擔，我這次受到新源那邊很多幫助，所以才想來拜託你。」

雖然鄭泰允董事長在那之後還說了些什麼，但那些話全都左耳進右耳出了，還沒能傳達到腦子裡，就流向了相反的方向。明天、我投資的電影、內部試映會，光是試圖理解這三個資訊，我的腦子就亂成了一團。

關於這些，我完全沒有聽說過。這都是因為我把派出去的監視者叫了回來，也不讓他們向我報告，所以我才會什麼都不知道。儘管如此，也不可能沒有人來邀請我。

「……我先走了。」

本該傳達給我的資訊被阻斷了，那麼犯人就只會有一個。

我無視鄭泰允董事長，走進了自己的辦公室，並把金泰運叫來。當一根菸抽到一半左右時，門外響起了「叩叩」的敲門聲。在門打開、金泰運探出身體的瞬間……

「！」

我抓起桌上的東西向著金泰運扔去，沒有擊中。菸灰缸砸在門旁的牆壁上，隨著「啪嚓」一聲碎裂。外面的祕書發出一聲尖叫，金泰運也被嚇得身體一震，但他還是馬上走進辦公室，關上了門。

「是怎樣？」

「……理事？」

「你是怎樣。」

「……您指的是……」

「聽說明天是《洪天起》的內部試映會啊。」

「……」

金泰運似乎是這才了解了情況，他閉上了嘴。原來就是這件事啊，之前金泰運猶豫著說不出口，後來又說是私事的事就是這個。但在那以後，金泰運就再也沒有說過到底是發生了什麼事，而我甚至都沒有去在意。

緊接著，金泰運嘆了口氣，又開口了。

「我看您好像不想去在意……」

「所以說，你算哪根蔥？憑什麼擅自做出判斷？」

內心好像有什麼東西要爆炸了，就像是水庫即將潰堤前，積水就快溢出來的感覺。

雖然好不容易用理智抑制住了，但心裡真的是久違地湧上了情緒。我之所以能忍受著不爆發出來，是因為時間已經過去很久了。不是都說時間就是良藥嗎？對尹熙謙感到背叛和失望後，隨著時間的流逝，感情似乎變得遲鈍了。

「……對不起。」

金泰運低頭道歉。但看到他那個樣子，實際上我都快要瘋了。我可能是發燒了，體溫直線上升，呼吸急促。因為胸口很悶，我便把領帶結拉鬆，卻還是喘不過氣來。

「出去。」

如果繼續這樣下去的話，我想我可能會把氣出在金泰運身上。當然，我本來就把金泰運當作沙包，但如果因為這種事情拿他出氣，會很傷自己的自尊心，所以我並不想這麼做。而且我在感情上動搖和生氣的理由並不在於金泰運。

「……理事。」

「我他媽的叫你出去！」

直到我猛然大吼一聲，金泰運才離開了辦公室。「啪嗒！」門關上了。只剩我獨自一人努力地深呼吸，調整呼吸。實際上，無論是桌子、電腦、椅子、書櫃還是裝飾品，我都有想把它們砸爛的衝動，可我還是握緊拳頭忍了下來。我不想讓自己爆發，原以為已經沒事了，情感已經變遲鈍了，但我實在是不想確認是不是真的如此。

這段時間裡，我對尹熙謙產生了眾多情緒。在這些情緒中，我首先感受到的是憤怒和背叛感。我的悲傷、悲慘，就連這些都開始湧上心頭。

最近的我不再對這些情緒感到生氣了，內心雖然虛無飄渺，但也不會像以前那樣感情用事，反而還很平靜。

但是，現在之所以再次感到如此憤怒，是因為憤怒已經累積到會激發陳舊感情的程度，這個原因非常明顯。

因為緣由分明，所以即便生氣，我還是對此嗤之以鼻。嘴角被扯了上去，只有洩氣的聲音不斷冒了出來。

「唉。」

內部試映會，那可是與我相遇的大好機會，尹熙謙卻沒有直接連繫我。

「唉，他媽的狗東西。」

實在是太可惡了，我不自覺罵出了髒話。這就是我現在正經歷著瘋狂的感情風暴的原因。

尖銳的神經沒有要輕易平息的跡象，一夜無眠。各種思緒占據了腦袋，讓我無法入睡，早上起來，本就蒼白的臉甚至都要泛青了。

我原以為一切都結束了，從他連繫的次數越來越少的時候就有感覺到了。終於徹底失去連繫後，三天過去了，一週過去了，半個月過去了，我當時想著真的結束了，出乎意料得沒有什麼特別的感覺，所以心情也怪怪的。

但這似乎不是全部。

「哈。」

從昨天開始就習慣性地像陣風一樣嘆氣的瞬間。

會議室裡一片寂靜，所有人的視線都投向了我。正在報告的部長臉色鐵青，似乎是認為我對他的發言內容感到荒唐並嘲笑了他，其實並不是那樣的。

「……休息一下再繼續吧。」

在結凍的氣氛中，我簡短地吩咐了一句，從椅子上站了起來。我想要抽菸，於是走進鄰近的吸菸室，叼起一根菸。由於我的出現，原本抽著菸的職員們都互相看了看臉色就離開了，但我還是毫不在意地抽了幾根菸。可無論煙霧如何瀰漫，鬱悶的感覺還是依舊。

離開前嚴重冷卻下來的氣氛，在我暫時離開、再次回來後也沒有絲毫好轉。所有人都在看我的臉色，結冰的空氣讓人相當不舒服。我並沒有發表意見的欲望，但因為還是得發表，所以語氣非常尖銳。發表報告的年長部長面如死灰，只能像個罪人一樣低頭聽著我的指責。就連他卑躬屈膝的模樣，也讓今天的我看得很不順眼。

我從會議室出來回到辦公室時，金泰運緊隨其後。還以為他是有什麼要報告的事情，看了他一眼，才發現他明顯是在觀察我的臉色。

「您今天會去參加嗎？」

在我進入辦公室，坐在椅子上拿出香菸的時候，金泰運問道。他媽的，你那麼想要瞞著我，現在又問我要不要參加是怎樣？就連金泰運的提問也讓我的心情變得煩躁起來。

「什麼？」

「那個，就是今天的內部試映……」

「給我閉上嘴滾出去。」

因為沒什麼值得聽下去的了，我便在他說話途中抬起手揮了揮，打斷了他的話。即使在被趕出去的瞬間，金泰運也是在出去之前，會幫我點好香菸的忠誠之人，就連這點都讓我煩躁不堪。不管怎麼說，我現在的煩躁狀態都非同小可。

我從一開始就沒有去參加試映會的想法，所以即使金泰運事先告訴我有這樣的邀請，我也可以直接說我是知情的。當然，這是我投資的電影，以前投資其他電影時，我也沒有在那種場合缺席過，所以這次去也是理所當然的，但是我並不想去。

因為我對之前那種平靜的感覺挺滿意的。雖然每一天都毫無欲望，但我認為像顆齒輪一樣轉動並不是件壞事。去了試映會也許會再次被感情左右，我不想留下任何餘地，所以我並不想去。要考驗我就算見到面也不能有感情波動？可我這次連考驗都不想做了。說實話，如果能就這樣忘記的話，我想忘記。

但是現在，本來不知道有試映會的我已經知曉了，甚至得知尹熙謙連一次都沒有連繫我，此時的我多少有點感情用事。實際上，我從昨天開始就已經被捲入了完全不想被捲入的感情漩渦中，可能是因為這段時間一直保持著平常心，沒能很好地承受住久違的感情波動。我無法想像自己在這種狀態下觀看尹熙謙的電影，並與他的見面。因為覺得被背叛，覺得很可惡、生氣，見到面後我可能就不會放過他了，我似乎是真的想殺了他。

「……媽的……」

我想了想，又開始不耐煩了，雖然想無視，可就是不順心。因為覺得這樣下去真的不行，便連絡了金泰運，讓他重新回到辦公室裡。金泰運驚訝地看著我。

「你有深入調查過了嗎？」

「……是。」

儘管我沒說是什麼，金泰運還是一下子就聽懂了。因為和尹熙謙的連繫中斷，我已經有一段時間沒有訓斥過他了。雖然是時隔很久才提出的問題，但金泰運馬上就明白了，我是要他徹底調查尹熙謙和金柳華的關係。

調查了一段時間後，金泰運帶來了各式各樣的資料。說得稍微誇張一點的話，甚至可以知道金柳華家衣櫃裡的內褲數量。雖然我讓他去找，但沒想到真的有手機通話記錄、簡訊和通訊軟體的對話記錄。

然而裡面並沒有我想要的內容。在電影重新拍攝之前，兩人幾年來都沒有來往，所以他們「似乎」有一段時間沒有連繫了。第一次連絡的訊息內容是：「哥，今天能見到你我真的嚇了一跳，謝謝你。」看訊息的內容，他們「好像」是偶然遇見的。在那之後的訊息大概就只有「謝謝」、「我會努力的」這樣的內容而已，因此「應該」不是經常連繫的關係。似乎、好像、應該，不就等於什麼都不確定嗎？有關他們何時、何地、如何見面的資訊是在決定重新拍攝後才開始出現的，但在那之前的時間，只有「好像沒有見過」的猜測。猜測，該死的猜測。

開始拍攝後，兩人也幾乎沒有連繫。但是，在尹熙謙讓金柳華加入劇組之後，來往的電話和訊息卻非常少，連這一點都令人懷疑。雖然客觀的資料堂而皇之地存在於眼前，但其內在的真相卻是我無法知道的。我聽著金泰運推論的情況，內心想著有可能會是這樣，但我還是無法相信。

「啊，媽的……」

一陣陣的頭痛讓我不由自主地罵了髒話。煩躁感頓時湧上心頭，我讓身體靠在椅背上，仰著頭閉上了眼睛。金泰運一直保持著沉默，他應該是無話可說，而我也沒什麼可說的了，周圍只剩一片寂靜。

直到口袋裡的手機突然響起。

我緩慢地睜開眼睛，揉著後頸，又揉了揉眼角，用另一隻手掏出手機。螢幕亮了起來，雖然有響了兩聲，但不是電話，而是訊息。不經意間，我用手指按進了通訊軟體。

「……」

一時間，我連呼吸都忘了。

不知從哪裡傳來「怦通」一聲。那是心臟怦通怦通跳著的聲音。

「……金泰運。」

「是？」

我叫出他名字的聲音變得支離破碎。為數不多的幾個字在眼前晃來晃去，心裡好像有什麼更加激烈的東西在沸騰著。這與之前困擾著我的憤怒、煩躁和不快有點不同。

「幾點？」

「……現在是三點五十分——」

「不是現在。」

我沙啞的聲音甚至有點顫抖。

「試映會，是幾點？」

心臟好像就要爆炸了。令人渾身顫慄的感覺和連我自己都無法定義的感情湧上心頭，讓人背脊發麻。

『希望您能來參加內部試映會。』

『請一定要來。』

我手機的兩次震動，是尹熙謙傳來的訊息。

內部試映會的地點是之前曾來過的大樓。從車上下來進入大樓的時候，我的心臟就好像要穿透胸口跳出來般劇烈跳動著，力道甚至還不斷加重，感覺胸口發酸，口乾舌燥。同時，我的指尖冰得沒有一絲溫度，真是可笑，我好像是感到緊張了。

「理事，您好！」

熱情地打著招呼的工作人員們目前的氣氛還算不錯，包括楊社長在內的其他投資人都愁眉苦臉地坐在那裡，但這不關我的事，甚至連直到最後的收尾工作為止，一直都十分辛苦的剪輯部工作人員表情都非常明朗。包括朴世英和崔正勳在內的演員約有五名，大家可能都感受到了這種氛圍，都激動地笑著歡迎我。在演員中，依然固守著生硬態度的只有在並不明亮的室內戴著墨鏡，翹著二郎腿的楊絢智。

而金柳華並不在場。

「哎呀，理事您來啦。」

表現出誇張的喜悅，一路跑到我面前的是韓柱成。雖然他不停地觀察著我的臉色，點頭哈腰，但連他也露出了愉快的神情，現場的氣氛非常好。雖然我從沒有擔心過電影，但看樣子會有相當不錯的作品問世。

「請坐，這邊請。」

我坐到他準備好的座位上，同時一瞟一瞟地環顧著室內。雖然下定決心不這樣做，但我因為沒有看到他，所以也只能像這樣子找尋他。那個高個子，就算穿著破爛衣服，存在感也絲毫不亞於藝人的男人並不在這裡。

「……尹導演呢？」

結果我也只能問了，我太好奇了，所以不得不問。光是他不在這裡就已經讓我感到心急如焚了，現在甚至連金柳華也不在，這足以讓我繃緊了神經。

「啊，他應該很快就會回來了。在您來之前他都還在的，應該是去了洗手間。尹導演在剪輯電影的時候應該已經看過很多次了，所以我們就直接開始吧。」

「我不是為了看電影才來這裡的。」這句話已經到了舌尖上，就快變成聲音了，可我不得不拚命將它嚥下去。韓柱成沒有再聽我的話，開始了試映會活動。室內的燈很快就熄了，白色的螢幕上同時開始出現影像。

在白雪紛飛、波濤洶湧的海邊，白色的泡沫混在深藍色之中。洶湧的海浪聲中夾雜著悲鳴般的風聲。穿著白色素服的女子，洪天起用發白的嘴唇吐出白色的氣息，望向大海。

電影結束後，重新亮起燈光的放映室裡一片寂靜。除了人們的呼吸和抽泣聲之外，只有寂靜在流淌著。

然而，這與上次試映會時的寂靜不同。

被征服了。

人們被電影、演員在其中演繹的感情所征服，就像被情感的波濤吞噬了一樣。

尹熙謙把自己想表現的東西全都呈現出來了，這是一部再好不過的電影，感動不是強行擠出來，而是透過一個女人的一生讓人感到滿心的感動和感傷。其情感甚至並非用語言，而是用圖畫的方式來表達的，讓觀眾們產生了發自內心的感動。

甚至連像我這樣感情枯竭，把所有要素都當作衡量「好電影」、「會暢銷的電影」標準的人，也暫時沉浸在了片尾的餘韻中。

啪、啪、啪。

沉默之中，有人開始鼓掌。很快，掌聲蔓延到了整個放映室。當某個人開始稱讚的時候，投資人們也紛紛開始對演員和工作人員們讚不絕口，而他們也以明朗的表情做出了回應，氣氛非常好，就連楊絢智也不得不承認。畢竟她也是作為演員而活的，知道什麼是好的演技、優秀的作品，最後不得不認可尹熙謙想要呈現的東西。她可能也深刻意識到自己確實是沒有演好，還有她父親差點搞砸了什麼。不知不覺間，連墨鏡都摘下，被電影深深吸引，甚至流下了眼淚的楊絢智慌忙戴上墨鏡，稱讚了幾名主演的演技，打了招呼之後像逃跑一樣離開了放映室。

楊社長雖然一臉消沉，但臉上還是帶著「可以回收自己投資的資金」、稍微安心下來的表情，跟在自己的女兒後面離開了。楊源一社長的處境在今後只會更加惡化。大部分人都知道是他差點毀掉我的電影，與我結下了梁子，結果還得由我出手，讓電影能夠大賣，所以現在連楊善雄都護不了楊社長了。不，從其性質來看，周圍的人應該會想開除他。當然，僅憑這些懲罰是不夠的，但今後的時間還很充裕。

「理事，您覺得怎麼樣？」

「……不錯。」

韓柱成來到我身邊，眼睛閃閃發亮的，請求我發表感想，而我的評價如上。可能是因為太短了，韓柱成的臉上閃過一絲失望，但我依舊假裝不知道。

「大家都辛苦了。」

雖然是重拍，但拍攝的部分並不少，整個拍攝過程進行得非常快，就連剪輯工作也比我想像中要快得多，本來還以為會剪到明年的，但是真的很快就完成了，品質甚至無可挑剔。我根本無法想像到底是投入了多少工作人員，大家一定都很辛苦，特別是大部分剪輯都親自來的尹熙謙……

「不會的，如果沒有理事的幫助，這部好電影真的就會被這樣埋沒的，一想到這個，我就真的……」

韓柱成感動得讓人有點負擔，甚至還有些哽咽。這部電影對他來說有這麼特別嗎？都足以讓他哽咽了？我在心裡冷笑著否定了。對他來說，特別的是尹熙謙。因為心裡彆扭，我沒有回答也沒有理睬他。這時，朴世英正好走了過來。

「您演技很好呢，辛苦了。」

「沒有的，這都是託理事的福，能遇到這樣的作品真的很幸運，非常感謝您說服我。」

「……還是感謝尹導演吧，尹導演是考慮到朴世英小姐才製作的。」

「已經非常感謝了。」朴世英像花一樣笑著這樣說道。

「尹導演真的是位非常了不起的人，要是未來還有機會，我下次也想再與他合作。」

是啊，不知道他以後還能不能拍出這種程度電影，但這部電影確實很了不起。

然而那位了不起的導演，依然沒有出現在座位上。

「您會來今天的慶功宴吧？」

提問的是朴世英。一直在旁邊觀察我臉色的韓柱成也露出好奇的表情。

「我今天還有行程，沒辦法去。」

朴世英的臉上露出遺憾的神情。我甚至不知道內部試映會後還有後續活動，到底是對電影有多大的自信，才會決定要在內部試映會之後，一起去後續的慶功宴呢？不過這部電影也確實是會讓人充滿自信心。

「抓緊好時機盡快上映吧，我會再派娛樂線的人過來。」

「啊，是、是！非常謝謝您，非常謝謝理事。」

「那我先離開了。」

雖然想說得平淡，但我的聲音還是非常低沉。幸虧電影拍得很好，這樣在別人眼裡，只會覺得我是沉浸在感動裡。韓柱成吞吞吐吐地說了一大堆要送我離開的話，但我還是把他拋在腦後，自行離開出了放映室。

由於大部分人都還在放映室，沉浸在電影的餘韻中，有些人甚至還興奮地預測著票房，因此走廊裡並沒有人。無人的走廊上只有我的皮鞋聲。不知怎的，聲音聽起來很無力。

因為他叫我來，所以我還以為我們一定會見到面。請我來，不，叫我來，我好像一直都在等著這樣的訊息。

感情怎樣，平靜又如何，雖然找了各式各樣的理由，但我其實就是在等待他的連繫。這是我的工作，要是有試映會的邀請就出席是理所當然的事，然而因為尹熙謙都不連繫我，我才產生了為什麼要出席的幼稚心理，那不過就是好勝心罷了。我對於始終沒有連繫我的他感到很生氣，後來甚至產生了這樣的想法：是啊，你當初那麼想拍電影，結果就因為拍了一部不錯的電影就這樣不理睬我了。你終究還是那麼膚淺的人，我在這裡，再次被背叛感所束縛。

最終我還是因為短短幾行文字就來到這裡了。

而現在……

我是生氣了嗎？這種不會爆發的感情應該被稱作是憤怒嗎？不，應該是悲傷。我充分理解了尹熙謙要我來的理由，金柳華的演技確實很好，雖然不是什麼太了不起的演技，但他很自然、很好地表達了角色的感情，細膩又漂亮的外表也很適合這個角色。因為角色需要才選擇他的，看了就能明白其原因了，尹熙謙是想證明這一點。

並不是為了再次見到我——

「！」

突然，身體被猛地一拉。視野被籠罩在黑暗中，連聲音都無暇發出。這是與明亮的走廊完全不同的空間。

「搞什麼啊，媽的——」

我下意識地破口大罵起來。不知道現在是什麼情況，暈頭轉向的。在昏暗的視野中，我可以看到一個男人站在我面前。黑暗的房間裡，顯示器在男人背後閃爍著藍色的光芒。因為背著那道光，我看不清男人的臉。在走廊上突然抓住我的手臂，把我拉進房間裡的男人個子比我高，因為還不適應黑暗，我還看不清楚他的臉。

然而，我喘不過氣，好像要窒息了。因為我他媽的不可能不知道那個人是誰——

「……！」

烏黑的影子向我撲來。手臂纏到腰上，男人的體重壓在我身上，我嚇得退了幾步，但也只是撞上緊閉的門。我夾在門和男人之間動彈不得，突然有點喘不過氣。

「唔……！」

溫熱又乾燥的嘴唇咬上了我的唇。舌頭瞬間鑽進沒辦法閉上的嘴唇和牙縫間，在嘴裡攪弄著的親吻甚至可以稱得上凶暴。

被緊緊抱住的手臂、身體好像就要被壓碎了。

不知道過了多長時間。在與外面的噪音完全隔絕，只有機器運轉聲音的黑暗剪輯室裡，尹熙謙吻了我，再次把舌頭伸了進來。尹熙謙的口袋裡傳來幾次手機震動的聲音，似乎是有電話，但尹熙謙並沒有接，而震動聲也已經消失很久了。在熱氣流動的溼潤嘴唇上，嘴唇相疊了很多次。可能是因為嘴唇腫起來了，當唇瓣緊緊貼在一起時就會有些刺痛。

「……」

額頭相碰，鼻尖擦過，氣息混雜在一起。尹熙謙一隻手摟著我的腰，另一隻手捧著我的臉頰。因為被逼得太緊，後背就像埋在了門裡一樣疼痛。可我並沒有推開他，面對似乎不會結束的親吻，只能毫無招架之力地張著嘴。狀態稍微平靜下來後，我輕輕闔上嘴唇，舌頭馬上就發出黏稠的聲音，鑽了進來。把已經抱著的身體抱得更緊，改變頭的角度，嘴唇吻得更深，唾液和舌頭相互交融。在莫名的感覺下，尹熙謙和我偶爾會身子一震，發出像是喉嚨被劃傷般的呻吟聲。每當這時，他的手臂就會像無法忍耐般地使勁，而我也一樣。

就這樣站著吻了半天，這次換我的手機開始響了。

「……」

感覺纏在腰上的手臂有點放鬆了。就好像從沒抱過他似的，我放下本來圈在他肩膀上的手臂，推開了他。尹熙謙向後退了幾步，我用手背擦著嘴邊的唾液，翻了翻口袋掏出手機。是金泰運。

「怎樣？」

我接起電話的聲音非常糟糕。

『您在哪裡？聲音怎麼……』

「……我馬上就出去，你等著。」

低聲說完，結束通話後我把手機塞進了口袋裡。尹熙謙在離我一步之遠的距離看著我，那視線讓我心裡怦怦直跳。

「電影怎麼樣？」

尹熙謙問道。他似乎是明知道答案，卻還想確認一下。

「理事。」

見我不回答，他便叫了我一聲。因為沒什麼可說的，所以我沒有回答。他的手伸向我的臉頰，但我把他的手拿開了。

「你叫我過來，是想證明自己為什麼讓金柳華來演的嗎？」

一片沉默。尹熙謙默默地看著我，而我也無話可說。雖然像質問似的追問了他，但如果問我是不是像剛才那樣生氣了的話，其實不然。

「……你看完之後還是這樣想嗎？希望我再重拍一次嗎？」

尹熙謙的聲音聽起來好像變得更柔和了，臉上的表情也像是在觀察我的臉色，但是他擺出這樣的低姿態，並沒有讓一直以來不停動搖和快要爆發的感情平靜下來。背叛感、憤怒、失望……這些現在都不重要了，我甚至不曉得這些是否還存在於我心裡。

吸引我的是另一種感情。

「……理事。」

他呼喚著不回答的我，聲音縈繞在耳邊。他低聲叫了一聲，接著又會說些什麼呢？

我看著他，心臟怦通怦通地跳了起來。

「您是打算……再也不見我了嗎？所以您才會這樣的嗎？」

如果尹熙謙知道這個問題會讓人心痛的話，就不會說出那種話了。

哈，我露出了自嘲的笑容，絕望籠罩著我的心。

我真像個瘋子。

這段時間，我就算喜歡尹熙謙也無法承認，但因為喜歡，所以無法控制住這些感情。承認了之後，又因為懷疑他而苦惱。在那之後又是如何？像瘋子一樣生氣，不相信任何事實，想怎麼想就怎麼想，懷疑、生氣，然後難過、傷心。因背叛感而咬牙切齒，甚至還想過要殺了尹熙謙。

可僅僅一次的連繫，就讓我的心臟好像停止了跳動，不對，應該是跳得都快要爆炸了。我感到放心，高興得一口氣跑了過來，被他的電影所感動，同時嫉妒得心急如焚，不想承認……本以為自己已經放棄了見不到的他，再次感到悲傷和氣憤。就因為尹熙謙，我的感情讓我感到毫無頭緒。那種情感讓人難以忍受，但我始終無法平靜下來，因此再次感到痛苦。那時候也覺得我快瘋了，覺得自己神智不清。

「……理事。」

為什麼要挽留我，為什麼一直想見我，其理由到現在我都還在懷疑，懷疑這是不是和金柳華串通好的計劃之一，懷疑這裡是不是藏著偷拍攝影機。

然而，即便如此。

儘管如此。

在被他拉進來的瞬間；在直覺意識到眼前的男人是尹熙謙的瞬間；就像被困在他的懷裡一樣被他抱住的瞬間；就像因口渴而奄奄一息的人渴望著一口水一樣，渴求的吻接踵而至的瞬間。

所有的感情都消失了，只剩思念氾濫成災。

因尹熙謙而無法承受的感情，在他懷裡都消失了。由於無法相信而痛苦、心痛，令一方面又感到安心，這是一件非常可怕的事。對就像凶猛野獸般橫行的我來說，感覺就像是被栓上了狗鍊，而最可怕的是我並不討厭那條狗鍊。我這才明白，我瘋了，就是這樣沒錯。

因為尹熙謙，我是真的要瘋了。

尹熙謙不會知道這是多麼令人絕望的事。

砰。門撞到了後背。因為這沒有預料到的疼痛，我差點大叫出聲。

「啊，導演您在這裡啊？」

明亮的光從敞開的門縫裡透了出來，聽到隨之傳來的聲音，我馬上摀住了嘴巴。誰來看現在的我，都會覺得是一副亂七八糟的樣子，尹熙謙也是，我不能讓任何人看到我們以這副模樣身在同一處。對方不會是進來了吧，當我心想要用後背把門關上的時候——尹熙謙出面了。

他把我藏到門後面，把門再拉開一點，同時把身體往前擋住門口，不讓找他的人進來。

「嗯，有什麼事嗎？」

「喔……您有跟誰在一起嗎？」

尹熙謙現在的樣子肯定也很不像樣。我的嘴唇又熱又腫，尹熙謙應該也沒什麼不同。因為緊緊抱在一起接吻，就連臉都紅了。

「沒有，我在看電影。」

「鄭理事好像很滿意呢，他走之前還提到了發行的事情，韓代表開心得要命呢。」

「嗯，這樣啊。」

「大家都要去慶功宴了，韓代表一直在找您呢。」

「我隨後跟上，你們先去吧。」

「啊，可是……」

「快去吧，我會自己連繫韓代表的。」

「好……」

聽著他們的對話，我噗嗤地笑了出來。那是一位女性工作人員，獨自回去的女人聲音露骨地表現出無精打采的狀態，她心裡在想什麼不是很明顯嗎？尹熙謙是同性戀，就算是頂級女演員闖進來，他也不可能被勾引的。

「啪！」門再次關上，裡面又是一片黑暗。

「……理事。」

尹熙謙和我的距離已經不遠了。他抓住我的手臂，再把我拉過來抱住，我沒辦法推開他。他再次把我推向門邊，讓我背靠著門，吻了我一下。果然，我無法拒絕他的吻，雖然不算黏膩，但很深沉。嘴唇和嘴唇深深地貼在一起，反覆相疊，其中還有幾次啄食般的輕吻。

「我會解釋給您聽的。」

他在我耳邊低聲的耳語，真的讓我很難受。

「我會把一切都說清楚，請讓我解釋吧。」

「……」

最終，我還是不得不被這哀求所動搖。

「……出去。」

雖然沒特別說什麼，但開口說話還是讓我覺得很累。

「出去說吧。」

我的聲音變得十分沙啞。也許是對我的回答感到滿意，他緊緊地把我摟進懷裡。我不忍心擁抱他，垂下手臂，像木頭一樣呆呆站著，唯獨沒有把他推開。因為不管怎樣，尹熙謙的懷抱都讓我心情非常好，但也讓我難受。怦通，怦通，怦通，心臟跳得很疼。

擁抱了許久，尹熙謙終於放開了我。因為我背對著門站著，所以得先動起來。我轉身抓住門把，開門時手在顫抖著。吻了那麼長時間，手還是溫乎乎的。它正在冷卻，指尖已經感覺到了寒冷。但與我重新領悟到的絕望不同，我的心臟正在快速跳動。光是和尹熙謙在一起，就慌亂成這樣了。

大樓內似乎完全空了，沒有絲毫動靜。在連一輛車都沒有的冷清大樓前，金泰運把車停在那裡等我。他看著尹熙謙，表情變得有點僵硬，但還是默默迎接了我。

「我來開車吧。」

聽到我的話，金泰運毫不訝異地點了點頭。

「上車吧。」

我一說完，尹熙謙就先坐上了副駕駛座，他把門關上後，我對金泰運說道。

「從放映室正門出來的路上，中間有間剪輯室，去確認一下那裡有沒有被錄音或是攝影機。」

我之所以非要出去談，是因為我不相信那個空間，我認為某個地方一定會有錄音或攝影機的想法揮之不去。雖然喜歡尹熙謙到快要瘋掉，但另一方面也無法消除懷疑，真是有夠諷刺的。心裡很難受，但這也是無可奈何的事情。如果像以前一樣，毫無懷疑地和他見面、對話，將會是非常危險的行為。因為陷得太深，連他的親吻和擁抱都拒絕不了，所以有必要讓他們確認剪輯室裡是否存在攝影機或錄音機。

「……是，我知道了。」

聽到金泰運的回答後，我坐上了駕駛座。

我苦惱了一下該去哪裡。想去和尹熙謙一起度過一段時間的家，可它位於江北，如果現在過去，路程應該會很塞。從位置來看，這裡離我家很近。

車內籠罩著沉默，其實可以直接說的，但尹熙謙還是保持著沉默。不知為何，那分寂靜讓我有些彆扭。因此，我想稍微縮短讓我的耳朵只能聽到自己心臟跳動聲音的沉重靜默。最終，我開著車子向我家駛去。

在去的路上，尹熙謙接到了一通電話。以「是，代表」作為對話的開頭，然後以「沒辦法去慶功宴」結束了電話，還說「很抱歉，麻煩他了」。不知道韓柱成突然吼了些什麼，刺耳的聲音透過手機傳了出來，但尹熙謙依然回答說自己沒辦法去，然後掛斷了電話。

行駛了一段時間後，車子抵達了目的地。我和尹熙謙從玄關進來，徑直坐上電梯上了樓。尷尬而沉重的靜默同樣充滿在被照亮的電梯裡。這裡只有我們兩人，但沒有一個人發出聲音。

打開門進去的房子像往常一樣空蕩。尹熙謙跟在我後面進來，門「喀嚓」一聲關上了。

「這裡是理事的家嗎？」

「對。」

這時，一種陌生而奇妙的感覺掠過了我的脊梁。

因為我產生了這個空間，是否有除了金泰運和家管人員以外的人進來過的疑問，就連前妻安賢珍都沒進到裡面過。即使被我抱在懷裡的那些人撒嬌地說「想去理事家看看」，我也從沒答應過任何人，甚至沒有告訴任何人我住在哪裡。

但我現在不僅把家的位置告訴了尹熙謙，還把他帶了進來，對於這一連串情況，我甚至沒有產生任何懷疑和反感，就像流水一樣順理成章。如果金泰運知道了，他肯定會嚇一大跳，問說我是不是有哪裡不舒服，然後為我預約掛號。

要保持警戒？我在內心自嘲。明明自己都因為尹熙謙，失去了全部的判斷力和戒心了。

「坐吧。」

尹熙謙順著我的話坐到了沙發上。因為一直很想喝酒，我便取來冰塊和洋酒坐了下來。尹熙謙呆呆地看著我把冰塊加到玻璃杯裡，再往裡面灌滿洋酒的手。我把一杯「On the rocks」推到他面前，另一杯則是被我舉了起來。在我喝下一口的時候，尹熙謙只是拿著杯子並沒有喝，果然這股靜默是如此沉重。

在他保持沉默的時候，我努力想要盡量從遠處客觀地看待他。因為無從得知他的心眼和想法，所以只能放棄去推測他的心思。雖然我一直在懷疑，但我不想再猜測了。相反的，我現在只想好好看看他的樣子。

沒來得及拿上外套，就跟在我身後出來的他穿著奶白色的針織衫，撐著沒有花紋的針織衫的肩膀非常寬。因為身體線條很好看，所以穿什麼都好看，但是針織衫這種類型的衣服果真很適合他。我突然覺得自己有點好笑，臉就算了，我是真的做夢都沒想過自己會喜歡個子比我高、身材也比我壯碩的男人。

回想起來，我第一次見到他的時候也是冷颼颼的冬天。除了被我毆打那天穿的深藍色針織衫以外，尹熙謙穿過的衣服中也有非常多種類的針織衫。雖然都是陳舊的衣服了，但尹熙謙連那些都能很好地消化。就這樣相遇後，過了將近一年的時間。

其中，我們一起相處的時間並不多。彼此都忙於工作，所以只會在週末見一次面吧？之後我去美國出差，過得很好，離開韓國很長一段時間，直到季節變化，回來後又過得令人難以置信得好，然後就又疏遠了。

一年不長，但也不短。我們見面得並不頻繁，老實說分開的時間更長。在那為數不多的相見中，我喜歡上了尹熙謙，最終也承認了那分心意，但我曾以為一年的時間充分能夠將喜歡他的心意整理掉。在幾天前，我也還是這樣想的。

現在回想起來，還真是無比傲慢。我不得不這樣嘲笑自己。

尹熙謙仍然閉口不言，只是拿著酒杯，但我覺得現在他說什麼、不說什麼都已經無所謂了。如果問我對他避開我的視線，偷偷用了金柳華而產生的背叛感和憤怒去了哪裡，那確實是有讓不舒服和不快的感情殘留了下來，但這些都是不值一提的情感。不管那些感情有多巨大，有多讓我生氣，我都喜歡著尹熙謙，喜歡他成了我首要的任務。即便尹熙謙真的是懷著惡意接近我的，現在也還心懷不軌，我也無法把這段關係斬斷。

雖然這對於尹熙謙而言相當不利，但我現在明確領悟到了，我不能放開他。

「……我跟柳華是偶然遇見的。因為要重新拍攝，在召集工作人員的時候，於某個製作公司偶然遇到的。」

似乎是組織完了言語，尹熙謙開口了。這些都是我想知道的，通過任何資料都無法相信的事。

「因為很久沒見面了，他想知道我的電話號碼，我就給了他，他之後便打電話過來說有話想說。見到他的時候，我聽說他生活困苦，所以有點吃驚。他是個很有才能的人，我也覺得要是他能遇到好作品，肯定能成為一個好演員。在見面後，他跟我說了他工作不太順利，所以生活有點困難，還有……和理事在酒席上發生了一些事情，之後連演員的工作都做不了。

「那天我也在那家店裡，也是五年來第一次見到理事。在您離開之後，李景遠先生跟我說我只是被打了一巴掌，還有別人更慘的，但對於發生了什麼事，還有對象是誰，我都不知情。」

「這只是一個絕妙的巧合」，與金柳華的再次相遇，還有我和金柳華、尹熙謙在同一個酒吧裡，這些都是偶然。

在反覆思考他的話的過程中，尹熙謙喝了一口酒，語速變得更快了一點。

「柳華也沒有告訴我詳細的情況，只有說他想演戲想到快瘋了，不管是什麼作品，能當個配角也沒關係……請我幫助他而已，而我也想幫助他。他是個有演員夢，也很有才華的朋友，在我還是演員的時期，得到了他很多的幫助，經紀公司也是因為我的毒品事件倒閉的，所以我覺得是自己害到了他，覺得……很內疚。」

聽著聽著，我覺得心裡有點悶，很想抽菸，但最後還是用酒來代替了。尹熙謙也喝了一口。儘管如此，他也只是在說話時喝了兩口，但我的杯子已經空了。我拿起酒瓶重新斟滿了酒。

「……我在五年前和柳華睡過一次。」

正要倒酒的手暫時停了下來，應該說是震了一下，接著僵住了，這樣會比較正確嗎？

坦白說，這比「巧合」、「想幫他」等等的話還要讓人不快好幾倍。

「不是對彼此有什麼感情，只是單純的性而已，也只發生過一次，沒有留下任何餘地。」

意思是說，那只是為了解決性欲的性行為。我並不是不懂，因為我也會在性欲旺盛的時候與周圍的人做愛，特別是年紀比較輕的時候，放縱是我的美德。這不是無法理解的事情。因為人類也是動物，尤其是男人，根本就是滿腦子只有做愛的存在。

「沒有任何感情……在您提起之前，這件事已經從我的記憶中被抹去已久。我之所以說這些，是想說我並不是因為過去那種行為，才想要去幫助柳華的。我真的希望……您可以相信我。」

那天我問尹熙謙他們兩個有沒有睡過的時候，在他臉上看到的動搖，是因為想起了忘記的事情，所以才做出這樣的反應嗎？

總之，尹熙謙的意思是不管怎樣，那都不是現在，而是過去的事，既沒有意義，也沒有殘存在他的記憶裡。但如果要問他們過去真的沒有過什麼嗎，事實就是並非如此，所以他現在的這個解釋也讓我非常不愉快，但我不知道該說些什麼、該怎麼表達。對我來說，因為這種事情費心……是啊，因為嫉妒本身就讓我感到很陌生，真的表現出嫉妒又會傷到我的自尊心，也不知道尹熙謙會怎麼接受我的嫉妒。

所以我無話可說，只是用停下來的手斟了酒。我把酒瓶重新放回桌上，取而代之的是抓起裝滿琥珀色液體的冰冷酒杯。

尹熙謙嘆了口氣，似乎是很難再提起下一個話題。

「鄭載翰受害者聯盟。」

那是我冷嘲熱諷地對他說過的話之一。

「……我想了一下，或許您當時說的沒錯。」

我靜靜地注視著他。不知道是不是有意的，他的話裡藏著刺，也有可能不是故意的。如果說是因為我過去做過的事，讓他現在說的話中夾雜著讓我不舒服的內容，那就應該說是我的錯。不管怎樣，這些話聽起來都不是那麼舒服。

「如果說把我從懸崖上推下去的人是理事，那麼把我救上來的也是您，所以我就以為……您一定會幫助柳華。我覺得如果能用精湛的演技來證明的話，您一定也能理解我啟用柳華的原因，所以我就想先斬後奏，再用成果來收拾殘局。」

我那天真的很生氣，因為我覺得他背叛了我，在背後做了別的事。不，其實這件事到現在也依然讓我非常氣憤，懷疑也同樣無法消除，但我已經意識到憤怒是沒有意義的，除了用力壓抑不快之外，我還能如何表達呢？

「所以我確實是把柳華藏起來了，但是我之所以執意自己回來首爾，只是因為覺得這樣比較好而已，並不是想騙您。您卻誤會了我的意圖、懷疑我，這讓我很錯愕，也覺得很荒唐……」

那是你覺得錯愕跟荒唐的時候會做出的反應？

「我曾以為您不會干涉我的電影，也沒想到您會因為我用了一個演員而這麼生氣，就算那個演員是金柳華。」

「……」

「老實說……我有想過，難道是金柳華犯下了什麼不可饒恕的錯嗎？」

說到這裡，尹熙謙把杯子裡剩下的酒倒進嘴裡。

每個人都只能透過投影自己的形象來判斷對方。最後，隨著所有的真相浮出水面，對尹熙謙來說，我只會是個沒有特別的理由，也會惡意毀掉別人人生的人。結合自己經歷的事情和之前聽到的傳聞，形成了對我這個人的認識，而對於金柳華在我這裡遭受的事情，自然也是以這種認識為基礎進行思考的。

我在沒有任何理由的情況下，毀了金柳華，結束了他的演員生涯。

「那天在您走後，我跑去追問柳華，那天到底發生了什麼事。」

其實我早該問的。尹熙謙用自嘲的語氣補充道。

「……我那天才第一次聽說，柳華是依靠包養人度日的。那天是他把你當成了目標，所以才會有後面的事情。」

尹熙謙說他對我說過的「你和那個叫金柳華的傢伙不是都很厲害嗎？天生就很擅長幫人口交」感到非常驚訝，是沒想到我也跟金柳華有過關係嗎？

也就是說，尹熙謙根本不知道。這也意味著我獨自產生的懷疑只是我不相信別人的心思編造出來的想像，我那樣訓斥金泰運，追尋的都只是假象。在重拍之前他們確實沒有見過面，之後只是單純為了拍電影，為了幫助生活困苦的熟人弟弟，所以與他見面的。

「在聽完那些糾纏不清的事情之後，我整理了一下思緒，好像懂您當時為什麼會生氣了，所以才會打電話給您，想跟您解釋清楚。」

然而，我並沒有接他的電話。

對此做出解釋的尹熙謙沉默了一會兒。在喝完我酒杯裡的酒之後，我在尹熙謙和我的杯子裡斟滿了酒。尹熙謙再次拿起酒杯，但是當我正在喝的時候，他也依舊只是拿著酒杯而已，而我喝的速度很快，酒勁便有點上來了，雖然加了冰塊，但洋酒本身的酒精度數就很高。即便只有我一個人在喝著酒，尹熙謙也不再繼續喝，似乎是想以清醒的狀態把話說清楚。

一片寂靜。

一口，又一口，我慢慢咽下了酒。

我多少有點寂寞，不得不從懷裡掏出香菸。因為尹熙謙不抽菸，所以在他面前我也會盡量不抽，但現在不得不抽了。

我從他那裡聽到了各種事情。我想找出的真相也許就如他說的那樣，只是偶然、不記得了、並不知情、他生氣過、知曉了之後才想解釋……也許這些都是真的。

「呼嗚。」嘆息般的煙霧從嘴唇間飄了出去。

可我還是不相信，最先出現的還是疑問。

他為什麼會想解釋？

是因為電影嗎？因為我手握發行公司？因為我毫不猶豫就能把幾十億韓元的作品毀掉，所以擔心就算是好作品也會被我毀掉嗎？還是說已經開始擔心下一部電影了？又或是尹熙謙知道我沒辦法動他，便擔心我會從金柳華身上下手，想保護他？就像挽回我，深情地問我是不是打算不再見自己的那時候一樣。

「……呼。」

我吐出了煙，最後自嘲地嘆了口氣。人天生如此，疑問接連不斷……

其實，現在這些一點都不重要了。尹熙謙的意圖和目的，想要弄清楚他在打什麼主意，懷疑、不信任，還有他是為什麼想延續我和他的關係，全都沒關係了。

我把香菸摁在菸灰缸裡熄滅，望著尹熙謙。可能是因為說得太多，尹熙謙顯得有些疲憊。在此之前，我們還會親切地進行一些瑣碎的對話，但在六個月的空白期後再次見面，連進行身體對話的時間都不夠，所以我們已經好久沒有進行這麼長的對話了。

他等待我回答的眼神微妙地顫抖著。

「尹熙謙先生。」

雖然在長時間沉默的影響下，我的聲音變得有些低沉，但多虧有酒潤喉，所以並沒有像剛才結束接吻時那樣差勁。

「先不說那一天的對與錯，我從來沒有忍受過有人違背我的意思，就算我有可能自己改變心意，但也不可能忍受別人推翻我的決定、反駁我，這對我來說就是在挑戰我，那讓我很不愉快，知道了嗎？」

反而聽起來還很從容，慵懶。

「所以我很生氣。雖然其他事情也讓我生氣，但這是最關鍵的，其他的……」

「……」

「我現在覺得其他事情，都無所謂了。」

尹熙謙的眼神抽動了一下。我不知道他為什麼會是那樣的反應，所以還是有點傷心。看起來像是害怕我會結束這段關係，明明我絕對沒有理由那樣做，你應該要討厭我才對啊。

啊啊，我決定不去想理由什麼的了。仔細一想，反正結論已經定下來了，我才明白，只有我自己無謂地痛苦著。

「因為我想要繼續維持這段關係。」

「……理事。」

尹熙謙動了。他用顫抖的聲音呼喚著我，不知不覺間，我被他擁入懷裡。我又開始混亂了，他是真的高興嗎？為什麼？怎麼會？是演出來的嗎？這樣的疑惑已經強烈地扎進了我的腦海中。

但他接下來的行為讓我的思緒再次散去。也許是因為拿著裝有冰塊的杯子，又或是因為緊張，連指尖都冰凉的手撫上臉頰，嘴唇疊了上來。

真好，我果然……喜歡他。

我張開嘴迎接就像是在纏著我、要我打開嘴巴，舔著嘴唇鑽進齒間的舌頭，吸吮了一下，酒勁和比那還要滾燙好幾倍、朦朧的東西一口氣在全身疾馳。

最終只能再次讓其刻骨銘心。

現在尹熙謙在想什麼，他有沒有在背後隱藏著什麼……這些我都不知道。反正我都無法相信，那我就只能在力所能及的範圍內小心、防範。

這段關係的盡頭到底在哪裡，感情的結局會是如何，除了親眼見證，別無他法了。

然而，這個凌晨，尹熙謙接到了一通電話。

我所想的結局來的比我預想的要快得多。

第14章

電影上映前的行程進行得很快。最後決定將媒體試映會和ＶＩＰ試映會快速走過一遍，而上映的日期也已經確定了。映前座談會、宣傳等等我都讓他們自己看著辦，並沒有參與，我甚至不需要讓他們在第一週多安排一些場次，這都是因為電影本身就非常優秀。

尹熙謙得參加製作發布會、試映會、各種採訪等活動，度過了忙碌的時間。電影似乎也沒必要進行盛大的宣傳，無論如何，可能是尹熙謙本身就具話題性，所以經常把他推到各處宣傳，而尹熙謙也沒有拒絕。這讓我有點煩躁，但我並沒有刻意介入宣傳方面的工作，因為這樣如果能補償尹熙謙失去的時間，那我就覺得這是我必須忍受的部分……他很忙這點，甚至還讓我變得比較放心。

「……我相信他一定會醒過來的。」

一邊接受閃光燈的洗禮，他一邊表情嚴肅地回答道。

這是尹熙謙來我家的隔天，在醫院門口接受的簡短採訪。短短的影片中，他的臉蒼白鐵青，臉上充滿了憂慮和憂愁，看起來十分痛苦。

雖然對某人感到很抱歉，但沒有什麼比這件事更能達到宣傳效果。當天的新聞立即進行了報導，電影《洪天起》自然而然成為了人們的話題。即使是共同出演電影的配角演員，也為了獲得採訪展開了激烈的競爭，對於製作公司方面的採訪也紛至沓來，在此期間舉行了媒體試映會。隨著電影的完成度和藝術性得到證明，人們對電影的關注度也進一步升溫。尹熙謙變得越來越忙，而我只能通過電視、影片、新聞照片看到他。

「我們到了。」

下車後，在我面前的是一棟巨大的醫院大樓，總感覺已經能聞到消毒藥的味道了。搭電梯到達的地方是一間單人病房前。保鏢們站著向我鞠躬後，為我打開了門，我便走進裡面。

除了「嗶嗶、嗶嗶」的機器聲，病房裡一片寂靜。

白色病床上躺著一個男人。除了一隻眼睛和嘴角，臉和頭都纏著繃帶，看不出長相。聽說他的傷勢非常嚴重，所以不得不像這樣纏著繃帶，還說他沒有馬上就停止呼吸已經很神奇了。雖然現在已經轉移到了普通病房，但也不知道他什麼時候會停止呼吸。

男人駕駛的是一臺陳舊的輕型車，舊到甚至讓人覺得報廢掉還比較好。那輛車失去了原貌，變得扭曲變形，讓人根本無法聯想到那原來是輛車子，完全沒有保護好司機。

他頭蓋骨骨折，腦出血非常嚴重，左側顴骨和眼窩也有嚴重骨折，嚴重到連眼球也受到了損傷，挫傷幾乎覆蓋了左側臉部，但這都不算什麼問題，因為他已經站在了生死的十字路口上。聽說撞到駕駛座側面的車導致駕駛座被嚴重擠壓變形，男人全身複雜性骨折，尤其是左臂和腿部幾乎無法進行接骨。車都壞成那樣了，人自然不可能完好無損。

據悉，男人被送到醫院後就立即進行了手術，雖然還有呼吸，但是否能醒來還是未知數，預後也不明朗。雖然周圍的人都還沒有放棄希望，但據我所知，恢復意識的機率非常低，即使意識恢復，也會留下嚴重的後遺症，一輩子都必須臥床。

我愣愣地望著男人的臉。雖然現在纏著繃帶，但我記得那是一張相當漂亮的臉。在車禍發生後，網路上不停出現他的舊照，但我記得的是他最近的樣子。螢幕上，帶著溫暖情感，洋溢熱情地看著養母的模樣和電影很般配，不得不承認他的演技非常好。

金柳華，這是躺著的男人的名字。

＊＊＊

「匡噹」的聲音從我的臥室傳來。不知道發生了什麼事，想說要進去看看，我於是站了起來，結果尹熙謙從房間裡衝了出來，比我的動作還快。只披著睡袍的他至今還沒清醒，又或是做噩夢時突然醒過來的，一副分不清現實的表情。我向著用手抹了抹臉，努力想清醒過來的他走去。

「尹熙謙先生？」

「理事，我的衣服……」

「在那邊的更衣室裡。」

尹熙謙朝我指的方向走去。雖然他走得很快，但是不知為何有些搖晃。我跟在不管怎麼看都不太正常的男人後面問道。

「怎麼了？」

「聽說發生意外了。」

他雖然做出了回答，反應速度卻與平時不同。不知道那場意外意味著什麼，但似乎給了他相當大的打擊。

剛剛聽完尹熙謙的解釋，簡單地填飽肚子後，我們……沒有做愛。雖然向著那樣的氣氛發展，但我還是把他推開了。我叫他去洗澡，尹熙謙便走進了臥房的浴室裡，在這期間，我翻了翻他脫下的衣服，直到確認沒有任何錄音設備後才拿出手機確認，但是因為被鎖上了，沒辦法確認，於是把手機放回原來的位置後，我也在別間浴室洗了澡。然而我當時的心情是難以用語言表達的骯髒。即便我以為自己已經整理好了心情，卻還是無法戒掉喜歡的心，同時也戒不掉懷疑，這讓我很痛苦。儘管在我心裡，覺得有些想法已經被整理好了……

唉，我竟然翻了別人的手機。我一直都有想要確認他手機的想法，但沒想到我居然會在也想跟他做愛的情況下把他推開，就為了做這種偷雞摸狗的事，這種想法一直折磨著我。雖然沒有被誰看到，但我為自己的行為感到羞恥。面紅耳赤，這種陌生的心情讓我的心裡很不舒服。

我該怎麼以這種心情面對尹熙謙？這樣的想法讓我洗澡的時間變長了。當我平靜下來，披著浴袍走出浴室時，尹熙謙已經睡著了。其實在進去洗澡之前，他的神色就已經有些疲倦了，也有可能是在為要說明事情而緊張，在緊張感解除後，來不及等我就睡著了，而我覺得這樣反而更好。

於是，我把在臥室裡睡著的他拋諸腦後，來到客廳，抱著「與其這樣又被思緒困擾著，不如工作吧」的心情看著文件。

「出了什麼意外？電影嗎？」

聽他說得如此嚴重，我最先想到的是電影，或許是剪輯好的影片被誤刪了之類的。

「聽說是出車禍了，是很嚴重的車禍，人有可能會死。」

他一邊回答，一邊穿起衣服，聲音和表情都變得僵硬。

「誰？電影相關人員嗎？」

雖然不是什麼特別的問題，但尹熙謙嚇了一跳。一時忘記要穿衣服，手停了下來，慢慢看向我，臉色非常蒼白。

「……是金柳華。」

……我還以為是韓柱成。如果有對他來說意義重大的人出了什麼差錯，可能會對尹熙謙造成很大的打擊，所以我的心情也很忐忑不安，為他擔心。但是聽到「金柳華」這個名字，我不知不覺間皺起了眉頭，這是無可奈何的。雖然車禍消息本身令人震驚，但金柳華對尹熙謙來說有意義重大到讓他這麼恐慌嗎？這種想法再次抬頭也是理所當然的。也許正是因為知道這點，尹熙謙才會即使在慌亂之中，也不願意告訴我是誰吧。

尹熙謙看著我，咬了咬唇，又開始穿衣服。看他那個樣子，我也脫下睡袍穿上衣服。

「……理事？」

「我送你過去。」

「不用了，我坐計程車過去……」

「我看你現在狀況不太好，就坐我的車去吧，這樣也比叫計程車快。」

我堅決地打斷他的話，尹熙謙就不再說話了。他剛才沒把溼漉漉的頭髮吹乾就睡著了，所以他的腦袋亂成了一團鳥窩。雖然希望他能整理一下，但似乎不能指望精神失常的他做到這件事。

我們一起穿好衣服，下到地下停車場上了車。我把車開向他所說的醫院，可能是因為太擔心了，尹熙謙的臉上充滿了焦急的神色。看到他這個樣子，我都想無視所有紅綠燈了，但是不能連我也跟著亂了腳步。

我們以最快的速度趕到了醫院。為了讓尹熙謙先在樓前下車，我把車停了下來，但我沒有跟在他後面一起進去，畢竟電話不是直接跟我連繫的，而且我跟金柳華也沒有私人交情，不僅如此，如果我跟尹熙謙在差不多的時間點出現，一定會顯得非常奇怪。

雖然很晚了，但我在醫院裡有認識的醫生，我便連繫了他。對方以剛睡醒的聲音接起電話，他說要確認一下到底發生了什麼事，過了十分鐘左右，他又打來了電話。

『聽說是出了很嚴重的交通事故，雖然金柳華先生滴酒未沾，但對方恰恰相反。金柳華先生的車是非常老舊的輕型車，所以連駕駛座都被撞爛了。顱內出血是最大的問題，還有頭蓋骨骨折，面部骨折，左側眼球也有損傷……甚至全身都骨折了，光是在被送往醫院的途中還有呼吸就是奇蹟了。現在正在為顱內出血進行手術。』

「手術還順利嗎？」

『……狀況似乎不太樂觀。』

「對方呢？」

『當場死亡。』

「……這樣啊。」

『那位是您認識的人嗎？我已經有跟院方打過招呼了。』

「他是出演我這次投資的電影演員，偶然聽到他出車禍的消息，讓我有點在意。這麼晚打擾您了，謝謝。」

『不會的，您客氣了。』

掛斷電話後，我愣愣地坐在車裡一陣子。因為尹熙謙實在太過驚嚇，而我似乎也受了衝擊，跟著暈頭轉向了起來。光是用聽的就知道情況並不妙。

尹熙謙應該受到了很大的打擊。如果聽到如此絕望的情況，肯定更是如此。

不是說只是認識的後輩嗎？不是說只是因為內疚，才想幫他一把而已嗎？就算是認識的人遭遇了可能會死亡的意外，有必要受到這麼大的打擊嗎？

啊……真討厭，我果然還是無法阻止自己的想法走向懷疑。不管怎麼說，尹熙謙在金柳華的意外中大受打擊，這本身就讓人感到不快和厭惡。即使兩人沒有在策劃什麼，我也非常討厭金柳華對尹熙謙有著與眾不同的意義這件事。

不知道手術會持續到什麼時候。我知道尹熙謙連連繫我的餘裕都沒有，所以在這個情況下，只傳一則訊息跟他說「我先回去了，到時候再跟我說明經過」比較合理。因為我沒有理由就這樣等到手術結束。

但不知怎的，我還是心想會不會等一下就出來了，一邊等待著。十分鐘，十五分鐘，就這麼等著，尹熙謙突然就打了電話過來。

「喂，尹熙謙先生，現在情況怎麼樣了？」

『……還在手術中，請問您現在在哪裡？』

「我還在停車場，不過準備要離開了。」

『那我去找您。』

當尹熙謙掛斷電話的時候，我抱持著「咦？」的心情。金柳華在單親爸爸的膝下長大，也與父親斷絕關係已久，幾乎已經沒什麼關連了，雖然其他工作人員應該也會來，但我原本以為尹熙謙會守在手術室前，但他說要來找我，是要來送我嗎？還是說他在那裡也沒什麼幫助，要和我一起先回去的意思？前者的概率也許很高，但我還是有點高興，這讓我覺得等待並非全是徒勞。

我在車裡等了一會兒，看到尹熙謙從那邊走了過來。他來我家時沒有穿外套，所以只穿著一件奶白色的針織衫，光用看的我都覺得冷了，對應該在家裡讓他多加幾件衣服這件事感到遲來的後悔。可能是因為汽車燈光的關係，他向這邊走來的腳步顯得搖搖晃晃的。不知怎的，我覺得無法忍耐，便下了車。雖說他是因為金柳華而受到打擊、感到傷心，這讓我很不愉快，但我還是想安慰他。看到尹熙謙情緒低落的樣子，我的心就會如此。

「理事。」

當我走近時，尹熙謙叫了我一聲。他的表情很奇怪，好像是受到了很大的打擊，可能是聽說金柳華的情況不樂觀，不知道手術能不能成功的事了吧。

「你還好嗎？我還以為你會說要在手術室外面等。」

「……」

「如果你要回去的話，我送你。」

「……」

但是尹熙謙沒有回答。他沒有上車，只是愣愣地站在原地看著我，可那個表情……真的很奇怪。因為天黑了看不太清楚，但他的表情似乎有些扭曲，又好像冷冰冰的，面無表情。

「尹熙謙先生，你還好嗎？情況很糟嗎？」

「……理事。」

尹熙謙終於開口了，可就連那道聲音也非常僵硬，我完全沒有預料到他會說什麼。

他說的話真的……

「……是您做的嗎？」

出乎我的意料。

「……理事，難道是您……」

「……我怎麼了？」

我反問的聲音也帶著寒意。

我不是不知道他在問什麼。在明白過來的瞬間，眼前一陣眩暈，頭開始刺痛。

「……理事。」

「你現在是在懷疑我嗎？」

是因為我不喜歡金柳華，覺得他很礙眼，為了收拾他才故意找人撞他的嗎？尹熙謙這樣問著，強迫我做出回答。

懷疑。

這是尹熙謙對我懷有的東西。他現在正向我流露出一種從未向我表露過的懷疑，無論是真的毀了他人生的時候，還是不懷好意地投資了電影的時候，又或是我對他做了任何事的時候，他都不曾表露過的懷疑。

明明我自己就一直在懷疑著尹熙謙，為了讀懂他所作所為背後的意義而那麼努力……

可他懷疑我的事實卻還是讓我感到非常陌生。那種心情和之前感受到的情緒……憤怒、悲傷和悲慘又是另一回事。

「如果我否認，你會相信嗎？」

我自己是無法相信。其實我完全不相信尹熙謙的解釋，不，應該說是沒辦法相信，因為不敢相信，所以沒辦法相信。但是現在尹熙謙在懷疑我，不管我說了什麼，他都有辦法相信嗎？

「是，我會相信您。」

「……」

令人驚訝的是，他的回答和我的回答不同。他相信，不管我說什麼，他都會相信我。可我連他說要相信我的話都不敢相信。

曾有一段時間，我懷疑他是否知道我對他的所作所為，當我認為他不知道的時候，也曾懷疑尹熙謙是否在懷疑我。我不是沒想過尹熙謙會對我抱有疑慮，甚至也有怕他懷疑而戰戰兢兢的時候。

然而，當我真的受到懷疑的時候……被喜歡的人懷疑，比我想像中還要痛苦好幾倍。腳下好像出現了泥濘，有種被拖進去了的感覺，又或是出現了又深又黑的龜裂，使我墜落其中。

「……這個嘛。」

那真的是一種很不愉快的心情。

直到昨天，我才明白無論我怎麼做，我都只能喜歡尹熙謙。我發現自己懷疑著他，同時卻喜歡他喜歡到沒辦法放下他，所以覺得怒氣、感情會全部因此消散，因為只要把他抱在懷裡親吻，自始至終折磨著我的感情就會消失得無影無蹤。想把他抱在懷裡的欲望支配了一切，其他什麼的都變得無所謂了。而這些真的是不到一天前的事情。

可又一次變得痛苦起來，不是為自身產生的想法和懷疑感到痛苦，而是因為受到了尹熙謙的懷疑。尹熙謙認為我是他身邊發生的事情的幕後黑手，這件事讓我感到既荒唐又氣憤，但這是對尹熙謙的憤怒嗎？不，其實是對我自己的憤怒。因為打造出讓尹熙謙不得不懷疑我的狀況的人，就是我——

「你想怎麼想就怎麼想吧。」

心如刀割，怎麼也說不出好聽話。尹熙謙的臉被影子遮住了，看不清楚，也不知道在想些什麼。

媽的，我本來都下定決心不去在意那些事了。因為就算在意，也沒辦法得到答案，我只能繼續喜歡著尹熙謙，才決定不去想的……我懷疑他、他懷疑我都是如此難受的事，沒有什麼是容易的。

眼角突然熱了起來，有什麼東西頓時湧了上來。雖然眼淚還是流不出來，但我寧願就這樣哭出來。既痛苦又悲傷，在那一瞬間，我寧願自己能哭得出來。

幾天過後。本來被判定沒有多少時日的金柳華從加護病房轉到了普通病房。他還沒有恢復意識，日後也還有待觀察，且醫生們仍然表示情況並不樂觀。他到底能不能恢復意識呢？會不會即使穩定下來了，也醒不過來呢……

幫沒有家人、也沒有所屬經紀公司的金柳華支付手術費，讓他可以使用單人病房，僱用看護，還有為了保護他不受記者影響，派保鏢守在病房前的人都是我。

電影投資人對演員感到惋惜而替他支付醫藥費，這樣如美談般的報導也被用於電影宣傳上。看完電影的記者們連日來都在談論金柳華，在電影中，不知他的演技有多耀眼，他的過去甚至都被挖掘出來，經過美化後被大眾所知。在沒能抓住機會而無法發光發熱的情況下，這部電影本來可以成為他的跳板，留下了這樣讓人感到遺憾的報導。

我其實沒有太大的感觸，但這場事故無論誰來看都會感到無比惋惜。諷刺的是，這場悲劇反而對電影起到了很大的宣傳作用。人們對電影的期待已經到了可以切身感受到的程度。

「……我應該感謝你嗎？」

我噗嗤一笑，自嘲地笑著望向金柳華。面對這樣面目全非的男人，我的厭惡之情依舊，甚至好像變得更討厭了。我討厭他對尹熙謙產生的更多影響，也討厭他占據尹熙謙內心的空間。

因此我產生了非常惡劣的想法。明知道這會成為他金錢上的負擔，但因為怕尹熙謙又會在意他，所以就花了自己的錢，但實際上我並不想幫他。

『……謝謝您，理事。』

自從我全額負擔了金柳華的治療費後，在為數不多的打來向我致謝的電話中，也包括了尹熙謙的電話。其實我甚至不喜歡尹熙謙為金柳華道謝。那是在那個凌晨，我們在寒風凜冽的停車場中，以不倫不類的狀態分別後的第一次連繫，雖然他的聲音沒有那天那般僵硬，但依舊有些生硬。

『我現在實在太忙了……我之後再打給您。』

這是一通只有簡短幾句話，毫無意義地約定下次見面的電話。他忙得就像他所說的那樣不可開交，但也有報告稱即便在這種情況下，他也會抽出時間去探病。到了病房之後，他經常會在昏迷的人旁邊坐一陣子才離開。

明明都不連繫我，明明連一封簡訊和一通電話都沒有。

雖然我沒有想來探病，結果還是在衝動之下來到了這裡。尹熙謙看著沒有意識的金柳華會想些什麼呢？因為好奇這點，我來到了醫院。可即便來探望金柳華，也不可能能夠了解尹熙謙的心情。

最後我沒待五分鐘就離開了病房。厭惡，對一切的厭惡把我的心染成了黑色，心情感覺比進去時還要慘淡了好幾倍。看到討厭的人變成那樣，我也高興不起來。

你就直接去死吧，這是我最真實的心情。

「……他媽的……」

但是要是這樣，尹熙謙又會懷疑我的吧。因為不希望他操心，所以想用我的錢來解決一切，可他還是會繼續操心，繼續懷疑我的吧，甚至連現在都在懷疑吧。

我根本不知該如何是好。原以為自己無論如何都不會放棄尹熙謙，只會忠於那分感情……但與我的意志無關，我感覺自己正在因各種情況而錯失他。就像沙子從指縫間溜走一樣，感覺在某個瞬間伸手一看，就會發現什麼都沒有留下。我還是很喜歡尹熙謙，每當有這種想法的時候，心就會瞬間下沉，好像被打通了一個洞似的。

精神就這樣一天一天地耗損下去。

不久後，金柳華終於咽氣，電影上映了。

票房預售率第一，上座率也遠遠高於平均水準。不僅是專家的評分，連觀影後的評分也接近九分。

尹熙謙的電影大獲成功。

第15章

尹熙謙在電影上映後不久的某一天打來電話。從聲音裡無法讀出他的心情，只是打來說今天能見面嗎，幾點在哪裡見面。聽到他說沒有要來我家或另一個家，而是在外面見面，心裡就莫名緊張了起來。直接在能做愛的地方見面，然後做愛，這樣我或許還能比較舒坦，因為每次和他在外面見面，好像都會發生不好的事。我有問他要去做什麼，但尹熙謙只說來了就知道，然後就掛斷了電話。令人欣慰的是，他的聲音聽起來並不算糟糕。

在公司的時候，我總是覺得時間過得太慢，焦躁得都快瘋了。報告書什麼的根本就看不進去，也沒辦法認真聽別人說話。因為頭痛，會議只聽了一下就出來了。我根本無法好好坐在那裡。

我連飯都沒辦法好好吃。我們約在晚上九點，那個時間點不可能是要去吃飯，所以總得吃點什麼填飽肚子，但實在太口乾舌燥了，我吃不下任何東西。

我想盡量保持平靜，但是在去見尹熙謙之前，我看到鏡子裡的我狀態並不好。原本就顯得蒼白的臉看起來像是生病了，眼眶凹陷憔悴。

他找我去的地方是江南的一家複合式影城，原以為是要在那棟大樓前見面，然而在我和他說我到達了之後，尹熙謙便要求我到電影院前等他。當時我也安下了心來，因為我覺得他如果把我叫到人多的地方，那就表示他應該不會談論到我們關係的事情。

但是在搭乘電梯的過程中，我的心臟跳得厲害，不知道是因為緊張還是不安。雖然沒吃多少東西，但胃裡還是不停地翻騰著。

一下電梯就人滿為患。但因為尹熙謙的個子很高，身材也很好，本以為很容易就能看到他的，可我卻找不到他。電影院特有的怪味和油膩的爆米花味道，還有甜甜的焦糖味全都混在一起，刺激著嗅覺，讓我的胃變得更難受了，我不想再待在這裡了。當我拿起電話，詢問他在哪裡的瞬間——

「理事。」

「！」

後面有一隻手抓住了我的肩膀，尹熙謙的聲音也同時傳來。尹熙謙站在我轉頭就能看到的地方，一時間，我嚇得連胃不舒服的事情都忘了。因為他圍著圍巾，用其遮住鼻子以下，還戴著眼鏡，我對他這副模樣非常陌生。這是我第一次看到他戴眼鏡的樣子，本來還想著沒事幹嘛在室內圍圍巾，就突然想到最近被電視和雜誌爭相報導的他，確實是有可能會被路人認出來。無論如何，看到他這樣在公共場所裡遮掩住臉的樣子，就好像在跟藝人見面一樣。藝人的存在對我來說並不新奇，但是在公開場合像在約會一般的感覺與眾不同，心情很奇妙。

「……呃。」

而且他穿的衣服還挺漂亮的。合身的炭灰色西裝，裡面還搭配著紅酒色針織衫。

可能是意識到我的視線，他聳聳肩說道。

「剛才有映後座談會。」

……啊，真的有必要做到這個地步嗎？就算尹熙謙本人確實是很好銷售的商品，但該被賣的應該還是電影吧，演員就算了，一定要靠賣導演來宣傳嗎？雖然他這個樣子很帥，但我還是很不高興。這麼多的人看著尹熙謙，他們心裡都在想些什麼呢？現在電影已經很賣座了，我滿腦子都在想必須去恐嚇他們不要再利用尹熙謙做這種事了。尹熙謙該不會也很享受聚光燈打在身上的感覺吧？如果他現在都已經不是演員了，卻還享受著他人羨慕的目光，那也會讓我很不開心。

「好久沒做這種事了，真不自在呢。」

可能是因為見面後我什麼也沒說，只是直直地盯著他看，尹熙謙尷尬地說道。

面。

自在，我便有點放心了，但同時也覺得奇怪，既然如此，為什麼還非要在公共場所見

不，應該說是因為遮遮掩掩的，人們反而會更加好奇他的真面目。因為他自己也覺得不

雖然他圍了圍巾也戴了眼鏡，但依然遮掩不住他的帥氣，人們還是不停瞄向這裡。

「怎麼不約在別的地方見面就好了？」

「因為我已經訂好電影票了。」

「……電影？」

最近《洪天起》在大部分的電影院都已經上映了，而其他同檔期上映的電影中沒有什麼讓我感興趣的。雖然有一部英雄電影，但因為已經下檔了，目前也只有小規模的電影院還有放映，可連那部電影我也已經看過了。

「時間快到了，我們進去吧。」

「什麼電影？」

尹熙謙悄悄拉著我的手，而我跟著他問道。尹熙謙猶豫了一會兒，瞟了我一眼說：

「我的電影。」

不是已經在內部試映會上看過了嗎？尹熙謙可能是從我的表情中讀到了詫異，於是補充道：

「我一直很想在觀眾席上看一次。」

這是一部他在剪輯時已經看過無數次的電影，即便是想在觀眾席上看，自己一個人或是找別人一起來看不就行了，我實在是無法理解他非要找我一起來的理由。最後一次和尹熙謙見面時，尹熙謙對我說的話是「金柳華的事故是不是您造成的？」，即便當時的情況非常令人震驚，但尹熙謙立即就懷疑了我，而我的回答不可能就這樣消除他對我的疑慮，他卻還是找我一起來看電影，我實在是無法理解這樣的尹熙謙。

我毫無抵抗地進入了放映廳，但是沒辦法消除心裡的不舒服。對於這個像約會一般的小小行動，我的心怦怦直跳，同時又鬱悶得焦急不已。

正在播放廣告的放映廳內幾乎座無虛席。雖說來到了電影院，我也已經很久沒有來普通電影院，而不是高級電影院了。爆米花的味道和咀嚼爆米花的聲音，以及咕嚕咕嚕喝著可樂的聲音都讓我很不快，我之所以還安靜地坐在座位上，都是因為這是尹熙謙想要的。

坐在座位上的尹熙謙解開圍巾，露出了臉。但那也只是暫時的，放映廳內很快就變暗，電影開始了。畫面上出現看過一次，不得不感到熟悉的場景。所以我沒有觀看電影，而是看著尹熙謙。雖然尹熙謙的視線只向著大銀幕。

電影以灰色天空中飄落著雪花，看著洶湧波濤的洪天起作為開始，回到了她的童年時期。小孩手裡拿著樹枝在畫畫，可誰也沒能看出那孩子的才能。她直到長大成人，成為成熟的女性為止，都沒有發光發熱，只能在辛苦工作一天後，依靠月光在泥地上畫畫，或是在集市上偷看畫家們的畫，這樣子度過每一天。這時一個男人看上她的才能，成為她的老師，並收留了她。她是個一點就開竅並會舉一反三的孩子，且老師發現的不僅僅是她的才能，當她把被泥土、灰塵和汗水弄髒的臉清理乾淨，穿上漂亮的衣服後，就連把她帶回來的老師都不得不對她的美貌讚嘆不已，她是一個比任何人都還要出眾的美人。她的美貌贏得了人們的好感，與外貌不同，洗鍊的粗獷野性畫風也受到了人們的好評，於是她以畫員的身分進入了圖畫署，與仰慕她的畫和美麗外貌的男人們交好，在輕鬆的互相調笑中，她露出了燦爛的笑容。

然而，人們關注的也只有她的外表。用指尖畫出的畫受到了稱讚，可那稱讚也只是為了博取她的歡心，她並不知道人們實際上會在背後嘲笑她的畫十分粗糙。當她得知時，她非常受挫，一直以來，她都以為靠近她的男人們是被她的畫所吸引，然而，畫只是一種工具，他們想要的都只是她美麗的外表罷了，沒有人關心她的渴望和她的本質。即使她把一切都傾注在畫上，也沒有人理解，從那時起，就是她絕望和挫折的開始。

電影講述了她通過畫作尋找自我而掙扎吶喊的情景。在一連串的事件中，洪天起得到機會的原因都不是出自對她作品的認可，而是男人們的戀情或欲望。洪天起沮喪、苦惱，但最終仍舊沒有握住那幾隻手。她獨自振作起來，重新握住畫筆，放棄她以前掌握的一切，回到了用樹枝在泥土上畫畫的時期，就只畫畫。守在四處漂泊畫圖的她身邊的，就只有她收養的兒子一人。

最後，洪天起終於完成了一幅山水畫。沒有落款的畫震撼、吸引了人們，許多人稱頌這幅畫，為了尋找畫家而急得直跺腳，但誰也無法查明畫家的身分，洪天起始終沒有站出來。

洪天起衰老的臉龐。不知道是充斥滿足還是悔恨的她的臉逐漸暗淡，電影結束了。隨著片尾字幕的上升，放映廳很快就亮了起來。與此同時，原本安靜的放映廳內恢復了喧鬧的聲音，其中還混雜著抽泣聲。我本以為這是一部讓人心痛、又會留下淡淡餘韻的作品，但電影似乎比我想像的還要讓人投入和感動。從洪天起受挫吶喊的中期開始，偶爾就能聽到哭泣聲了。

走出放映廳的人們一直在討論電影，哪個場面好、電影拍得真不錯、很感人，大部分都是這樣的評價，有的人眼睛腫了、紅了，甚至還有人用手背擦拭著眼淚。

電影確實很不錯，就連剛開始看著尹熙謙的我也漸漸被電影吸引，特別是重拍的後半部，演員換成朴世英，她不僅演技很好，還帶動了與其他演員的協同效應，所有場面的完成度都非常出色，所以雖然是已經看過一遍的場面，也還是很有重看的樂趣。當然，在觀看的過程中我也會偷看尹熙謙，在看電影的時候，我都會好奇創造出這部電影的尹熙謙會是怎樣的表情。雖然放映廳內很昏暗，我還是能依靠銀幕上的燈光看到他的表情，然而，尹熙謙並沒有做出什麼特別的表情。

再次看到金柳華出場的場面，他的演技果然很不錯。對於養育了自己，卻與自己年齡相差不多的養母，帶著不知是母子之情還是愛慕之情的模糊愛意，為她獻身，雖然沒有按照她的意願去畫畫，但是無法停止關心而流露出渴望的演技真的非常優秀。在那個年齡層的演員中，能演出這種演技的演員並不只有金柳華，但我能夠理解尹熙謙的選擇。

同時我也忍不住好奇金柳華登場時，尹熙謙會是怎樣的表情。因禍從天降，最終去世，就像自己的弟弟一樣，非常想朝他伸出援手的存在。尹熙謙為了金柳華的東山再起，不惜違背我的意願，讓他出演電影，可他最終仍離開了人世。他的意外事故為電影帶來了巨大的宣傳效果，因為是他的遺作，受到外界高度的關注，說起來反而是尹熙謙的電影得到了金柳華的幫助。當然，金柳華也獲得盛名，但沒有什麼東西比死後獲得的名聲更虛無了。在這種情況下，我既害怕又想知道尹熙謙看到出演自己的電影並一展演技的金柳華，會做出怎樣的表情，可我又不忍心看。所以我其實是在經過幾次嘗試後，才勉強偷看了他的臉。

他會皺著眉頭嗎？還是做出痛苦悲傷的表情？又或是眼角泛淚呢……

然而，尹熙謙的臉上沒有任何表情，那張臉跟觀看其他場面時沒什麼不同，就連我都覺得有點毛骨悚然了。

「尹熙謙先生，我們也該……」

心想差不多要慢慢起身了，我望向尹熙謙，但是我沒能把話說完。

「……」

忘記圍圍巾的尹熙謙露出臉，透過眼鏡看著從眼前經過的人們，聽著他們對電影的評價，眼中充滿了感動。他和我所坐的位置是橫穿放映廳通道的位子，我原以為是因為他的腿長，才會選擇坐這個位子的，但似乎並不是，他是為了看走出放映廳時，從前面經過的人們。尹熙謙的視線追著一個個慢吞吞地走著的人們。

他在看電影的過程中一直面無表情。即便是看著他所刻畫出的幽默場面、美麗場面、悲傷的場面、可憐的場面、悽婉的場面，和感人的場面時，也一直沒有流露出任何感情。明明是如同自己孩子般的作品，可他全程都只用平淡的視線凝視著銀幕。

他那樣的表情，望著看完自己的電影後，受到感動的人們的表情……

「……」

實在太奇妙了。

柔軟的嘴唇勾起淡淡的弧線，有時還會露出更深沉的微笑，每當這時，就連溫柔的眼角也會美麗地折起。隨著人們的說話聲，他微微轉過頭時就像是豎起了耳朵，他還會特別留心地看那些哽咽的人，似乎是很好奇他們在說什麼。看著從自己面前一個個走過的人的那張臉……

很高興，很幸福。甚至在眼前的人稱讚金柳華演技的聲音中，也露出了淡淡的微笑。

那張臉，比電影裡的任何場面，比哭著、感動地走出電影院的觀眾們任何一張臉……都深刻在我心中，不，就好像是在往裡面扎去似的，即使它疼得厲害，我也無法阻止。突然有什麼溫熱的東西湧了上來，就連呼吸都變困難了。

「……哈啊……」

滿足的深呼吸從尹熙謙嘴角呼出的瞬間，我胸廓繃緊，心裡一陣發酸，如果要形容那種感覺……就彷彿是滿足。雖然經歷了各種波折，但最終由我出錢製作的電影拍得很好。多虧了觀眾們的反應很好——

尹熙謙很高興。

我的心怦怦跳得就快喘不過氣來了，那是感動。不知從某個瞬間開始，我的感性變得麻木，無論看到什麼都絲毫不感興趣的我，卻在看到尹熙謙高興的臉時，心裡發酸到無法忍受。真想大聲喊叫，尹熙謙，能看到他那激動的臉，對我來說是世界上最令我感動的事。

所以，直到放映廳的最後一位觀眾離場為止，我都沒辦法說要離開。

「……我們走吧？」

尹熙謙問道。人們幾乎都離開了，放映廳裡空無一人，我雖然想回答，但怕聲音出不來，所以只是點了點頭。我為了起身，讓雙腿使力，但一瞬間差點就起不來了，搖搖晃晃的。因為某種感情，因為感動而變得激動，甚至感受到無力感，這是我生平第一次經歷的體驗。尹熙謙高興的表情對我來說就是這種程度的事情。

尹熙謙在離開放映廳的時候也露出了愉快的表情。電影從九點多開始，結束時已經超過十一點了，所以電影院裡比較冷清，人比剛才少得多。

我們等電梯等了很久。直到最後一批人乘坐的電梯上來，只有我們兩人坐上電梯。尹熙謙沉默著，而我也默默站在他旁邊。

氣氛並沒有變得低沉，可不知為何，我有種喘不過氣來的感覺。怦通，怦通，怦通，心跳得很厲害，連這個也讓我很不舒服。雖然不是冷冰冰的沉默，但在狹小的空間裡縈繞的寂靜讓人難以忍受。我明明幾乎是空腹，可還是覺得噁心。

因此，在電梯到了地下二樓停車場的時候，我急忙走出電梯。不知怎的，感覺就像被關在氧氣不足的地方，頭暈目眩。

「……理事？」

因為尹熙謙，我感到神經緊張。現在光是和他在一起我就快要瘋了，我喜歡他、想撫摸他，所以手指總是不停顫抖著，但同時也在觀察著他的臉色，我，我鄭載翰，哈哈，居然會看別人的臉色，真不知道尹熙謙為什麼可以那樣若無其事地對待我，為什麼要歪著頭呆呆地看著我，甚至用這麼可愛的樣子看著我，我完全猜不出原因，簡直讓我快要瘋了。發出呼喚我的聲音的那張嘴更是如此。

「……上車吧。」

好不容易說出口的聲音聽起來很難聽，就連發出這樣的聲音也讓人臉紅，我於是逃避似的打開駕駛座的門上了車。尹熙謙坐進副駕駛座，繫上安全帶，我輕輕發動了車子。

從距離上來看，這裡離我家很近，而且是尹熙謙已經住過一次的地方，但我要去的是為了和尹熙謙相處而買的公寓。我在車裡能感受到尹熙謙幾次看我的視線，但是並沒有對話來往，這種氣氛實在很沉重且不舒服。他和我都記得我們之前最後的對話是什麼，我清楚記得他對我的懷疑。

而尹熙謙肯定也記得我的提問。那麼，他現在又是如何看待那分懷疑的呢？我無從得知他的懷疑是不是變得更加堅定了，不知他是為了觀察我才找我來的，還是他不管以什麼方式都想消除對我的疑慮，便像以前那樣對待我，而我的想法更傾向前者。因此這股氣氛更讓我不舒服，我有多想跟他在一起，就有多想跟他分開。雖然開始積雪了，天空也還在下著雪，但所幸沒有塞車。

「……慢走。」

我把車停在公寓前面的停車場內，卻連方向盤都無法放開。我裝作若無其事，假裝感受不到這種氣氛，望著尹熙謙。相反的，尹熙謙帶著有點吃驚、又或是慌張的表情看著我。

「……理事呢？」

「我還有工作要處理，我是抽空出來的，所以還得回去。」

「這麼晚還有工作嗎？」

「進到總公司之後有點忙。」

我全是在胡說八道。正如他所說，現在是午夜，這個時間哪會有什麼工作，全都是不像話的鬼話。我也對這樣的自己感到陌生，但我正試圖逃避這種情況，就連我自己都覺得荒唐。

我喜歡尹熙謙，越看著他就越感到喜歡，現在只要一看到他，內心就會發熱，所以我本來覺得自己絕對不能放開他，不管尹熙謙的意願，我一定要擁有他……

「……希望您注意身體健康，別累壞了。」

……溫柔說話的尹熙謙比先前更讓我心痛好幾倍。在這段懷疑和懷疑層層累積，留下的感情只剩厭惡和憎恨才算正常的關係中，傷害到我的反而是他的溫柔。

如果他拒絕、討厭我的話，我覺得還可以強迫他。其實我本來打算在他沒有連繫的期間，給他一些時間了解情況，然後再採取任何手段，讓他不得不來到我身邊，為此我甚至已經安排好了很多事情。如果我想要的話，尹熙謙就只能被我綁住，不對，他必須按照我的意願，假裝想要我才可以。為了滿足我的需求，我已經做好了充分的準備。

但是，這種不符合我們狀況的溫暖、柔情讓我感到困惑。

「……我會的，晚安。」

我只是簡單回答了一下，聲音卻有些哽咽，這很奇怪。

尹熙謙又看了我一會兒，下了車。雪花正紛紛飄落，我呆呆地看著他朝著公寓門口走去。他的肩膀上也落上了白雪，背影在橘色的路燈下，不知怎的就像是電影裡的一幕那樣帥氣。

我覺得看著他遠去身影的我很可笑，明明連眼睛都無法從他的背影上移開，又該怎麼送他離開呢？我想要馬上衝出去叫住他。明明車內的空氣被暖氣加熱著，我卻突然感到一陣寒意。出去吧，出去抱住他，和他分享體溫吧，當這些衝動將我俘虜之時。

突然，本來走得好好的尹熙謙轉過身，蹣跚地向這邊走來。我把車窗搖下，雪花飄落到車裡，寒氣與冰冷的冬天空氣共同襲來。

「唔……！」

尹熙謙從窗外鑽進來，咬住了我的嘴唇。他的衣服、臉和皮膚上的空氣都很冷，可只有他捂住我一邊臉頰的手心，卻像包住、吸吮著我的嘴唇一樣炙熱，燙得像要融化了似的。又溼又軟的舌頭鑽進嘴裡，既滾燙又甜蜜。我們兩人都同樣急迫地吻著彼此，但依然濃膩、淫靡。吸吮舌頭，蹭著嘴唇，呼吸的同時將唾液吞下。在絕對無法消除的口渴中掙扎，感覺就快要死了。

尹熙謙的手揉了揉我的耳垂，溫柔地包裹著下巴和臉頰，傳遞溫暖。我慢慢睜開眼睛，被熱氣浸溼而發紅的眼角裡，有一雙黑色的眼睛凝視著我。那種眼神……是誘惑、甚至頹廢的。

「上來坐坐再走吧。」

「……」

我沒能回答，只能呆呆地看著從窗戶退出去的尹熙謙把車門打開。他向我伸出手。

那是一雙我絕對無法拒絕的手。

進到家裡，門一關上，連玄關到客廳的走廊都還沒通過，尹熙謙就把我推到了牆上，嘴唇隨之貼了上來。剛才那激情的親吻不知去哪了，這次的吻非常溫柔。伴隨著「啾、啾」搔癢聲音，我的唇在他的嘴唇之間輕輕闔上，然後反覆鬆開。搔癢變成了刺激的快感，在脊椎上疾馳。尾骨發麻，肚臍內側似乎也搔癢了起來。我開心得眼眶都熱了起來，因為不滿足，我張開嘴想更深地歡迎他。

但每當這時，尹熙謙就會惡作劇般地將嘴唇收回，於是我把他拉向自己，試圖把舌頭伸進他嘴裡。當我急切地想要更深入的接觸，尹熙謙就會吸吮我的舌頭，可是我根本來不及享受更深層的交纏，他就會像剛才的吻一樣，「啾」地輕輕吸一下舌頭就離開。

當我心想著他這是在逗誰呢，皺著眉頭看向他的瞬間。

「……」

哈哈，尹熙謙笑了。他的嘴角上揚，嘴唇勾起弧線，露出整齊的牙齒。雖然只是像一陣風吹來，微弱的聲音在耳邊掠過，可他確實在笑。

我不太記得他上次在我面前露出這種純真的笑容是什麼時候的事了。是尹熙謙什麼都還不知道的時候嗎？還是他誤以為我是在對他釋出善意的時候？雖然當時我們見面都是在做愛，但也還是會一起吃飯、話家常的。他那時候有笑嗎？他有笑過嗎？我記不得了。

那副表情讓我神魂顛倒。是在螢幕上笑得燦爛，令我心動不已，使我有生以來第一次產生這種感受，甚至讓我誤以為覺得那是種厭惡感的笑容，但我感覺時至今日，才第一次看到這種笑容。

不對，是第二次，剛才在電影院的時候，他也露出了這種表情。那不是在對我微笑，雖然和現在的笑容有點不同，卻能讓我喘不過氣來。渾身都沒力氣了，看到那副表情，我的腿都軟了。

這是我在尹熙謙臉上見過最棒的表情。

真好。我的眼眶發燙，感覺好像要流下生平從未有過的眼淚一樣……我真的好喜歡那樣的表情。僵硬、面無表情、氣憤、大吼大叫、懷疑的表情。

我所認識的尹熙謙的表情只有這些。

一瞬間，我感覺自己好像迷路了。原以為自己在錯綜複雜的路上狂奔，終於找到了方向，沒想到盡頭卻是懸崖，最終只剩下墜落谷底的感受。相反的，其他道路又雜亂無章地交織在了一起，怎麼也找不到出路。

我現在真的不知道了。不知道……我現在想做什麼，真正想要的是什麼，又是怎樣的心情，完全摸不著頭緒。我喜歡他、想要他，但我懷疑他、無法相信他。可是我不會放手，哪怕是演出來的表情，還是輕蔑的眼神，我全都要擁有。我明明這樣下定決心了……

但我看到了他沉浸在喜悅中的神情，看到他向我露出的微笑，連是不是演技我都不想分辨，甚至連掌握其意圖這件事都令我感到疲憊。我根本不知道自己想要什麼，思緒徬徨不定，最終變得支離破碎。

「……理事？」

三十多年來，就像一座堅固的城堡，從未動搖過的鄭載翰的心如今裂成兩半，不，是裂成了四半，心情非常慘澹。

「理事。」

「放手。」

我沒辦法再繼續看著尹熙謙了，他的熱情和柔情讓我非常痛苦。

「理事。」

尹熙謙再次抓住了我，但我還是甩開了他。剛要開門出去，炙熱的手掌就又抓住了我的手臂。這次他好像不想放手，抓住我的手用力到我都覺得痛了，如果不出力應該很難掙脫。當然，我也是個男人，只要使出力氣就不會掙脫不了，但我連使力的餘力都沒有。

「喂，尹熙謙先生。」

「理事，您怎麼突然——」

「你不要碰我，給我放手。」

「……」

就像要無情地劃清界線，我生硬冰冷的語氣讓尹熙謙也僵住了，他用驚訝的眼神看向我。趁著他有點鬆手，我猛地甩掉了他的手。

尹熙謙終於放開了我。

「……理事。」

感到莫名其妙的表情，然而我的態度依然強硬。是啊，這就是我所熟悉的尹熙謙的樣子。既熟悉又讓我心痛的那種樣子。

「別跟著我，我要走了。」

現在尹熙謙的一切都太讓我痛苦了，所以我只能將他推開。

即便尹熙謙只是抱著我、吻了我，我也還是只能從他的身邊逃開。

＊＊＊

YouTube上尹熙謙的影片變得越來越多了。以前只有為數不多的演員時期影片，但現在不僅是最近的影片，連過去的影像也變得更加豐富多彩。二十幾歲的尹熙謙和三十幾歲的尹熙謙，雖然沒有長出皺紋，臉上的紋路也沒有變深，但可能是因為打理和不打理有差，又或是因為歲月流逝，兩張臉的氣氛截然不同。儘管如此，不管是演員時期還是現在，都讓我有一種既朦朧又奇妙的感覺。

待一部影片播畢後，我又點擊了下一部。這是最近的映後座談會影片，我已經不知道看了多少次了。電影的映後座談會通常都只會上傳拍攝演員們的影片，可《洪天起》的映後座談會一定都會有導演，甚至還有在其他演員說話的過程中，只拍攝尹熙謙的影片。特別是幾天前穿著炭灰色西裝、白襯衫，還有酒紅色針織衫的模樣，論誰來看都會覺得很帥，所以那天拍攝他的影片特別多。

和我在一起的時候，他還戴著眼鏡。雖然中途把圍巾拿掉了，但他戴著黑框眼鏡的樣子讓我覺得既陌生又新鮮，我覺得他甚至很適合戴眼鏡。啊，說到這個，不知他是從什麼時候開始摘下眼鏡的，在電影院裡的時候他還戴著眼鏡，直到坐電梯下來時也還戴著。是上車之後摘下的嗎？當我叫他回家，他反問我要不要一起上樓的時候，尹熙謙好像已經摘下眼鏡了。尹熙謙本想回家，卻在中途返回，穿過車窗與我接吻的時候，他和我之間沒有任何障礙物，所以那時肯定已經沒有戴著眼鏡了。

我呆呆地望著平板電腦裡的影片，不知不覺就播畢了，可能是過了一段時間，螢幕變得有些暗。我想按重新播放，但在手開始動之前，螢幕就完全黑掉了。在那黑暗的畫面上，側身躺著發呆的我被映照出來。我一直以為自己長得犀利又敏感，但現在看來還真是一張愚蠢的臉。

眼睛發澀刺痛。也不知道我現在是靠著什麼樣的意志力待在公司的，上班後連一天是怎麼過去的都不知道。不知從什麼時候開始，變得什麼事都不想做，於是我解開領帶，鬆開衣領和袖子，躺在沙發上用平板電腦看著YouTube。不知不覺間窗外已經黑了。

眼睛像是進了灰塵一樣刺痛，我閉上了眼睛，把平板電腦隨意一放，用手抹了抹臉，按摩了一下眼角，可緊繃的感覺還是一樣。

不過手中的熱氣似乎能讓眼睛舒服一些，於是我用手輕輕壓了壓眼皮，視野因此完全轉暗，而在那黑暗中……

「唉……」

尹熙謙的臉浮現在眼前。不知疲倦地浮現的記憶和湧上心頭的思念讓我忍不住嘆了口氣。在這種情況下，他向著車子走來的樣子變成影片在腦海裡播放。頭和上半身突然從窗外鑽進來，他的臉就在眼前，接著我們接了吻，當時無法抑制的激情浮現的同時，眼前的景象也隨之改變。我的背靠在家裡走廊的牆上，尹熙謙焦急地不停親著我。我想擁有他，只要和他接觸，我的內心就會感到不適，好像有什麼東西回到了原位。不，我說不定會更加混亂和動搖，但那是甜蜜的混亂。

而且，也不難預測接下來的景象。只要閉上眼睛，哪怕只是短暫地沉浸在思緒中，也一定會重複出現，無論想到什麼都一樣。不僅是和他不久前的接吻，只要是想起我們一起度過的任何時光，結尾都只會有一種。

哈哈，尹熙謙笑了。

「……」

現在應該說是一場噩夢了，徹底成為了噩夢。刺痛的感覺太痛了，簡直要碎掉了。我無法忍受胸口的刺痛，睜開了眼睛。怦通、怦通、怦通，心臟就像是要穿破胸口跳出來一樣。

且不說那些不停浮現的思緒，最後浮現的、尹熙謙那毫無瑕疵的微笑折磨著我，這是多麼諷刺的事情啊。那微笑讓我的心跳得好痛，甚至火熱得有點發癢。總是有某種讓我哽咽的東西湧不上來，馬上就要溢出來了似的。真好，我真的太喜歡了。好像心碎了也無所謂，我喜歡他的笑容，所以也只能領悟過來。

我想要的終究是尹熙謙的笑容。

「……媽的……」

而且，這對我來說是一件痛苦得令我無法忍受的事情。

我突然從座位上跳起來，打了通電話給金泰運。之前他走進辦公室問我「還不下班嗎？」的時候，我已經躺在沙發上了。在聽到我說「我會自己離開，全都給我滾」之後，他沉默了一會兒，就安靜地消失了。

『是，理事。』

「幫我訂個電影票。」

『您要訂哪部電影的票呢？』

「尹熙謙的電影。」

『……我去您辦公室找您。』

他說完就掛斷了電話，我叼起香菸點了火，都還沒來得及吸個幾口，他就進來了。似乎是沒有下班，一直守在外面，果然真是忠誠啊。

「載翰。」

我一瞬間還以為那個混蛋吃錯藥了。即便我吐著煙看向他，他的視線和態度都一樣堅定。我有一種直覺，他這是又想裝大哥了。

「你還不如直接打斷他的腿，讓他哪都去不了。」

「……什麼？」

「不對，其實也不用做到那個地步，反正你不就是為了這個，才幫尹導演還清債務的嗎？」

與其說是幫他還錢，還不如說是把他買下來了。金泰運喃喃自語地補充道。

正如這句話所說。尹熙謙欠下的債務金額沒有變化，只是他現在需要還錢的債權人變成了我。如果問我是不是無意接受尹熙謙的還款，只是想替他還債的話，我一開始的確有過這樣的想法。因為我親眼看過債務催收業者去尹熙謙家鬧事，我無法忍受那時的心情。

但是在我領悟到自己對他的感情之後，我改變了主意。當我意識到無論他對我做了什麼，我都能喜歡他到足以忍受這一切的時候，我絕望了，但還是決定不擇手段地擁有他。無論如何，尹熙謙都逃不出我的手掌心。如果他拒絕我並逃跑的話，那真的就如金泰運所說，我甚至想過要打斷他的腿，讓他哪裡都去不了。當然，我不是想造成他身體上的障礙，但即使不是這樣，我也有很多方法能束縛他，錢還有債務才是最好的項圈。

因為長時間對我的認識，金泰運非常了解我的個性，同時也知道我做事的方式。

「我是在問你為何什麼都不做，就這樣袖手旁觀？想要就拿走啊，你不是想要他嗎？」

正如他所說的，我一生中只要想要什麼就能擁有什麼。只要我願意，那麼伸手去抓就可以了。即使不是我的，讓他自己走進我的懷抱也不是件難事。我一直以來都過著這樣爭取、擁有的生活。有多輕易擁有的，我就能多輕易拋棄。

「你還是第一次這麼感到痛苦。」

真是令人咋舌的忠誠。剛開始害怕我會對尹熙謙造成什麼傷害，戰戰兢兢地在我面前忙著把他趕出我視線外的金泰運，現在卻叫我即使是毀掉尹熙謙的人生，也要擁有他。哈，我不禁失笑。

態度一百八十度大轉變的金泰運雖然可笑，但更可笑的是我也有這樣的想法。反正尹熙謙肯定會想製作下一部作品，這也能成為很好的藉口，或者最簡單的就是他的債務，用錢把他綁起來又該有多簡單呢。就算他拒絕我，只要我不放棄他，我就不可能放他走。我還想著如果他想利用我，我就乖乖讓他利用，然後反過來把這個變成綁住他的枷鎖。

明明應該是這樣的。

「……你還是閉上嘴去幫我訂票吧。」

尹熙謙的臉再次浮現在眼前，心臟一陣刺痛。這到底要到什麼時候才能結束呢？到底有沒有盡頭？因為這個誰都無法回答的問題，我簡直快要發瘋了。我總是會想起尹熙謙流露出的喜悅和幸福，真的就快瘋了。

放映廳的燈光變暗，電影開始了。隨著電影結束，燈光也亮了起來。我呆呆地看著黑色畫面中出現的白色文字，雖然想從椅子上站起來走出去，可是身體太沉重了，我站不起來，想要再繼續坐一下。

電影就跟我與尹熙謙一起看過的一樣，甚至連電影院和座位都一樣。聽說有很多人都在二刷、三刷電影，而我也覺得重新看過一遍的感覺還不錯。因為是第三次看了，所以看得也比以前更加詳細，我這才發現原來還有這些內容，原來尹熙謙為了表現出這種感覺，所以在這邊用了這種光影對比啊，看來他花了很多心思在色彩安排上。不知怎的，感覺就好像更仔細地觀察過尹熙謙一樣。

如果要說有什麼不同之處，那就是放映廳裡鴉雀無聲，即便是燈亮的現在也是。我和尹熙謙一起來看的時候，放映廳內到處都是讓他移不開視線，用表情和肢體語言表達著感動、嘰嘰喳喳地說著感想的觀眾們。

但是現在巨大的放映廳內一片寂靜。除了製作人員名單捲動時的背景音樂之外，能聽到的就只有我的呼吸聲了。

這是本來沒有被安排上去的場次。讓空著的放映廳播放電影，買下兩百五十多個座位，空蕩蕩的觀眾席上只有我一個人坐著。雖然電影院歸我所有，其實不買這些位子也沒關係，但如果這樣有助於累積觀影人數的統計，那這筆錢也就沒什麼好可惜的了。不，比起這些，我還想為他做更多。即使尹熙謙作為導演的能力已經得到了充分的認可，正在掀起票房熱潮，但我還是希望自己能在其中發揮更大的作用。

我突然想起聽到我說要支付全部的電影票錢後，金泰運變得扭曲的表情。以前不管我做了什麼，他都不會認為我瘋了，可看來他這次是真的把我當成瘋子看待了。難怪金泰運會說我「怎麼什麼都不做」，在別人眼裡我有多可悲啊。

啊啊……

「……好想你。」

自由自語最終還是爆發了出來。我想堵住自己的嘴，便把手舉了起來，卻因為眼角讓人無法忍受的刺痛，只能放棄嘴巴，選擇用手掌使勁壓住眼睛。不出所料，在暗淡的視野中，又浮現出了一張臉。

我想他，其實我真的非常想念他。明明也不是不曾分離過，可我之所以會如此想念，應該是因為我把自己的感情看得更清楚了。我察覺自己真正想要的是什麼，所以想擁有它，想要得讓我不寒而慄……

就直接伸手奪取吧，把他握在手中啊，這不像我，有什麼好苦惱的，不是已經下定決心不為這些考慮了嗎？內心響起了這樣的吶喊。

我也很想那麼做。

但是我突然想起尹熙謙的笑容，每當我想起尹熙謙看到被自己電影感動的人，流露出了幸福表情的時候——

真是心如刀割。

那是我想從尹熙謙那裡得到的東西，同時也是我早就從尹熙謙那裡奪走的東西，是我親手把一切都毀了。

「……理事。」

我還以為自己幻聽了。

但是當我放下壓在眼睛上的手，看向前方時。

「……」

尹熙謙就像騙人一般地站在那裡。

說了很想他，就真的像假的一樣，見到了他。

「……尹……熙謙……？」

但他真的很像尹熙謙。

「嗯，理事。」

聽到他的回答，過了好一會兒，恍惚的腦子裡才恢復了現實感。他真的是尹熙謙。

「……怎麼會？」

我詢問的聲音微微顫抖著。

「因為我覺得只要來到這裡，就能見到您。」

謊言。雖然我一下子就識破了那句話是謊言，但我並沒有說出來。我就只是站了起來，腿不自覺就軟了，所以有些不穩。尹熙謙好像是想抓住我，但幸好我自己站穩了，躲開他向出口走去。

「理事。」

尹熙謙跟著我，但是我沒有餘裕回答他。坦白說，我當時處於恐慌狀態。什麼啊？為什麼？他怎麼會來？尹熙謙為什麼會在這裡？他是聽誰說我在這裡的？他是怎麼知道我的行蹤，來到這裡的??

突然，尹熙謙抓住了我的手。

我嚇地一震，想甩掉他的手，尹熙謙卻緊緊抓住我的手臂，大步流星地拉著我的手進了附近的廁所。凌晨一點，雖然有午夜場電影，但由於還在播放中，所以影廳和廁所裡都沒有半個人。「砰」的一聲，門在我背後關上了，我背對著門被尹熙謙擋住了。尹熙謙還把手臂撐在我兩側，不讓我逃脫。

「我們談一談吧。」

「……談什麼？」

「您現在這是在做什麼？」

尹熙謙好像生氣了似的催促著我。表情嚴肅，聲音生硬，沒有從中感覺到寒氣算是萬幸嗎？不，我覺得已經到了極限，好像不能再這樣下去了。

「您這是什麼意思？是在炫耀自己很有錢嗎？電影早就賣超過收支平衡點了，您為什麼還要做到這個地步？」

「住口。」

我拉開他的手臂，試圖掙脫，就算是逃跑也無所謂，別再逼我了，也不要擺出那種表情。實際上，我不得不努力咽下這些吼叫，尹熙謙一直把我逼到懸崖峭壁。

「您現在是不想談也不想見到我嗎？您為什麼要把我推開？」

「我叫你別說了。」

「是金柳華嗎？是因為金柳華嗎？我解釋得不夠多嗎？您還想知道什麼？直接問我啊。」

我想推開尹熙謙，他反而抓住我的雙臂往牆上壓，但畢竟我也是男人，沒有什麼比不過的，於是我用力抽出手臂，推向他的肩膀，但是尹熙謙絲毫沒有感到疲憊，他的執著簡直無法用語言來形容。只要我抽出手臂，他就會再次抓住，抽出，又抓住，抓住，再次抓住，還是抓住。被他用力握住的手臂傳來了一絲痛感，說不定他的手印已經如烙印般殘留在我手上了，搞不好還會瘀青。他為了不被甩開而用力的手指嵌進了肉裡，我又再次甩開他的手，將他推開。老實說，我其實很想揍他一拳，但又不忍心，感覺就快瘋了。喘不過氣來，理性被燒得焦黑。在無法順心如意的情況下，甚至連逃都逃不掉，我真的就要瘋了。

「你問我啊，直接告訴我啊！不要用這種方式把人搞瘋……！」

「媽的，現在真的快瘋掉的人是誰啊……!!」

這真的是我的極限，「啪嚓」一聲破裂的聲音不知是從哪裡傳來的，就像保險絲被燒斷的聲音。我再也、再也無法忍受了，他媽的，如果再這樣下去，我真的就要死了。

「我……！」

喘不過氣來，好像缺氧了，頭有點暈。這是我絕對不想說出來的話，是我永遠不會說出口的話，也是不該說的話。

「我他媽的。」

但是現在真的忍不住了。我明知如此，也只能從懸崖邊跳下，我墜落的身體和心很快就會變成一塊塊破碎的肉片。明知如此，我還他媽的……明知如此，現在也只能說了。

「……喜歡你啊。」

我喜歡你。

「我說我他媽的喜歡你。」

我因此喪失了自我，正在走向瘋狂。

「……」

尹熙謙的眼角抽搐了一下。

他露出了吃驚的表情。是啊，嚇到了吧，肯定會嚇到的，畢竟當初是我讓他的人生跌入深淵的，現在卻說喜歡他。這段時間，他不可能沒聽說過關於我的傳聞，而那傳聞中的混蛋竟然喜歡自己，對他來說該有多搞笑啊，我看起有多像個瘋子啊。

我應該慶幸尹熙謙沒有嘲笑我嗎？他的表情消失了，彷彿不敢相信似的驚訝地看著我，眼神閃爍，嘴唇一動一動的。但是我無法等待尹熙謙的回應，神經末梢已經被燒得焦黑，胸口崩潰的疼痛讓我再也無法忍受了。

「……但是我……不想被利用。」

他的濃眉扭曲著，但這是事實，我之所以那麼懷疑尹熙謙的原因？就是因為不想被利用，因為真的不想被尹熙謙利用。

向我示好、接近我的人都會帶著某種理由，就連純粹的好意最終也會因我的利用價值而變質，這對我來說是司空見慣的事，或許也有可能是理所當然的事，因為我所擁有的東西就是那個樣子。

所以我覺得很不舒服。被感情影響的我只會變得容易被利用，因此我避免被利用的方法就是將感情和關係屏除。儘管如此，如果還是有人想對我做些什麼，那我就給予相同回報就行了。因為沒有感情，復仇也不會是件難事。

但愛情是絕對不可能讓我這麼做的。因為有愛，因為喜歡，只要一想到尹熙謙為了利用我而演戲，就覺得眼前一片渺茫。被利用也無所謂？要以此為藉口留住他？其實全都是放屁。我這麼喜歡他，是不可能就這樣滿足、安心的。只要一想到他就覺得不安，心臟被掐緊。假設真的出現這種情況，比起憤怒，我更會感到絕望。即便如此，也不能因為我欺騙了自己而去報復尹熙謙。為什麼？因為我喜歡他，因為我太喜歡他了。

為了不讓想像中的那種可怕的情況發生，只能懷疑又懷疑。尹熙謙總有一天會在背後捅我一刀，他肯定就是那樣的人，如果我不這麼想，卻在未來的某天真的變成現實的話，那我一定會受不了而崩潰的。

然而，我懷疑尹熙謙，尹熙謙也懷疑我，這真的是件讓人心焦的事情。對關係戀戀不捨，無法控制，卻無法收回懷疑，這真的非常令人痛苦。光是自己對他的懷疑就讓我夠難受了，他懷疑我又是比想像中更大的痛苦。

「你這麼做是在想什麼，是想利用我？還是想背叛我？我現在已經厭倦這種懷疑了。」

「……」

「我也不想被這種情緒擺布，因此而痛苦。」

我好像有些哽咽，可是話一旦開始說，就變得容易說出口了。是啊，雖然感覺非常悲慘，以後回想起來，說不定還會羞恥得想殺了自己，但至少心情舒服了不少。

「我什麼都不想要，所以拜託你離我遠一點，否則我說不定真的會毀了你。」

然而，我連這點也做不到。我很清楚自己就算被尹熙謙背叛，我也報復不了他，單憑這失控的感情是不可能傷害到他的。尹熙謙睡著時流下的一滴眼淚讓我心痛地放下了一切，也承認了一切，我親手在他身上留下的傷口，反倒讓我受到了更大的傷害，在這種情況下，我怎麼有辦法將他毀掉呢？

儘管如此，尹熙謙是否能理解我這想粉碎一切的心和衝動呢？

他幸福的表情，他的笑臉，這些絕對不可能是我的。即使我對他再好，尹熙謙都不會忘記過去。

然而，我想要的終究是尹熙謙的幸福和喜悅。那些卻是我絕對給不了的，無法因為我而擁有的。

如果因為我的幫助，他拍出了一部好電影，而那些被他的電影所感動的人應該也會為他帶來快樂吧。那時流露出來的激動表情，今天來到電影院時，我不斷想著那個表情，問自己是不是光憑那張臉就能感到滿足。我不知道該如何讓他對我露出微笑，不知道該怎麼讓他因我而笑，雖然在和他相處的那段時間裡，他有因對話和身體接觸露出笑容，但我已經記不清那是什麼樣的微笑了。

若是他因為見到我而露出像陽光般燦爛的笑容，我反而會產生懷疑，因為我覺得尹熙謙不可能會這樣對我笑，所以這樣是不行的。我會懷疑他是在打什麼如意算盤，才會用笑容來討我的歡心，光是用想的就覺得神經緊繃，我已經因那該死的懷疑而精疲力盡了，可我卻無法停止懷疑。

如果幫助他拍電影，可最終我想要的東西還是不能完全屬於我的話，我肯定會痛苦得想去死，就連現在我也覺得痛苦得快要瘋了。因為我太喜歡他，所以我連碰都不敢碰他，相反的，如果他不能屬於我，我就會想把他撕成碎片。若是將其稱為占有欲豈不是太狠毒了？就連我都了解自己有多狠毒，我怕那狠毒最後會毀了他，甚至連這個都讓我害怕。

我就是這麼喜歡尹熙謙，喜歡得要命。不想被利用，所以懷疑，又會因為太喜歡他，連懷疑都讓我感到痛苦，希望他能因我而笑，但又做不到，因此會再次懷疑他的笑臉。

如果殺了他，然後我也跟著去死，這樣會變得比較輕鬆嗎？我生怕自己最終會因為這種想法而傷害你，所以現在連貪心都不敢貪心。

「放開我。」我再次低聲說道，試圖甩掉尹熙謙。該說的都說完了，我現在只想往沒有他的地方而去。

然而，尹熙謙再次緊緊抓住了我的手臂。

「……怎麼會有人能直到最後還這麼自私？」

「……」

聽到尹熙謙的聲音，我肩膀一震。他的眼神已經不再顫抖，只是鮮明地顯露出一種情感。他僵硬的臉上似乎快要爆發出的某種感情，是憤怒。

「擅自猜疑，草率判斷，妄下結論，你難道就沒有考慮到我嗎？沒有考慮到我的想法和情感嗎？」

聽到尹熙謙尖銳的語氣，我感到有些不知所措。他也曾有向我流露過幾次憤怒之類的情緒，但並不是像現在這樣跟不上脈絡的情感。我不知道尹熙謙為什麼要對我發脾氣——

「我不是一直在說嗎？不要幫我，我不希望你做那些事情，但鄭理事還是把那些行為貶低成嫖資，硬塞給我，但我什麼時候要求過了？」

「……什麼……」

「我打從一開始就只是希望你能原諒我讓你嗑了藥，還有抱了你這件事！我利用你？鄭載翰理事，我什麼時候要求過你了？我對你的感情在你眼裡就只能解讀成那樣嗎……！」

尹熙謙非常激動，總是固守的敬語和從未聽他說過的非敬語混雜在一起，感情噴湧而出，原封不動地湧向我。但是，我卻跟不上它。

「你到底……在說什麼？」

「利用毒品事件毀了我演藝生涯的人，就算是你也無所謂。」

我連這句話都無法理解。

「就算金柳華是被你殺死的也沒關係，不管你毀掉幾個人的人生，不管你做過怎樣瘋狂的事情，全都無所謂。」

我不知道尹熙謙向我傾瀉的這種感情，讓皮膚刺痛的這種激烈的感情到底是什麼。

我完全無法理解，不，應該是無法相信。

我不知道蘊含在尹熙謙眼中的東西是什麼，我讀不懂。

「我對你一見鍾情，鄭載翰。」

那一瞬間，我就像被雷劈到一樣僵住了。

「我在那場派對上……就對你一見鍾情了。」

「……」

這是我完全無法理解、也無法接受的話。一見鍾情，可那已經是五年前的事情了。那時候看到我就一見鍾情，所以第一次見面的時候，他就希望我能原諒他，完全沒有要利用我的想法，就只是這樣而已。那麼，媽的，就如我的妄想一樣，那些溫暖的肢體接觸，分享的熾熱體溫，都是因為這樣，都是因為喜歡才這麼做的。

現在是要我相信這些嗎？

我的妄想，那無法成為現實的痛苦想像，無謂的期待，你現在是要我相信這些嗎？

「哈……」

眼角刺痛。我果然是個沒血沒淚的人，媽的，還不如哭出來讓我痛快一些呢。我無可奈何地露出微笑。啊，媽的，果然是在耍我啊，真的是很會把人玩弄於股掌之間呢。

「哈，尹熙謙先生真的很聰明呢。」

話說出口時，我笑了出來，這就是我的哭聲。

「真的很聰明，確實，比起要求我幫你拍電影什麼的，擁有我的心才更不虧。就算你不說這些，我也會自己急著出手幫你，僅憑我的一點喜歡，你就可以隨心所欲地利用我——」

我他媽的怎麼相信你？直到三十二歲的今天為止，我一次也沒有相信過誰。在懷疑之前，根本就沒有信任。只有這樣才能保護好我自己，媽的，你要我怎麼相信這些甜言蜜語？

但我其實開心死了，媽的，我明知道這是妄想，明知道是尹熙謙在對我耍花招，卻還是因為聽到他對我一見鍾情而開心得要死，我幸福到就快要心臟爆炸而亡了。

「……」

但是連這個也讓我疼痛。

丘比特與普塞克的故事是這樣說的嗎？懷疑中不可能有愛情的存在。我和尹熙謙，結果就像安賢珍曾說過的那樣，絕對，絕對——

那一瞬間，尹熙謙抓住了我的衣領。不，是我以為他抓住了我的衣領。

「!!」

隨著「啪！」的聲音，衣服的鈕釦彈了出去，襯衫向著兩側被扯開。

「你幹什麼——」

我還沒來得及插話，領帶就被扯下來扔了出去。尹熙謙的手現在正解著我的皮帶。

我嚇了一大跳，被他突如其來的行動嚇得差點跳起來，我扯開了尹熙謙的手。

「瘋了，你在發什麼神經啊？」

「您老是愛說些得體的場面話。」

尹熙謙低沉的聲音聽起來像野獸的咆哮聲，但同時也因憤怒而顫抖，強烈的目光似乎馬上就要扼住我的脖子。尹熙謙還是第一次這樣看我，對我發火，嚇得我連脖子都起了雞皮疙瘩。

「請您好好想想我現在到底是為了拿到嫖資才在賣身，還是想跟您做交易。」

尹熙謙一邊扯開我慌慌張張想阻攔的手，一邊不顧妨礙地解開了我的皮帶。

「從現在開始，我要強暴你。」

強……什麼？

我一時沒聽懂尹熙謙的話。我生平第一次當面聽到這種話，所以甚至都在懷疑自己的耳朵。我嚇了一跳，嚇得我想阻攔他的手停了下來。

「嘰咿……」褲子拉鍊被拉下來的同時，尹熙謙把我的肩膀按在了牆上，然後用熾熱的唇吞噬了我的嘴唇。

「幹……唔，混……！」

暈頭轉向。為了躲避把我推到門上強吻我的尹熙謙，我把頭轉了過去，但由於嘴唇緊貼在一起，我也罵不出混蛋、狗東西之類的話。雖然想推開他，但他紋絲不動。我利用全身在掙扎，肌肉好像就要炸開了，可無論如何都無法從門和尹熙謙之間逃離。我在推和被推的過程中受了傷，可尹熙謙反而挺起肩膀把我推到牆上。

「啊……!!」

他滾燙的手鑽進了我的褲子、內褲裡，雙手頓時緊緊抓住我的屁股。身體和身體貼在一起，在尹熙謙臂彎裡緊繃著的身體好像要碎了，感覺就要被壓死了。身體被壓扁，心臟炸開，無法呼吸……

「嗚嗚……」

尹熙謙要讓我窒息般，把這樣的我緊緊抱在懷裡，盡情地吻著我。我暈頭轉向，毫無思緒，光是要把他推開就已經很吃力了。不知從何時起，連把他推開的意志都喪失了。他咬著我的嘴唇，吸得舌頭都痛了，彷彿要吞噬我的一切。

不知道了，我現在真的什麼都不知道了，什麼都無法去想，不管是相信還是懷疑。隨意侵犯口腔的親吻像在掠奪般。溜出去了，不知道是什麼的東西溜走了。眼前一片模糊，腦袋變得空白。

我靠著牆站著，推著尹熙謙的手臂不知不覺失去了力量。尹熙謙仍然把我逼得喘不過氣來。

但是接踵而至的親吻已經停止了。相疊了好一陣子的嘴唇輕輕碰在一起，他的嘴唇停在快要碰到的距離，灼熱的呼吸互相交織。尹熙謙又吻了我幾次，然後用彼此的氣息呼吸。

「……什麼、什麼都別幫我做。」

低沉的聲音在我的嘴唇上低語著。

「不要給我嫖資，也不要覺得自己被利用了。」

輕輕壓著我的他的身體開始變得無力。我得逃開才行，這種想法浮現在腦海中，身體卻動彈不得。烏黑的眼睛，我被它投射出的黑色視線所吸引。

「不然我真的會強暴你。」

那就是尹熙謙狠毒的真心。這句話本來應該只能是玩笑話，可他連笑都沒笑，反而還用真的會做出那種事的眼神瞪著我。

「瘋子……神經病……混帳……」

我到現在還是無法回過神來，可還是說出了這樣的話。原本褪色成白色的大腦現在可以重新啟動了，但仍然處於停止運轉的狀態。心好痛，心臟跳得太厲害了，疼得要命。好像就要被他盯著我的烏黑眼睛吞噬了，難道我是在害怕這個嗎？

不知道了，只是覺得我的一切都要崩潰了。

「所以我們還是做愛吧。」

因為覺得自己會直接倒下，會就這樣癱坐在地上，於是我抓住了尹熙謙的肩膀。推開他吧，腦子裡的某個角落還在這樣命令著。

「其他事情我也搞不懂……」

尹熙謙開口了。他說他自己也搞不懂，低沉的聲音顫抖著。

「只要待在我身邊就好。」

炙熱的身體緊緊抱住了我。我沒辦法將他推開，只能迫切地抓住他的衣服，手指用力得就像要鑽進他的衣服和肩膀裡了。

尹熙謙的臉就在眼前。我曾以為他絕對不會笑，不可能會對我露出開心的笑容，所以我必須放棄，可最終我還是沒能放棄，讓我痛苦得要死的臉就在眼前看著我。

然而，在灰濛濛的腦海中，他的笑臉總是像影子一樣掠過。這不是想像，說要連繫我時露出的微笑，聊著瑣碎的對話微微一笑的表情，分明是他和我一起度過的時間裡曾經存在過的東西。尹熙謙一邊從吃不了酸而拿著橘子、感到為難的我手中拿走橘子，一邊笑著，甚至在床上也有過好幾次，在來來回回的親吻間流露出的笑容。

他現在是在說那些微笑、笑容……我如此渴望擁有的東西，已經是我的了嗎？他是在說這既不是謊言，也不是演戲，要我相信他嗎？

「鄭載翰。」

呼喚著我的名字的他臉上帶著傷痛，而我的表情也同樣痛苦。

他對不願意相信，不，因為無法相信而只想推開他的我低聲說了句哀求的話。

「我愛你。」

溫柔的眼眸、嘴唇勾勒出柔弱的弧線。

我不得不擁抱那樣的尹熙謙。

——《單行戀02》完

高寶書版集團
gobooks.com.tw

CRS039
單行戀 02
외사랑

作　　者　TR
譯　　者　陳莉蓉
編　　輯　王念恩
美術編輯　單宇
排　　版　彭立瑋
企　　劃　李欣霓

發 行 人　朱凱蕾
出　　版　朧月書版股份有限公司
　　　　　Hazy Moon Publishing Co., Ltd.
地　　址　臺北市內湖區洲子街 88 號 3 樓
網　　址　www.gobooks.com.tw
電　　話　(02) 27992788
電　　郵　readers@gobooks.com.tw（讀者服務部）
傳　　真　出版部　(02) 27990909　行銷部 (02) 27993088
郵政劃撥　19394552
戶　　名　英屬維京群島商高寶國際有限公司臺灣分公司
發　　行　英屬維京群島商高寶國際有限公司臺灣分公司／Printed in Taiwan
法律顧問　永然聯合法律事務所
初版日期　2024 年 3 月

國家圖書館出版品預行編目 (CIP) 資料

單行戀 / TR 作；陳莉蓉譯 . -- 初版 . -- 臺北市：朧月書版股份有限公司出版：英屬維京群島商高寶國際有限公司台灣分公司發行 , 2024.03
面；　公分 . --

譯自：외사랑

ISBN 978-626-7362-18-1 (第 2 冊：平裝)

862.57　　112015267